◎ 李文郑 著

跟我学对联

中州古籍出版社
·郑州·

图书在版编目（CIP）数据

跟我学对联 ／ 李文郑著 .—郑州：中州古籍出版社，2016.5
（2019.3 重印）
ISBN 978-7-5348-5322-7

Ⅰ．跟… Ⅱ．①李… Ⅲ．①对联－基本知识－中国 Ⅳ．① I207.6

中国版本图书馆 CIP 数据核字（2015）第 100362 号

出版社：中州古籍出版社
　　　　（地址：郑州市郑东新区金水东路39号C座　邮编：450016）
发行单位：全国新华书店
承印单位：辉县市伟业印务有限公司
开本：700mm×1000mm　　1/16　　**印张**：24
版次：2016年5月第1版　　　　　　**印次**：2019年3月第2次印刷

定价：35.00元

本书如有印装质量问题，由承印厂负责调换。

目 录

由几副春联想到的（代前言） ………………………………… 1

第一讲　对联的产生和发展 ……………………………………… 1
第二讲　对联的特性和种类 ……………………………………… 15
第三讲　对联的基本格律（上） ………………………………… 22
第四讲　对联的基本格律（中） ………………………………… 35
第五讲　对联的基本格律（下） ………………………………… 50
第六讲　对联的横额 ……………………………………………… 72
第七讲　对联的修辞手法（一） ………………………………… 79
第八讲　对联的修辞手法（二） ………………………………… 92
第九讲　对联的修辞手法（三） ………………………………… 102
第十讲　对联的修辞手法（四） ………………………………… 111
第十一讲　对联的修辞手法（五） ……………………………… 117
第十二讲　对联的修辞手法（六） ……………………………… 127
第十三讲　对联的修辞手法（七） ……………………………… 135
第十四讲　对联的修辞手法（八） ……………………………… 141
第十五讲　对联的修辞手法（九） ……………………………… 153
第十六讲　对联的修辞手法（十） ……………………………… 172

第十七讲	对联的修辞手法（十一）	181
第十八讲	对联的修辞手法（十二）	191
第十九讲	对联的修辞手法（十三）	200
第二十讲	对联的修辞手法（十四）	206
第二十一讲	对联的对仗形式（一）	212
第二十二讲	对联的对仗形式（二）	222
第二十三讲	对联的对仗形式（三）	228
第二十四讲	对联的对仗形式（四）	245
第二十五讲	对联鉴赏	255
第二十六讲	常用对联写作（一）	279
第二十七讲	常用对联写作（二）	288
第二十八讲	常用对联写作（三）	294
第二十九讲	常用对联写作（四）	304
第三十讲	常用对联写作（五）	316
第三十一讲	常用对联写作（六）	323
第三十二讲	常用对联写作（七）	334
第三十三讲	常用对联写作（八）	342
第三十四讲	常用对联写作（九）	354
第三十五讲	对联的书写和张挂	364

由几副春联想到的

(代前言)

2013年春节，网络上出现陕西省绥德县看守所正门上贴的这样一副春联：

客满九洲生意旺
商通四海财源广

横批"恭喜发财"。该春联的照片在各大网站疯传。就对联内容来看，这副春联应该是商家门前所用的，却端端正正地贴在看守所。照片在网络上迅速传播后，看守所负责人尴尬地解释称，这其实是无心之错，并就此向公众道歉。

"我们太粗心了，弄出这么大的笑话，我们诚恳地认错。"绥德县看守所所长贾国利说，对联是看守所内部烧锅炉的临时工在地摊上购买的，当时也没有看内容，大年二十九下午只管贴上去，根本没有人注意到内容不妥，"因为那几天看守所的民警任务很重，没人意识到春联的内容。过了两天后，也就是大年初二，我们才发现春联的内容不妥，赶紧撤换。"

再说对联格律。一般情况下，对联的最后一个字，上联应该是仄声字,下联应该是平声字。这副春联上、下联结尾的字"旺"和"广",却都是仄声字。

另外,上联的"洲"字,显然是别字。

还是2013年春节,河南卫视请河南著名书法家书写春联,并印制了15万份,向群众免费发放。此次活动,被称为是河南卫视"快乐新年·春联贺新春"系列活动中最为关键、最具亮点的环节。

我看到了其中的一副对联:

金蛇狂舞庆佳节
神州盛世迎新春

下面还有中国书法家协会会员××的姓名。

从内容上看,此联倒是切合蛇年主题,但其格律之混乱,令内行人大跌眼镜。首先,在对仗上,"狂舞"是壮语加动词,而"盛世"则是偏正结构词语。其次,在声律上,位于关键位置的"蛇"和与之相对应的"州",都是平声字;"舞"和与之相对应的"世",都是仄声字;"佳"和与之相对应的"新",也都是平声字。

可以说,这位春联的作者、筛选春联的主持者都欠缺关于对联的基本知识。

由此看来,对联要讲究内容和格律两个方面。当然,错别字则属于比较低级的错误。

大家都知道,过去的读书人,哪怕连秀才都考不取的,也大多能诗善对,甚至读书不多的贩夫、走卒,也多有擅长此道者。现在的读书人呢,我们都很清楚,哪怕是大学毕业、研究生毕业,又有几位懂得呢?

这一现象,追根寻源,据我的观察,大约是由两个原因造成的:一是政治运动,二是学校教育。

政治运动方面，"五四运动"和"文化大革命"是最为突出的两次。前者以"打倒孔家店"为旗帜和总纲领，后者则以"破四旧（指旧思想、旧文化、旧风俗、旧习惯）、立四新（指新思想、新文化、新风俗、新习惯）"为重要目标之一。

学校教育方面，1905年9月，清政府决定：自丙午年（1906年）始，所有乡试、会试及各省岁科考试一律停止，从而宣告了在中国存在了1300多年的科举制度的终结。1920年，在陈独秀、李大钊等人倡导的"白话文运动"的压力下，北洋军政府教育部训令全国各小学校一、二年级先改教科书为语体文。同年又令：至1922年，一律废止中学各年级用文言文编写的教科书。从此，白话文取代文言文成为教学及教科书的通行语言。大约从那时起，延续了上千年的"对课"逐渐淡出了学校教育。小学、中学不用说，即使大学中文系的教材也没有对联的内容。

如民国时蔡东藩先生所言："自学校创设以来，课程杂沓，无暇专习国文，目未睹经史，口未辨音韵，有执联对以相属者，彼此瞠目不知所答。小学诸生无论矣，即卒业中学者，亦多敬谢不敏；间或勉强应命，非出诸抄袭，即难免荒唐。"意思是，新办的学校开设了许多新课程，却没有把传统的国学作为重点。于是，学生们未读过《经》和《史》，不懂得音韵，有人拿对联来求对，大都答不出来。小学生不用说了，即使是中学毕业生也不行。偶尔有人勉强答应，不是抄写人家的，就是让人看了荒唐可笑。

此外，这一传统文学艺术形式一直未能被列入各种文学史。所以，楹联界常说"遗憾的文学史"。当代学者周策纵先生说："中国文学史的著作，本来多是模仿西洋的体裁。假如因为西洋文学里没有对联，所以我们也就不把对联算进去，这就等于说，西洋没有豆腐，所以豆腐不算菜了。"真可谓一针见血，批得痛快淋漓。因为西方的文学史只讲小说、诗歌、散文、戏剧，而我们的文学史多沿袭西方的套路，当然不会将对联列入其中了。

所以，现在懂对联、能欣赏对联、会写对联的人越来越少。

但是，我们也都亲眼看到了，对联这种优秀的传统文学艺术形式，并没有因为各种各样的政治运动和逐步革新的学校教育而淡出我们的生活。

其一是春节期间，不管遇到什么样的政治运动，老百姓仍然是要写春联、贴春联的（当然，其内容一般都和时代有关），以渲染节日气氛，表达良好的祝愿。其二，每遇到红白喜事、建房迁居、开业庆典，人们往往也离不开对联，以传达自己的感情，表达美好的祝福。其三，凡寺院道观、祠堂庙宇、亭台楼阁、园林建筑，几乎都有对联，以画龙点睛、点缀景物。其四，朋友之间、师友之间、父子之间、夫妻之间以联相赠，以增进友谊、交流感情。其五，居家的客厅、书房，也往往可以见到如格言、警句般的对联……从古至今，无不如此。可见，中国老百姓的日常生活需要对联。并且，遍布全世界的华人也把我们这一独特的文学艺术形式带到了地球的各个角落。从宾馆、饭店，到会馆、厅堂，到牌坊、墓地，可以这么说：凡有华人处，就有对联。

既然对联的用途如此广泛，而通过目前的学校教育又学不到对联的相关知识，于是，便出现了前面所举的两个活生生的实例，以及人们已经司空见惯、耳熟能详、放之四海而皆准的"生意兴隆通四海；财源茂盛达三江"之类的对联。

为了让越来越多的对联爱好者能尽快掌握对联的基本常识，我就自己学习对联三十多年的体会，写成了这本书。如果能对您学习对联有些许帮助，我也就心满意足了。

李文郑

二〇一三年酷暑中　于郑州散漫斋

第一讲　对联的产生和发展

对联是什么

对联，是我们最为平常的叫法。其实，还有不少其他的名称，如：对、联、对子、楹联、对语、联语、联对、联句、联偶、连语、楹帖、楹语、楹句、俪语、俪言、帖子、偶句。春联还称春帖子、桃符、门帖、门对等。

对：对联的简称。如《俗语集对》、《巧对录》、《四书对》等书中的"对"，就是指对联。

联：对联的简称。如《集宋四家词联》、《绝妙好联》等书中的"联"，都是指对联。

对子：对联的俗称。不少地方也作为春联的通称。

楹联：对联的雅称，本指楹柱联，后泛指对联。楹，就是堂屋前部的柱子。《辞海》中也叫"楹帖"、"对联"、"对子"。悬挂或粘贴在壁间柱上的联语。

对语：意思是上、下联语句相对。如清代吴伟业、缪艮都有《四书对语》。清代陆以湉《冷庐杂识》说："对语不难，难在敏捷，非有夙慧者不能。"

联语：对联的别称。如近代王壬秋有《湘绮楼联语》。

联对：对联的倒语。梁章钜《楹联续话》："严问樵官山左时，寅好联对多出其手。"再如近代蔡郕有《中国传统联对作法》、王文儒有《联对大全》。

联句：对联的别称。与古人作诗方法的"联句"不是一回事。如清代林纾有《春觉斋联句》、俞樾有《曲园联句》，近代萨嘉榘有《林则徐联句类集》，而明代林兆恩、清代杨梦鲤等人的对联著作都只称《联句》。

联偶：联语上下骈偶，所以这么称。如近代曾国才有《桔园联偶》。

连语：联语的别称。如近代章太炎有《菿汉大师连语》。

楹帖：梁章钜《楹联丛话》说："楹帖始于桃符。"

楹语：楹联的变称。如清代杨浚有《冠悔堂楹语》、江峰青有《里居楹语录》，近代徐鋆有《澹庐楹语》、郑丰稔有《楹语享帚》等。

楹句：就是楹语、联句。如清代赵藩有《介庵楹句辑抄》，近代赵式铭有《睫巢楹句》。

俪语：取语句成双配对的意思。如清代费师洪有《延旭轩俪语》，顾曾烜有《方宦俪语》等。

俪言：就是俪语。如清末徐世昌有《藤墅俪言》。

帖子：曲滢生《宋代楹联辑要》说："楹联一名帖子。"

偶句：梁恭辰《楹联四话》说："偶句有多用虚字者，亦自生动可喜。"

作为一种独立的、实用性最强的文学艺术形式，对联在中国的普及程度，对联与中国老百姓的关系之密切，超出其他任何一种文艺形式。广大老百姓可以不阅读小说，不朗诵诗歌，不听戏剧，不看电影……唯独不能没有对联，我们从最为常见的春联的例子就可见一斑。当代作家秦牧说："在中国，对联可以说是雅俗共赏、家喻户晓的一种语言艺术。即使是识字不多的人，也知道对联是怎么一回事，并且多少能领略这项艺术的美妙情趣。"

我们究竟应该怎样看待对联呢？

大约从清代开始，就有不少人对这个问题作过评断。有人说对联是"诗余"；有人说对联是"文学之支流"；有人说对联是"小品"；有人说对联是"通俗文学、民间文学、大众文学"；有人说对联是"应酬文字"、"应用文"；也有人说对联是"游戏文字"、"小道"、"雕虫小技"，不入大雅之堂，文学史上也没有它的一席之地……诸如此类，不一而足。概括起来，似乎集中于三种观点：对联既是文学文体，又是实用文体，还是游戏文体。

我的看法是：对联是实用的文学体裁。

对联的产生和发展

我认为，要比较客观、完整地说明对联的产生，应该从以下几个方面探讨：

从内在本质上看，对联起源于中国古代哲学思想。这要追溯到公元前十几世纪（距今 3000 多年）先秦思想家对自然现象、社会生活的认识。

南朝梁文学理论批评家刘勰（约 465～约 532）在他写于南齐末年的《文心雕龙·丽辞》开篇说："造化赋形，支（肢）体必双，神理为用，事不孤立。夫心生文辞，运裁百虑，高下相须，自然成对。"他以人的肢体为例，指出如耳、目、手、足之类，都是大自然中形成而"自然成对"的。古人正是在利用自然、改造自然的社会实践中，逐步认识到诸如此类相对的事物的。

萌芽于殷周之际，被现代学者认为是"大道之源"的《周易》，从千变万化、纷纭复杂的自然现象和社会现象中抽象概括出阴、阳两个基本范畴，并认为世界上的万事万物都不能不受阴、阳总规律的制约，从而使阴、阳成为《周易》中最基本、最核心、最重要的观念。当代学者、哲学家任继愈先生说："它对后来的哲学、科学的发展有着深远的影响。阳代表积极、进取、刚强、阳性等特性和具有这些特性的事物。阴代表消极、退守、柔弱、阴性这些特性和具有这些特性的事物，世界就是在两种对抗性的物质势力（阴阳）运动推移之下滋生着、发展着。"可以说，以阴、阳为基本要素的《周易》，对数千年来中国文化发展的影响，无论怎样拔高也不会过分。有人说它是"我国传统文化的活水源头"，有人说它是"中国哲学的原点"等。《周易》还进一步将所有事物的性质及其变化法则都概括为一阴一阳，如：天为阳，地为阴；日为阳，月为阴；暑为阳，寒为阴；昼为阳，夜为阴……总之，从自然现象到人类社会，都存在着对立面。同时，《周易》哲学体系中最基本的思想之一——"阴阳对立而又和谐"的辩证法观念，无论在八卦、六十四卦的卦形符号中，或是在卦爻辞的哲理喻示中，都有明显的体现，而六十四卦本身就构成了三十二组对立而和谐的整体。《周易》中有许多反映对立统一事物的概念，如：《易·上经》的乾（天）坤（地）、吉凶、内外、先后、进退、往复、有无、咎誉、出入、往来、休（喜）敦（怒）、大小；《易·下经》的明晦、损益；《象传》的刚柔、男女、日月、盈虚、贵贱等。又有许多反映对立统一事物的句子，如《易上·名夷》："初登于天，后入于地。"《象传·泰》："内阳而外阴，内健而外顺。"《象传·泰》："无平不陂，无往不复。"《易·系辞上》："德言盛，礼言恭。""仰以观于天文，俯以察于地理。"《易·系辞下》："善不积不足以成名，恶不积不足以灭身。""日往则月来，月往则日来，日月相推而明生焉；寒往则暑来，暑往则寒来,寒暑相推而岁成焉。"

《左传·昭公二十年》记载:春秋时齐国大夫晏婴(?~前500)提出了"和"与"同"相异的概念。以音乐为例,必须"清浊、大小、长短、疾徐、哀乐、刚柔、迟速、高下、出入、周疏"等声音"相济"(互相调剂)才能组成乐曲。这里所举的"清、浊……周、疏"等对音乐的认识,无不是两两相对的,而且要"相济",因为"相济"才能产生和谐。

任继愈先生认为,老子是我国古代哲学史上第一个用"有"和"无"一对范畴说明宇宙构成的本源的哲学家。他比较系统地揭示出事物的存在是相互依存的,而不是孤立的。《老子》中,说明这一思想的句子随处可见。如第二章:"有无相生,难易相成,长短相形,高下相倾,音声相和,前后相随。"第三章:"虚其心,实其腹,弱其志,强其骨。"第二十二章:"曲则全,枉则直,洼则盈,敝则新,少则得,多则惑。"第二十六章:"重为轻根,静为躁君。"第二十八章:"知其雄,守其雌……知其白,守其黑……知其荣,守其辱……"第三十六章:"将欲歙之,必固张之;将欲弱之,必固强之;将欲废之,必固兴之;将欲夺之,必固与之:是谓微明,柔弱胜刚强。"第三十九章:"贵以贱为本,高以下为基。"第四十五章:"大直若屈,大巧若拙,大辩若讷。"第四十八章:"为学日益,为道日损。"第五十八章:"祸兮,福之所倚;福兮,祸之所伏。"第六十三章:"图难于其易,为大于其细。"第七十七章:"高者抑之,下者举之;有余者损之,不足者补之。"第七十八章:"弱之胜强,柔之胜刚。"其中"有无、难易、长短、高下、前后、重轻、静躁、雄雌、白黑、荣辱、歙张、弱强、废兴、夺予、屈直、巧拙、祸福、大小……"以至"美丑、生死、胜败、攻守、损益、进退"等,都是对立的统一,一方不存在,对方也就不存在了。并且,老子也强调了"万物负阴而抱阳,冲气以为和(阴阳二气交互作用而达到和谐)"。

春秋末期兵家孙武的《孙子兵法》，被称为中国最早、最杰出的兵书。它提出了丰富的、原始的军事辩证法思想。有学者总结，《孙子兵法》包括战争认识、作战指导和军队建设三个基本范畴。关于战争认识的范畴，孙武提出了道、天、地、将、法等，其中"天"指与战争有关的气象条件，如阴阳、寒暑、昼夜、晴雨、冷热等；"地"指与战争有关的各种地形条件，如远近、险易、广狭、死生等。关于作战指导的范畴，则更体现了军事思维的思辨理性，如虚实、奇正、强弱、攻守、分合、治乱、逸劳、动静、锐钝、远近、利害、众寡、饥饱、迂直、进退、速久、背向等。关于军队建设的范畴，则有治乱、勇怯、赏罚、亲离、静哗、信疑、安危、易险、智愚、集散等。而历来被认为是孙子思想核心和精华的名句"知己知彼，百战不殆"中，同样含有"己、彼"这一对对立的范畴。

战国时哲学家庄子（约前369～前286）在其著作《庄子》（亦称《南华经》，道家经典之一）一书中，也运用了一组组相对立的概念。如《德充符》：死生、存亡、穷达、贫富、毁誉、寒暑、日夜；《刻意》：悲乐、喜怒、好恶、忧乐；《知北游》：贵贱、约散、深浅、内外；《则阳》：阴阳、欲恶、雌雄、安危、祸福、缓急、聚散……

上面的这些例子，正是反映了先秦思想家们对自然现象以至人类社会到处充满着的两两相对的事物的自觉认识，而这正是对联赖以产生的最根本的思想基础。有了以上认识，才有可能产生对偶的词语和句子，既而至汉魏出现骈体文，隋唐出现中间两联必须对仗的律诗，五代时期出现完全独立的、成熟的对联（据现有资料）。如果没有中国古代尤其是先秦思想家们的以上认识，对偶便成了无本之木、无源之水，对联也便无从谈起了。

从外在形式上看，用著名学者刘叶秋先生的话说："对联的渊源，应该远溯到桃符。"

自古以来，中国人就认为桃有辟邪的作用，古人就有对桃木的特殊信仰。《岁时记》认为桃是"五行之精"，可以压邪气、制百鬼。《本草经》就说，桃可以"杀百鬼"。《礼记·檀弓》、《左传》、《周礼》等典籍，都有用桃来制鬼辟邪的记载。桃符的前身，便是桃梗和桃枝。周代就出现了悬挂在大门两旁的长方形桃木板。《战国策·齐策三》记载：孟尝君打算到秦国去的时候，苏秦对他讲了土偶和桃梗的寓言劝阻他。这说明，战国时代已有削桃木为人的桃梗了。汉代时候，人们往往在过年时以桃梗放在门前来避鬼。

对桃符风俗记载最早的是战国时期的《山海经》，据东汉初王充《论衡·订鬼篇》引《山海经》说："沧海之中，有度朔之山，上有大桃木，其屈蟠三千里，其枝间东北曰鬼门，万鬼所出入也。上有二神人，一曰神荼（shū），一曰郁垒（lǜ），主阅领万鬼。恶害之鬼，执以苇索，而以食虎。于是黄帝乃作礼，以时驱之。立大桃人，门户画神荼、郁垒与虎，悬苇索以御凶魅。"是说大海中有一座度朔山，山上有一棵大桃树，桃树枝伸展开有三千里。它东北方的树枝间，叫"鬼门"，所有的鬼都要从这里出入。"鬼门"旁有两位神仙，一位叫"神荼"，一位叫"郁垒"，负责检阅来往的鬼。遇到恶鬼，就用芦苇绳捆绑起来，送去喂老虎。于是，黄帝便根据这个而制定了礼制，叫人家门口都树立着大大的桃木人，门上画神荼、郁垒的神像，再悬挂芦苇绳，用来抵御鬼魅。——这就是"门神"的最早起源。

比较详细地记载桃符习俗及其演变的，是东汉末年应劭的《风俗通义·桃梗苇茭画虎》。

元末明初的学者陶宗仪所编纂的《说郛》卷十《续事始》引用隋代杜台卿所著《玉烛宝典》说："'元日造桃板著户，谓之仙木，以郁林山桃，百鬼畏之。'即今日之桃符也，其上或书'神荼'，或'郁垒'之字。"这种改画像为题神名的桃符，应该就是后来春联的雏形。

从载体看，对联还得益于我们的汉字。

我们知道，西方古代哲学思想中同样也有关于对立面统一的内容。如古希腊哲学家、爱非斯派的创始人、被列宁称为"辩证法的奠基人之一"的赫拉克利特，就认为世界是由许多彼此间进行着斗争的对立面组成的，如"冷"和"热"、"湿"和"干"、"疾病"和"健康"等。他还在哲学史上首次提出对立面统一与斗争的学说，他说："相反的东西结合在一起，不同的音调造成最美的和谐。"他认为，事物都是对立面的统一，自然界是从对立的东西中产生和谐，由联合对立物造成和谐，而不是从相同的东西中产生和谐，不是由联合同类物造成和谐的，如雄和雌的相配。赫拉克利特的辩证法被认为是古代朴素辩证法的最高成就。

与中国古代哲学思想相比较，不难看出，东、西方古代哲学家有着多么惊人的相似之处。这也反映了人类对自然现象与社会生活客观的、共同的认识。

但是，西方为什么没有从辩证法思想中产生出对联呢？原因再简单不过了：他们没有合适的文字载体。中国古代哲学思想却遇到了天然的适合表达对立面统一而和谐思想的汉字！

汉字是以音节为单位的，并且传统上以竖写为习惯写法的方块字，一个音节写出来就是一个方块字——这也是世界上约六千种语言中唯一的。而西方的许多拼音文字，即使是一个音节，写出来却往往参差不齐。

其次，从语言学的角度说，汉语是典型的分析语，其特征是不用形态变化，而用词序及虚词来表达语法关系。不论什么格、不管时态变化和人称，写出来都是一个样子，容易整齐排列。而拉丁语、德语、英语、俄语等综合语的特征，是运用形态变化来表达语法关系的，不易整齐排列。

从语音上看，汉语是有丰富声调的语言，读起来具有抑扬顿挫的音乐美。而英语、俄语等语言只有轻、重音的区别。

从词语上看，汉语的词汇，是以单音节词和双音节词为主体的。古代汉语以单音节词为主，也有双音节词语；现代汉语的双音节词语大大增加了，其中的大多数还是以古代的单音节词语作为语素构成的。这样，要表达一个意义，既可以用单音节词语，又可以用双音节词语，就十分容易形成对仗。

中国古代哲学思想与汉字的绝妙结合，再加上桃符风俗，便产生了唯汉语所独具的文学艺术形式——对联。而西方的拼音文字，虽然能够描述相对立的事物，也能表达对立面统一而和谐的思想，但是，无论如何也不可能产生出对联来。

那么，最早的对联出现在什么时候呢？

目前，最具有说服力的、也是多数学者认可的最早的对联，又是最早的春联，是清代文学家梁章钜《楹联丛话》的《自序》第一句话所说："楹联之兴，肇于五代之桃符。孟蜀'馀庆'、'长春'十字，其最古也。至推而用之楹柱，盖自宋人始，而见于载籍者寥寥。"他在《楹联丛话·卷一》的开头又说："尝闻纪文达师言：楹帖始于桃符，蜀孟昶'馀庆'、'长春'一联最古。……此在当时为语谶，实后来楹帖之权舆。但未知其前尚有可考否耳。"

北宋初张唐英的《蜀梼杌·卷下》说："蜀亡前一年岁除日，昶令学士幸寅逊题桃符板于寝门，以其非工，昶命笔自题云'新年纳馀庆，嘉节贺长春'。蜀平，朝廷以吕馀庆知成都，'长春'乃太祖圣诞节名也。其符合如此。"

他们说的是同一件事。五代后蜀末代皇帝孟昶，在亡国前一年，也就是广政二十七年春节（由于阴历和阳历的差异，这年的除夕已经是965年）前夕，孟昶因不满意学士幸寅逊所写春联，他亲手在桃符板上写了：

> 新年纳馀庆
> 嘉节贺长春

这副春联之所以能够被记载下来,并不是因为它是最早的春联,而是因为它的内容与后来发生事情的巧合。除夕写过春联之后,开年后的正月十三日,孟昶就向兵临城下的北宋军队投降了。巧的是北宋中央政府派到成都(原后蜀首都)来的地方官名叫吕馀庆,而宋太祖赵匡胤的生日被称为"长春节"。这不是"新年"就"纳"了吕"馀庆",蜀地从此也要过"长春"这个"嘉节"了吗?于是,这件事就被作为一语成谶的稀奇事而记载下来了。

其实,唐代的对联,近年来已多有报道。唐代文人及民间的口头应对,始终非常活跃,也常常见于记载。

民国年间,蔡东藩在《中国联对作法》中说:"联对一门,谐偶文之变体也。谐偶文始于诗赋,古人之作诗赋也,只以声韵为主,未尝专尚对仗。至唐以律诗、律赋取士,于是谐偶兴焉。俪青骈紫,判白妃红,文字之中,含有一种美术,殆未始不足观者。厥后或拟诗一联,贴于门楣,称为'楹帖',亦号'楹联'。"

关于对联的发展,常江先生在《中国对联谭概》中概括为萌芽阶段(由魏晋南北朝至唐末五代)、发展阶段(宋元)、成熟阶段(明清)。余德泉先生在《对联通》中以唐代为"对联的产生时期",宋元明为"对联的发展时期",清代为"对联的鼎盛时期"。

我以为,这两个说法大体上符合对联的发展史。

还有分得更细、延续时间更长的,如叶幼明先生的《对联评谭》:先秦至汉代,对联的胚胎期;三国至唐代,对联的孕育期;五代十国至元代，对联的形成期；明代，对联的发展期；清代，对联的繁荣期；民国，对联的鼎盛期；当代，对联的高峰期。

宋代时，相继出现了一批对联大家，如北宋的杨大年、王安石、苏轼，南宋的陆游、朱熹、楼钥等，并有不少对联作品传世。正如梁章钜所说："则大贤无不措意于此矣。"如《朱子全集》卷后所附载的联语，笔记、野史等所载的对联故事，可见"南宋时楹帖盛行"，而且先后有了赠联、挽联、寿联、行业联、嘲讽联、巧趣联等新种类。

金代、元代是少数民族入主中原的朝代。为了更好地对中原施行统治，金、元两代的统治者也非常注意学习汉文化，并极为重视中原士人中优秀分子的积极作用，尽可能发挥他们的才干。据梁章钜《楹联丛话》卷一所引《濯缨亭笔记》载：元世祖忽必烈听说书画家赵子昂的大名，就召见了他，还命他书写宫殿的春联。又据《坚瓠集》载，赵子昂还在扬州为迎月楼赵家题写春联，"主人大喜，以紫金壶奉酬"，可见当时春联润笔之重。

明代、清代是现在楹联界公认的对联史上的第一个高潮，特别是清代，为古代楹联的最繁盛时期。其标志是：

第一，出现了一大批卓有成就的对联大家。如解缙、祝允明、唐寅、李开先、徐渭、顾宪成、董其昌、李渔、顾炎武、朱彝尊、宋荦、孙髯、郑燮、袁枚、刘墉、梁同书、纪昀、赵翼、毕沅、阮元、梁章钜、陶澍、林则徐、魏源、曾国藩、左宗棠、胡林翼、彭玉麟、薛时雨、俞樾、王闿运、张之洞、钟云舫、赵藩、康有为、江峰青、章炳麟、梁启超等，都有对联名作传世。

第二，创作了一大批足以流传后世的对联作品。如顾宪成无锡东林书院联、孙髯昆明大观楼长联、赵藩成都武侯祠联等。

第三，作为一种独立的文学艺术样式，对联的普及程度可谓超过了以往任何时候。上至宫廷，下至乡野；从东南海上的台湾、琉球，到大西北的天山深处、西南的青藏高原；从皇帝公卿、高官士子、文人骚客，到贩夫走卒、农夫樵子、牧童丫头；从皇宫殿宇，到山间寺庙……举凡宫殿、园林、庙宇、宫观、书院、店铺、茶馆、民宅……无不遍布对联。

第四，出版了一批影响深远的对联专著。其中当以李渔（笠翁）的《笠翁对韵》和梁章钜、梁恭辰父子的《楹联丛话》、《楹联续话》、《楹联三话》、《楹联四话》及《巧对录》、《巧对续录》为代表。

第五，对联种类空前丰富。如春联、挽联、寿联、婚联、赠联、贺联、行业联、名胜联、格言联、谐讽联、巧趣联、姓氏联、生子（生女）联、建房迁居联等已切切实实渗透到了社会生活的方方面面。而且对联已不仅是官员、文人的书面作品，已成了各阶层人们日常文化生活的必需品。

第六，对联技巧的复杂多样以及对联格律的逐步完善。

辛亥革命后的民国年间，虽然战乱频仍、社会动荡，并且由于儿童的初级教育课程设置、教学方法都有了根本性的改革（"对课"已成为古代之余续），还有新文化运动对所谓"旧文化"的冲击等因素，但对联活动的开展范围、对联著作的出版数量等，较之前代，都有过之而无不及。报刊上公开的征联及评选、文人的雅集，几乎常年不断。近代雷瑨《楹联新话》卷九载："今大总统袁公，五旬寿诞时，由直隶总督入为军机大臣，声势煊赫，送贺仪者相望于道，即寿联亦不下千数百副。"重要人物的逝世，都会出现铺天盖地的挽联，且每每有挽联集子印行，如《蔡锷黄兴追悼录》、《孙中山先生哀思录》、《河间冯公荣哀录》、河南《杨勉斋先生荣哀录》、成都《六译先生追悼录》等。老一代无产阶级革命家在战争年代几乎都写过对联，他们常常用这种传统的文学艺术形式用于宣传鼓动、题赠贺寿、凭吊哀挽。

清末民初江苏吴县人董坚志《滑稽联话》载："某君，文雅士也，尝创为联社，令人属对，其高列者贻之楮墨。"说的是当时有一位文雅之士,曾创办了"联社",向人征求对句。对优秀对句的作者,还以纸和墨作为奖励。这应该是较早的楹联组织和楹联活动吧!

据常江先生《古今对联书目》的统计,清一代二百六十余年间出版的对联著作共三百零一种,而民国三十八年间就出版有四百七十九种。

所以,说民国时期是对联史上的第二个高潮,是比较客观的,并不为过。陕西严海燕先生还将这一时期的对联活动划分为"近现代对联创作的三次高潮",即"辛亥革命时的庆贺联、五四运动时的声讨联,以及孙中山逝世时的挽联"。

最近三十多年来,是对联史上的第三个高潮。其标志是:

第一,楹联组织的建立。1984年11月,中国楹联学会成立;至今,全国各省、市、县、乡及学校、工厂等的楹联组织约有五百个,会员约有十万人。

第二,对联报刊的出版发行。1985年,《对联·民间对联故事》问世;目前,从中国楹联学会到地方楹联组织的专业报刊已有约二百家。

第三,对联书籍的出版。常江先生《古今对联书目》统计:从1979年12月黑龙江人民出版社出版了袁仲麟所著《对偶句》(中学生课外读物之一)后,至1999年6月,二十年的时间,共有一千二百三十二种对联书籍问世。

第四,几乎常年不断的各类征联活动的开展。征联的次数、范围,参加的人数,所收到的对联数等,都非昔日所能比。动辄有数千人参加,往往可收到上万副以至几万副、十几万副对联作品。

第五,对联教育工作逐步深入。如山西运城市,河南三门峡市、周口市、扶沟县等地,将对联教育普及到了每一所中小学。更值得一提的是,中南大学2002年招收了第一位以"对联学与民间文艺学"为方向的硕士研究生,哈尔滨师范大学中文系、新疆喀什师范学院中文系、郑州大学旅游管理学院、南京艺术学院、江西南昌高等专科学校等高校相继开设对联课。还有人统计，从 2005 年到 2011 年，全国高校以对联为主要题材撰写硕士论文的研究生有三十多位，这使以往被一些人认为的"小道"登上了大雅之堂。

第六，网络对联活动生机勃勃，堪称异军突起，方兴未艾。尤其值得注意的是，这还吸引了大批年轻人参与其中。

以上几个方面，从历史上说，都是开创性的、空前的、创纪录的。以往被认为的包括对联在内的传统文化青黄不接、后继无人的情况，已经有了很好的改观。越来越多的年轻人喜欢上了对联，并崭露头角。所以，现在被称为对联史上的第三个高潮，应该是当之无愧的。

第二讲　对联的特性和种类

对联的特性

作为中华民族特有的传统文化形式，对联具有自己鲜明的特性。其特性集中表现在它的民族性、实用性、群众性、文学性、时代性等方面。这些特性，最终成为对联文化之所以千百年来经久不衰的根本因素。

民族性

民族性是指对联极为鲜明、独特地体现着我们的民族传统和民族风貌。

中华民族的文化源远流长，在五千年的历史长河中，勤劳的中国人民创造了许多光辉灿烂的文化遗产，成为民族的瑰宝、文化的精粹。对联就是其中之一。我们说对联是国粹，主要是就其鲜明的民族性来说的。对联是从中华民族特有的文字土壤中生长出来的大树，在世界上是独一无二的。中国文字之美为世界之最，为中华民族所独有，是任何其他文字所无法比拟的。以汉字组成对联，则是美上加美。

梁启超写于1923年的《痛苦中的小玩意儿》一文说："骈俪对偶之文，近来颇为青年文学家所排斥，我也表相当的同意。但以我国文字的构造，结果当然要产生这种文学，而这种文学，固自有其特殊之美，不可磨灭。"这段话有两点值得我们注意：一是他鲜明地提出了对联属于"文学"，二是他认为对联这种文学"不可磨灭"。

鲁迅说："（汉字）具三美：意美以感心，一也；音美以感耳，二也；形美以感目，三也。"

王力说："中国古典文论中谈到的语言形式美，主要是两件事：第一是对偶，第二是声律。"对偶具有对称美、平衡美，声律具有抑扬美、和谐美。对仗是有节奏的对偶。对联讲究对仗和声律，集中体现了古典文学的形式美。

有"台湾联圣"之称的张佛千先生说："中国字兼有两大艺术之美，一字一形，有绘画之美；一字一音，有音乐之美；因而产生'对联'此一最精美的文学形式，为世界所有拼音文字之所无……对联已成为中国人表情达意的普遍工具。也由于对联结构之精致，证明中国文字是世界上最美的文字。我深知中国文字之可爱，认为中国人而不爱中国文字之美者，其爱国必非最深。"

日本汉学家也说："对联是中国文学的特产物。""日语、英语都有对句，可是和中国的对句来比较，在文字的整齐上，音调的清秀诣调上，是比不上的……在中国文学上，最优美的东西是属于对句。"

红学家周汝昌先生曾经有这么一段话："对联是由我们语文本身的极大特点、特色而产生的，并非'人为'地硬造而成。这在西方语文中是没有的。比如莎士比亚的名剧中，偶然只有运用'排句'（couplets）的例子，那还远远不是'对仗'。我记得英国著名汉学家谢迪克教授（Prof Shadic 早年在我国燕京大学，后在美国康奈尔大学）告诉我说：'在英文来说，用排句是为了取得一种特殊的艺术效果，用多了使人有滑稽之感。'这说明中西语文之异，文学美学观念之异，是多么巨大！因为我们有全部排句对仗的骈文体，如《文心雕龙》，乃是价值极高的文学理论名著！"

实用性

千百年来，对联一直为广大人民群众所喜闻乐见。随着对联内容的日益广泛，门类的日益增多，其使用范围也在日益扩大，对联已经成为城乡皆用、四季咸宜、雅俗共赏的一种大众文体，已经普及到了社会的各个角落，成为各行各业文化生活的一个重要组成部分。无论什么地方、什么环境，也不论什么行业、什么事情，都有对联的用武之地。上至宫廷，下到乡野，三百六十行，甚至厕所、棺材铺这样的地方，也不难见到对联的影子。这充分体现了对联的实用价值，是其他任何一种文学艺术形式都无法比拟的。《中国楹联报》的广告语"对地对天，天地有情皆可对；联今联古，古今无事不成联"，极为恰切。

群众性

著名红学家周汝昌先生曾说过："我们过年过节的春联，更是举世罕见的、最伟大、最瑰奇的'全民性文艺活动'。"恐怕我们都有这样的经历，也都有切身的感受，每逢春节，写春联、贴春联，在我国是一种覆盖面最大、参与人数最多的群众文化活动。没有哪一样活动，能这样普及天南海北、千家万户，上至老人、下至孩童。并且，没有人号召，也没有人发动，都在自觉地做着同一件事，这充分体现了对联广泛的群众性。这也是其他文学艺术种类所无法望其项背的。

文学性

文学是指以语言文字为工具，形象化地反映社会生活、表现作家心灵世界的艺术，是社会文化的一种重要表现形式。

作为一种独立的文体，对联是汉语言所独具的一种文学形式，具有文学的一般性和普遍性特征。对联也是一种用语言塑造文学形象、反映社会生活、表达思想感情的艺术种类。它既具有文学的形象性、真实性和倾向性特点，也具有文学的认识作用、教育作用和审美功能。对联的文学性，体现在它既可以叙事、可以状物，也可以议论、可以抒情，并且可以运用丰富的文学艺术表现手法。

时代性

白居易说："文章合为时而著，歌诗合为事而作。"与其他文体、其他文学形式一样，对联也必然打着时代的印记。旧时的应制对联，主要是歌颂皇家恩德；文人学士的对联，则大多是抒发闲情逸致；而一些农民起义军写的对联，却具有鲜明的战斗性。我们可以读一读从古至今的春联，便能发现各个不同时代、不同时期春联明显的不同内容。就说新中国成立以来，"三反"、"五反"、抗美援朝、互助组、合作社、人民公社、大跃进、"四清"、"文化大革命"、改革开放……这些内容在春联中都有反映，并且还十分及时。

从对联的种类上，也可以看到时代的影响。如用于会场的对联，用于广告的对联，无不是随着时代的发展而产生的。

今天讲对联的时代性，主要是指对联艺术必须紧跟时代步伐，努力把握和反映时代特征，用新的语言表现新的内容，积极为社会主义现代化建设服务。这也就要求我们在对联的创作上，要与时俱进、富于时代气息。

对联的种类

对联发展到今天，种类繁多，但至今仍没有一个大家都认同的分类。

最早为对联分类的，大约是明代万历年间刊行的日用类书《新刊天下民家便用万锦全书》（以下简称《万锦全书》）与《万宝全书》，不仅收录了大量涉及社会生活各方面的对联，而且对它们进行了分类。《万锦全书》将对联分为二十二类：春联、书斋联、入学彩联、登科彩联、庆寿彩联、寿官联、生子联、过聘联、封鸡筐联、新婚联、迁居联、水阁联、山亭联、桥梁联、客馆联、旅馆联、医士联、相士联、忠臣祠联、烈女祠联、挽联、杂联。《万宝全书》将对联分为三十一类：旅馆联、新春联、元宵联、医士联、星士联、相士联、画士联、入学联、登科联、忠臣祠联、烈女祠联、僧寺联、道观联、庆寿联、寿官联、隐居联、水阁联、山亭联、架造联、迁居联、祠堂联、挽联、生子联、书斋联、过聘联、庙宇联、婚姻联、娶亲联、酒联、鸡联、鱼联。——可见主要是根据对联的用途分类的。

清初汪陞的《评释巧对》将对联分为"赋事类"（包括天文门、地理门、鸟兽门、花木门、人事门、宫室门、器用门、附长联）、"寓意类"（包括天文门、地理门、鸟兽门、花木门、人事门、器用门、杂色）、"借影类"（包括影出各字、影出官名、影出人之称谓、影出姓名、影出书名、影出曲牌名、影出药名）、"照应类"（包括上下之顺应者、上下之反照者）、"状物类"（包括天文门、地理门、鸟兽门、花木门、人事门、杂色）、"写景类"（包括天文门、地理门、鸟兽门、花木门、人事门、宫室门、饮食门、器用门、杂色）、"采色类"（包括一样采色、两样采色、三样采色、四样采色、五样采色）、"数目类"（包括一个数目、三个数目、四个数目、五个数目）、"物类类"、"人名类"、"拆字类"、"叶音类"、"字殊类"（包括二字不同、三字不同、四字不同、五字不同、六字不同）、"音异类"（包括二音不同、四音不同、五音不同）、"叠文类"（包括二字之叠文、三字之叠文、四字之叠文、五字之叠文、六字之叠文、七字之叠文、八字之叠文、九字之叠文、十字之叠文、十三字之叠文）、"成语类"（包括全用成语、自措他词以成语合意）、"牖蒙类"（又分为二字、三字、四字的天文门、地理门、花木门、鸟兽门、人物门、身体门、衣服门、饮食门、宫室门、器用门、珍宝门、文史门）、"醒世类"共十八类。——可见其中既有按对联内容的分类，又有按对联创作技巧的分类。

以上几种分类的共同特点，是过于细，又有些交叉。如《万宝全书》的"星士联"和"相士联"、"婚姻联"和"娶亲联"、"鸡联"和"鱼联"，《评释巧对》的"状物类"和"写景类"等。

再看几种影响比较大的对联著作的分类：

清末梁章钜的《楹联丛话》将对联分为"故事"、"应制"、"庙祀"、"廨宇"、"胜迹"、"格言"、"佳话"、"挽词"、"集句（附集字）"、"杂缀（附谐语）"共十类。——可见他偏重于按对联的内容分类，"集句（附集字）"则应该是对联的创作手法。

清末林庆铨的《楹联述录》将对联分为"掌故"、"故事"、"庙祀（包括祠、墓、宫、楼、阁、寺等）"、"胜迹"、"廨宇"、"佳话（附贺言）"、"挽章"、"名言"、"集句（附集字）"、"谐语（附巧对）"、"杂志"共十一类。——可见他主要沿袭了梁章钜《楹联丛话》的分类方法。

近代吴恭亨的《对联话》，分为"题署"、"庆贺"、"哀挽"、"杂缀"、"谐谑"共五类。——他是按对联的内容来分类。

近年来影响较大的几种对联著作的分类主要有：

顾平旦、常江、曾保泉先生主编的《名联鉴赏词典》将对联分为"名胜类"、"题赠类"、"喜庆类"、"哀挽类"、"谐讽类"、"文学类"、"行业类"、"集句类"、"杂题类"共九类，以下则是按字数多少再作细分。——这也是主要沿袭了梁章钜《楹联丛话》的分类方法。

顾平旦、常江、曾保泉先生主编的《中国对联大辞典》将对联分为"名胜类（含山岭、川流、关隘、亭台、园林、楼阁、塔碑、井泉、馆堂、宫殿、城寨、轩斋、牌坊、衙署、陵墓、桥渡、湖潭、崖洞、寺观、祠庙）"、"题赠（格言）类（含自题、题赠、格言、其他）"、"喜庆类（含春联、节日联、贺联、婚联、寿联）"、"哀挽类（含挽人、挽群体、自挽、通用挽联）"、"谐讽（巧妙）类（含嘲讽、巧妙、趣联）"、"文学艺术类（含文学、艺术，即文学艺术作品中的对联）"、"行业类（含工交邮电、农林牧副渔业、商业、饮食服务业、科教文化、体育卫生、公共事业）"、"集句类（含集诗词、集文句、集碑帖、集俗语）"、"海外类（含亚洲、非洲、欧洲、美洲、大洋洲及太平洋岛屿）"。——主要按对联的内容分的类别，又按对联的创作方法分类。

余德泉先生的《对联通》将对联分为"春联"、"喜联"、"寿联"、"挽联"、"胜迹联"、"普通联"、"格言联"、"轶事联"、"述事联、状景联、抒情联、晓理联和论评联"、"通用联和专用联"、"长联"。——可以看出，这个分类既有内容，又有表达，甚至还有长短。

1995 年，中国楹联学会发布的《中国对联集成》编纂方案将对联分为"山水类"、"园林类"、"古建类"、"宗教类"、"居室类"、"行业类"、"题赠类"、"哀挽类"、"巧妙类"、"文艺类"、"集名类"、"故事类"、"杂题类"，共十四大类。

我以为，还是根据对联的内容和用途来划分合适一些。不妨把我们常用、常见的对联分为婚联、寿联、挽联、贺联、赠联、节日联、名胜联、居室联、行业联、巧趣联等十类。我的指导思想是：这样分类，既可以尽量少地交叉，又不至于过细。其中，"赠联"可包含"格言联"（从《名联鉴赏词典》），因为"格言联"常用来赠人或自题；"节日联"可包含"春联"，虽然春联是对联中的一大分支；"巧趣联"可包含"嘲讽联"、"谐谑联"、"奇联妙对"等；"行业联"中自然可以有行业春联。至于"集字"、"集句"等，应该属于创作方法的范畴。当然，这也仅是我个人关于对联分类的一点看法，提出来供大家参考。

第三讲　对联的基本格律（上）

传统的文学分类，只有韵文、散文两大类。刘勰的《文心雕龙·总术》说："今之常言，有'文'有'笔'，以为无韵者'笔'也，有韵者'文'也。"就是说，当时所谓的"文笔"，分别指韵文——"文"，散文——"笔"。

著名教育家蔡元培先生于1920年10月在北京高等师范学校国文部的演说词《论国文之趋势及国文与外国语及科学的关系》中，将文学分为诗歌、小说、戏剧三种。直到现代，中国文学的分类才定型为诗歌、散文、小说、戏剧四大类。——可以看出来，这明显是受西方的影响。

从文学分类的角度说，如诗、赋、词、曲一样，对联应该属于韵文。

所谓格律，就是指韵文（相对于散文而言的诗、赋、词、曲、对联等）关于字数、句数、平仄、对仗、押韵等方面的格式和规则。

任何事物都有区别于其他事物的特点。就文学作品来说，像小说要有故事情节、环境描写、人物形象，诗、词要按规定的句式、字数、押韵、对仗，对联也有它的独特要求。既然叫对联，既然要读对联，学对联，就必须遵循对联的格律。不讲格律，就是"非驴非马"。

我们不论是阅读、欣赏，还是要进行对联创作，都有必要熟悉、了解、掌握对联的基本格律。

第三讲　对联的基本格律（上）

王力先生在《诗词格律·引言》中说："关于诗，着重在谈律诗，因为从律诗兴起以后，诗才有了严密的格律。"因为诗词历史悠久，又一向被各阶层的人士所看重，更为重要的是，曾长期作为科举考试的内容，所以，很早就有了"篇有定句，句有定字，字有定声"那样严格的格律规定。

那么，对联的情况是怎样的呢？和诗、词、曲类似，对联也有它产生、发展的漫长过程，其艺术也是由不成熟逐渐走向成熟的。就是说，人们是在对联逐步发展的过程中，才逐步总结了其格律的。早期的对联没有所谓格律。就是在清代，即人们一致认为的古代对联的鼎盛时期，也没有人比较完整地论述过对联格律。

1921年由家刻出版的对联著作——江苏无锡窦镇《师竹庐联话》的《序》（窦镇的门人胡介昌作）中，可以见到这样的话："宋杨守斋先生云：'作诗难，填词尤难。'殊不知诗有古体、今体之别，词有小调、中调、长调之分，格律可考而求也，腔谱可按得也，或专集，或选刻，几于汗牛充栋，择善而从者，莫不步亦步、趋亦趋矣。至于楹联，则长短随心，无格律、腔谱之可言，又无专集、选刻之可师。"——明确指出楹联"无格律"。

与这个说法几乎完全相同，上海中华书局1921年出版的浙江海宁陈方镛著的《楹联新话·庆贺》说："古传诗律，未闻有所谓联律者。"

据我所知，最早提到对联格律的文字，是清初汪陞在作于康熙五十一年（1712年）冬十月的《选评精巧对类·自序》中的话："《系词传》曰：'易有太极，是生两仪。'则两间之内，有阳必有阴，有奇必有偶。故其见于天地万物者，有流行未尝无对。待其在于人，凡事皆有之，虽文字亦然。此自古以来，无论成人小子，皆有属对之说也。对之为类，固有天文、地理、人事与鸟兽、花木、身体、衣服、宫室、器用及珍宝、书史、时令、数目之异门。其出题者，或抚时动念，或见景生情，或触物兴怀，或因人命意，种种不同；而属对者要以各中其旨为佳。以言其法，不特字义之死活、虚实，声音之平仄、高下，宜相符也，即物之彼此，意之主宾，皆须相敌而无差焉。其为法也精矣。能通其法，则一切对联皆可仿此。"意思是：天地之间，自然就存在着阴阳、奇偶两两相对的事物。所以万物都有可以与之相对的事物，无论成年人、小孩子，都能够"属对"，也就是对对子。而对对子要讲究词类相对，如天文对天文、地理对地理、人事对人事、鸟兽对鸟兽、花木对花木……还要符合题旨的要求。同时，要讲究声音的平仄、高下。概括起来说，汪氏的所谓对联之"法"，一是词类，二是平仄（声律）。

清末梁章钜的《楹联丛话》系列，近代吴恭亨的《对联话》和胡君复的《古今联语汇选》，是影响巨大的几部对联著作。但是，他们都没有比较系统地论述对联的相关格律问题。梁章钜仅仅在《楹联续话》中批评两副对联"字句未能匀称，平仄亦尚未谐"；吴恭亨的《对联话》虽然多次提到"律"、"声调"和"平仄"等，但远远不够全面、系统；胡君复的《古今联语汇选》多达二十余册，但其中关于对联格律的内容，仅仅提到一次，"楹联体裁，须谐平仄"。

近代诗人、语言学家刘大白在 1929～1931 年《世界杂志》刊载的《白屋联话》中说："联语是什么东西？——联语是律体的文字，是备具外形的律声的文字。它备具整齐律，参差律，次第律，抑扬律，反复律，当对律和重叠律；凡是中国诗篇底外形律，它无一不可以备具。"又指出："它底特性，是形态、腔调和意义底两两对称，是中国所独有的。因为中国底语言，是孤立语，没有语尾底变化；中国底文字是单音节，而一个音只有一个形态的，所以可以作成整齐地对称的型式。"他还比较详细地分别讲述了联语的几个特性："在形态上，两停或两组相对，两停或两组的字数，一定是整齐的。在腔调上，两停或两组相与间，相当的各个字，大体是用抑音和扬音两两相对；至少是各停或各组末一字的抑扬，是严格地必须相对的。在意义上，两停或两组相与间，相当的各个位置上，常常是取意义相同的或相类的或相反的字，使它们两两相对。如果不是这样，那末，一定是在一停或一组中间，自己备具了相对的型式，所以有此例外了。"——其实，刘大白已经大致概括了对联基本格律的几个方面：上、下联字数相等，平仄相谐，意义相关。

20世纪30年代，还出版有一部重要的对联著作，尤其是首次提出了比较完整的对联格律理论，这就是蔡东藩的《中国传统联对作法》。这本书分"体制"、"材料"、"格式及注释"三大部分，其中"体制"部分主要就是讲的对联格律。蔡东藩所概括的"联对之体制，大别为三：一曰谐音；二曰偶句；三曰修词"。"谐音"，就是所谓"调平仄"；"偶句"，就是讲对仗，主要是指以同类的字对同类的字；"修词"，是讲文字构成的规则。至于对联，则造句尤其应该精要。

和以往的情况相比，最近三十多年来关于对联格律的讨论，可以说是热闹非凡，又莫衷一是。大约从1979年开始，当代楹联家及楹联爱好者就在讨论对联的基本格律问题，大约有几十种说法。多的，竟然提出七八条，而少的呢，仅仅两条，甚至还有人说"'联律'和'词性相对'可以休矣"。

在介绍对联的基本格律以前，应该先了解几个常用术语：

上联，指面对对联，右边的部分。又称"上片"，大约是从词的术语借来的，还有称"对头"、"对公"的。有人又称"出句"、"出幅"、"出边"、"出联"、"出语"。

下联，指面对对联，左边的部分。又称"下片"，大约是从词的术语借来的，还有称"对尾"、"对母"的。有人又称"对句"、"对幅"、"对边"、"次联"、"对语"。

言，指上联或下联的字数，如婚联"雀屏欣中目；鸿案庆齐眉"是五言联，吉鸿昌集句自题联"松间明月常如此；身外浮云何足论"是七言联。

字，指全联的字数，如昆明大观楼长联，共一百八十字。

我的意见是，对联的基本格律一般应该包含以下几个方面：上、下联字数相等，词性相同，结构相当，平仄相谐，语意相关。

字数相等

对联的基本特点是对仗。对仗是什么意思呢？本来指当廷奏事。唐代制度，皇帝坐朝听政，一定要有仪仗。仪仗，就是左右分设、两两相对而立的仗卫。百官当廷言事，应该没有什么隐秘，就是面对仪仗奏事，所以称对仗。后用来指诗词、文章、对联的词句相对偶。对偶，本来是一种修辞方法，是用两个字数相等、结构相似的语句来表现相关或相反的意思。但是，对仗又比对偶更为严格。

所以，作为一种独特的文学艺术形式的对联，其上、下联的字数必须相等。否则，有长有短，就根本"对"不起来了。

就对联的外在形式说，上、下联字数相等的排列，有着整齐划一、稳重和谐之美，符合我们中华民族的审美习惯，因为对称是艺术美的规律之一。就对联的内容方面说，上、下联字数相等，又可以起到或互相补充、或互相映衬的作用，修辞效果十分明显。甚至有人强调说："对称性是对联的核心、对联的灵魂、对联的生命。"所以，不论多少字的对联，一般上、下联的字数都必须相等。如《笠翁对韵》：

雨
风

第三讲 对联的基本格律（上）

大陆
长空

雷隐隐
雾蒙蒙

风高秋月白
雨霁晚霞红

牛女二星河左右
参商两曜斗西东

十月塞边，飒飒寒霜惊戍旅
三冬江上，漫漫朔雪冷渔翁

  但是，任何事物都不是绝对的，个别情况不受这个要求的束缚。如民国时候的一副戏挽袁世凯的对联：

袁世凯千古
中华民国万年

"千古"与"万年"相对；而"袁世凯"与"中华民国"，一个词三个字，一个词却有四个字，显然对不起来。这里的寓意是："袁世凯"对不起"中华民国"。——这应该属于巧联妙对。这种形式，在特定情况下，可收到出奇制胜之效。

词性相同

词性相同，也就是上、下联相对应的字在字面上要相对，这是对仗最起码的要求。语言学家王力先生在《龙虫并雕斋文集·语言与文学》中说："对仗，就是名词对名词，动词对动词，形容词对形容词，数量词对数量词，虚词对虚词。"

古代汉语中的单音节词占绝大多数，一个字就是一个语音、意义单位，所以，"字"就兼具现代汉语中"字"和"词"的两个意义。古汉语的字共分为四大类，又分为主、次两类。主类包括实字（实词）和虚字（虚词），其中虚字又含三小类，即"生"（又称"活"）、"死"（又称"呆"）、半虚字；次类包括半实字和助字。

用现代汉语的术语来解释，就是：实字、半实字都属于名词，其中实字为具体名词，半实字为抽象名词；虚字是动词和形容词，其中"生"（活）的虚字指动词，"死"（呆）的虚字指形容词；半虚字指方位名词、时间名词和一些意义抽象的形容词；助字则包括介词、副词、连词及部分助词、叹词等。

为了让读者有个更为清晰的认识，我们分别举出几个例子来：

实字：风、雨、竹、木、鸟、兽；

半实字：气、力、文、武；

虚字（活）：奔、跑、打、击；

虚字（死）：大、小、坚、柔；

半虚字：上、下、里、外；

助字：在、于、很、之、与、者。

其中常用的实词（实字），又被分为许多小门类，再举出一些例字：

天文：日、月、风、云、雾、露、霞、烟；

时令：春、夏、秋、冬、朝、夕、节、年；

地理：山、水、江、河、关、塞、井、泉；

宫室：楼、台、门、户、殿、阁、墙、垣；

器物：扇、尺、杯、盘、斧、鼎、车、船；

衣饰：衣、冠、巾、带、鞋、袜、钗、环；

饮食：茶、酒、餐、饭、酱、醋、油、盐；

文具：笔、墨、纸、砚、册、簿、轴、卷；

文学：诗、赋、书、画、谱、铭、碑、篇；

草木：桃、李、禾、苗、瓜、蔬、芝、兰；

动物：鸟、兽、虫、鱼、牛、马、莺、雁；

形体：身、心、手、足、眉、目、肝、胆；

人事：道、德、才、情、勇、舞、悠、闲；

人伦：父、子、兄、弟、君、臣、官、宦；

武备：旌、旗、营、垒、甲、胄、刀、剑；

技艺：射、御、农、樵、相、术、巫、占；

珍宝：珍、宝、珠、玉、金、银、铜、钱；

音乐：歌、舞、琴、瑟、笙、笛、箫、管；

数目：一、二、百、千、多、少、双、单；

颜色：赤、橙、黄、绿、彩、素、青、蓝。

古人对字类的划分，还有更为详细的。隋末唐初书法家虞世南在隋朝任秘书郎时所编撰的《北堂书钞》，分为帝王、后妃、政术、刑法、封爵、设官、礼仪、艺文、乐、武功、衣冠、仪饰、服饰、舟、车、酒食、天、岁时、地十九部，共八百五十二卷。再如《词林典腋》，先分为三十大类：天文门、时令门、地理门、帝后门、职官门、政治门、礼仪门、音乐门、人伦门、人物门、闺阁门、形体门、文事门、武备门、技艺门、外教门、珍宝门、宫室门、器用门、服饰门、饮食门、菽粟门、布帛门、草木门、百花门、果品门、飞禽门、走兽门、鳞介门、昆虫门，还有外编，然后各门再分为若干小类。只举天文门为例，分为四十三小类：天文总、天、日月、日、春日、夏日、秋日、冬日、月、新月、残月、月桂、中秋月、星（景星、北斗附）、天河、云、庆云、云峰、风雨、风、春风、夏风、秋风、冬风、雨、夜雨、喜雨、春雨、夏雨、秋雨、冬雨、雷、电、虹、霞、露、霜、雪、喜雪、春雪、雾、霁、烟。《诗腋》，先分为帝治、仕进、德性、人伦等三十一部，然后再分为若干小类。

唐代诗人白居易《白氏六帖事类集》与宋代孔传《六帖新书》两书合成的《白孔六帖》，共一百卷。书中将唐代以前的经籍史传及杂书中的成语故事、典故、词语及名篇佳句等，分门别类地片断抄录汇集，可供作诗文时查检辞藻之用。全书以天、地、日、月、星辰、云、雨……分卷，再分细目，子目有一千三百八十七个。

王力先生有个对词的分类：名词、形容词、数词（数目字）、颜色词、方位词、动词、副词、虚词、代词。并说："同类的词相为对仗。"他又强调说："我们应该特别注意四点：其一，数目自成一类，'孤''半'等字也算是数目。其二，颜色自成一类。其三，方位自成一类，主要是'东''西''南''北'等字。这三类词很少跟别的词相对。其四，不及物动词常常跟形容词相对。""联绵字只能跟联绵字相对。联绵字当中又再分为名词联绵字（鸳鸯、鹦鹉等）、形容词联绵字（逶迤、磅礴等）、动词联绵字（踌躇、踊跃等）。不同词性的联绵字一般还是不能相对。"

台湾出版的《楹联丛编》也说："联语既为对偶之句，于对仗上自不可不注意……实字之中，则有种种惯例，初学不可不知，其间尤重要者，如数字、色彩、干支、岁时、动植物、方名（方位词）、器物、天象、地文等数类，沿用既惯，大觉非对不可。"

现代汉语中的词同样也有实词和虚词之分,不过与古代汉语的分类有些不同罢了。现代汉语的实词有:名词、动词、形容词、数词、量词、代词、副词、助动词;虚词有:连词、介词、助词、语气词、叹词。与古代汉语词性分类的不同之处在于:现代汉语语法上区分词类的目的是为了指明词的外部结构关系,说明语言的组织规律,分类的基本根据是词的语法功能。词的语法功能首先表现在能不能单独充当句子成分上。能够单独充当句子成分的是实词,不能单独充当句子成分的是虚词。

这么细致的分类,其目的无非在于要求人们在对对子的时候,要尽量以同门类的词语相对,使得对子更加工整。我们平时欣赏对联、创作对联时常说的"小类工对",指的就是这个。如这么一副传统春联:

爆竹一声辞旧岁

梅花数点庆新春

其中,"爆竹"与"梅花"为名词相对,"一声"与"数点"为数量词相对,"辞"与"庆"为动词相对,"旧"与"新"为形容词相对,"岁"与"春"为名词相对。

关于词性相同,根据我三十多年的观察,对于初学对联的朋友来说,还要注意以下几个方面的问题:

第一,上、下联的词义不能完全相同,否则,叫作"合掌",是对联一忌,如"九州千古秀;四海万年青",上、下联说的完全是一个意思。再如"温室长年绿;大棚四季青",也是这个问题。即使词义相近,也不能算作是好作品,如以"三江"对"四海"。因为对联本身应该是十分精炼的,要力争每一个字都充分发挥其作用,而如果有"合掌"的问题,上、下联说一个意思,当然就显得重复、浪费。所以,内行作者在创作对联时,往往会避开同义词或近义词,如上联用"四海",下联则用"千秋"，一横一纵，还显得联语内容更为丰厚。

　　第二，应该避免生造词语。有的对联作者为了对得工整，一时又找不到合适的词语，便用一些如鲁迅所说"除自己之外谁也不懂的"词。我从1991年开始主持全国范围的征联活动以来，每次所收到的成千上万副对联，都有一些生造词。如1984年征联中，出句有个词"桃李"，就有不少人在对句中用"柏松"、"菊松"、"桂茶"，甚至用毫不相干的禽鸟"鸥鹏"来对。2001年9月，我们在新郑市评选"轩辕杯"海内外征联的应征作品时，发现有这么一副写伍子胥的对联"翁渡胥吴避；子求伍旅归"，简直让人莫名其妙。2003年4月为邓州市花洲书院征联评选时，有人的联作为了与"百花"相对，造"千雾"一词；在为扶沟县大程书院征联评选中，发现有"教基"、"颢县"、"范风"等词。2006年6月，社旗县征联，有"七十街二"、"富有夏一"之类的词。南方某地曾举办"陆台杯"征联，出句是："陆台隔一水，台北架金桥，中国河山归一统。"后来公布了获奖作品，让人们大跌眼镜，其中获得大奖的对句竟然是："天地耀双星，地南通铁路，大华民族建双文。"其中的"双星"、"地南"、"大华"、"双文"，都属于生造词。

　　其实，我们的汉语是很丰富的，表达能力是非常强的，构思好了以后，这个词不行，再换一个就是了。总之，要自然浑成，需毫不牵强、生涩才好。

结构相当

　　王力先生在《古代汉语》中说："骈偶（对仗）的基本要求是句法结构的相互对称：主谓结构对主谓结构，动宾结构对动宾结构，偏正结构对偏正结构，复句对复句。古代虽没有这些语法术语，但事实上是这样做的。"

古代汉语和现代汉语的语法结构，大的方面其实差不多。如这么一副新春联：

<u>人</u> <u>和</u> <u>政</u> <u>善</u> <u>千</u> <u>家</u> <u>暖</u>
<u>国</u> <u>富</u> <u>民</u> <u>强</u> <u>四</u> <u>海</u> <u>春</u>

上联"人和政善"与下联"国富民强"，都是主谓结构组成的并列结构词组；"千家"与"四海"，都是偏正结构词组；"千家暖"与"四海春"，都是主谓结构词组。

这里所说的对联的"结构"，除了语法结构以外，还应当包括语音结构。也有人以表现诗歌节奏音组的术语"音步"（也称"顿"）来称语音结构。当一副对联上、下联相对应部分的语法结构相当，语音结构（即语音停顿的位置）不同时，也不妥。

请看一副婚联的结尾：

……<u>好</u>　<u>伴侣</u>
……<u>幸福</u>　<u>人</u>

虽然它们的语法结构都是偏正结构，但是其中的语音停顿位置不同，"好伴侣"是在"好"字后面停顿，语音结构为1—2，而"幸福人"则是在"幸福"后面停顿，语音结构为2—1，这就明显不妥。

2003年12月，郑州毛家饭店为纪念毛泽东主席诞辰110周年征联时，有这样一副应征作品：

<u>主席</u>　<u>雄才大略</u>　<u>满</u>　<u>乾坤</u>

<u>毛主席</u>　思想　世代　相　传

其他方面不说，仅就语音结构上来看，上联是 2—4—1—2 结构，而下联则是 3—2—2—1—1 结构，相差太远，根本无法相对。

第四讲　对联的基本格律（中）

平仄相谐

当代学者刘叶秋先生说："辨清平仄，是作联第一步。"可见平仄相谐对于对联的重要意义。

那么，到底什么是平仄呢？其实就是讲声律，在这里，就是讲对联在声调、音韵方面的格律要求。

汉语是一种声调语言，现代汉语的普通话还有四个声调，而南方的一些方言还保留着五六个，甚至七个、八个以至更多声调。如粤语，就有九个声调；广西博白地区的声调达十个。这和西方许多语言仅有升调、降调相比，有很大差异。

我们说汉语之美，其中主要的因素之一，就是因为汉语讲究声调。

刘勰在《文心雕龙·声律》中说："凡声有飞沉，响有双叠。双声隔字而每舛，叠韵杂句而必睽。沉则响发而断，飞则声飏不还。并辘轳交往，逆鳞相比，迂其际会，则往蹇来连。"大意是说：声调有飞扬、沉抑的区分，一句之中，如果全用沉抑的字，读起来很不方便，音调会沉下去，发出的声响就像要中断了一样；一句之中，如果全用飞扬的字，读起来也不顺口，声调好像飞出去回不来了一样。刘勰对音律说得十分清楚生动，他主张飞、沉交错运用，就是把平仄调配得像井上辘轳的绳子一上一下、回环往复，像龙鳞有逆有顺、紧密排比，相反相成。"异音相从谓之和"，就是说，平仄相间，才叫和谐。沈约也说："十字之内，颠倒相配。"清代钱大昕在《潜研堂文集》中说，沈约等人是"欲令一句之中平侧（仄）相间耳"。——可以说是一语中的。

古人写诗、作文都是非常讲究声律的。《宋书·谢灵运传论》说："夫五色相宣，八音协畅，由乎玄黄律吕，各适物宜，欲使宫羽相变，低昂互节，若前有浮声（轻声，平声），则后须切响（重声，仄声）。一简（行）之内，音韵尽殊；两句之中，轻重悉异。妙达此旨，始可言文。"王力先生在《语言与文学》中，甚至把王安石的散文《读〈孟尝君传〉》摘出来一段，每个字都标出平仄声，以表示其音节高低相间、洪细调和，显示出文章的抑扬顿挫之致来。正因为此，才使得文章和诗、词、曲、赋读起来具有音乐美、韵律美。可以说，声律是我国传统韵文的灵魂所在、精华所在，没有声律，就没有我们如此灿烂辉煌的古代文化。这个传统，从先秦时期的诗歌就已经开始了，虽然那时还没有"平仄"这个词语。

台湾的《楹联丛编》说："楹联为韵文之一，虽字不多，而其声调读之颇觉畅喉凑口，无丝毫聱牙之病，究其所以能奏此功效者，以无论五言七言，与夫长至数十百字之联语，其下一字也，莫不调以平仄。平仄调，而其构成之联语，声气自然和顺，清浊可觉合宜。"

古代汉语中，有四个声调：

一是平声。这是一个平调，到现代汉语中分化为阴平（即第一声）和阳平（即第二声）。

二是上声。这是一个升调，到现代汉语中一部分仍是上声（即第三声），一部分则变为去声（即第四声）。

三是去声。这是一个降调，到现代汉语中仍是去声。

四是入声。这是一个短调，到现代汉语的普通话中已不存在（今天东南及江苏、浙江、福建、广东、广西、江西和北方部分地区如山西、内蒙古仍保存有入声），分别变为阴平、阳平、上声、去声，就是人们所说的"入派四声"。

古代汉语的四声到底是怎么个读法，现在已无法确切地知道了。唐代僧人神珙引述《元和韵谱》说："平声者哀而安，上声者厉而举，去声者清而远，入声者直而促。"清代著名经学家、音韵学家江永说："平声音长，仄声音短；平声音空，仄声音实；平声如击钟鼓，仄声如击木石。"《康熙字典》正文前载有一首明代万历年间京师慈仁寺僧真空和尚的《分四声法》歌诀："平声平道莫低昂，上声高呼猛烈强。去声分明哀远道，入声短促急收藏。"这个叙述当然"是不够科学的，但是它也让我们知道了古代四声的大概"（王力《诗词格律》）。

平声字发音平和、尾音长，有余韵；上声字读音响亮，声音短促，无尾音；去声字读音婉转，尾音短，高昂；入声字读音质朴而急，收音短促，低沉，无尾音。一般说来，平声字音平和，有较长的尾音。仄声字尾音短促，或者无尾音。近代语言学家刘半农先生首先肯定了真空和尚对于古汉语四声的分析是正确的，他又根据自己的研究所得，做了补充："平声平去，曲折最少，习称为平衡调。上去两声曲折最多，或上升，或下降，或降升，或升降，应为非平衡调。入声最短，称促调。"这个论述，简单而明了。当代张世禄先生更为简要地将平上去入四声分成两大类，平声是长音步所在，仄声是短音步所在，平仄主要是长与短的区别。

辨别四声是辨别平仄的基础。"平"就是平声；其余上声、去声、入声为仄声，"仄"的字面意思就是"不平"。而现代汉语的阴平（即第一声）和阳平（即第二声）为平声；上声（即第三声）和去声（即第四声）为仄声。

此外，古代汉语及现代汉语中还有一部分比较特殊的字，既可以读为平声，又可以读为仄声，即平仄两读的字。这一部分字的情况也比较复杂，大致说来，有以下几种。

一是古代平仄两读，现在也平仄两读。如：没、正、长、调、中、重、间、难、强、冠、荷、和、缝、论、燕、任、咽、便、骑、分、华、兴、攒、予、看、奔、教等。其中的大部分字，读平声和读仄声时意义不同。如"燕"字，做动物名解时读仄声，如"燕子"；做国名、地名解时读平声，如"燕国"、"燕山"。而有的字读平声和读仄声，意义相同，如看、忘、听、醒、叹、望等。但在现代汉语中，"看"字读平声和读仄声时，其意义并不完全相同：在表示眼睛的动作时读仄声，如"看见"；如果动作不只是由眼睛完成时，读平声，如"看守"、"看护"。

二是古代平仄两读，现在只读仄声，如纵、撞、治、誉、筐、叹、过、亢、忘、望、醒、否、探、嵌、不、要等。这一类字中有些字，在古代读平声和读仄声时意义不同，如"纵"字，做方位词解、与"横"相对时读平声；做副词"纵然"解时，读仄声，而现在一律读仄声。也有一些字，古代读平声和读仄声时意义相同，如"醒"字。

三是古代平仄两读，现在只读平声，如：思、闻、行、从、吹、王、衣、疏、莹、听等。

平仄两读的字用在某副对联作品中，到底是作为平声字还是仄声字，主要是由对联作者根据需要来选定。阅读和欣赏对联作品，尤其是古代对联作品时，不可不察。

"平仄相谐"的要求有三层意思：其一，一句（上联或下联）中节奏点上的字平仄要交替出现，而节奏点以外的字可相对宽容些。如果是如律诗一样的句子（有人称为"律句"，相反的为"非律句"），则可用律诗的要求来对待，即"一三五不论，二四六分明"。

其二，上、下联相对应的节奏点上的字平仄要相反，如上联节奏点上的字是平声字，则与之相对应的下联节奏点上的字就要是仄声字。

其三，上联的最后一个字一般要用仄声字，下联的最后一个字一般要用平声字，就是"仄起平收"。这一点，湖南楹联家唐意诚先生称为"铁律"；台湾的《楹联丛编》称为"死则"，"万一倒而置之，如'皎月穿窗，狂风扣户'，即违犯规则。虽琢对仍属自然，于逻辑上并无不合，然被识者见之，势必窃笑不止也"。就是说，如果上、下联颠倒了，会被人家笑话的。

请注意，我在这里用的是"一般"，而不是"一定"，就是说在特殊情况下，上、下联最后一个字的平仄也有相反的情况。如北宋秦观赠李廌（初名豸）一联（以符号"—"为平声，以符号"｜"为仄声）：

昔为有角狐
—

今作无头箭
｜

其中的"狐"字，用来切"豸"字；"箭"字，用来切"廌"字。因为先有"昔"，后有"今"，所以成了上联以平声字收尾、下联以仄声字收尾的形式。

这类对联，最有名的是湖南长沙岳麓书院的门联：

惟楚有材
—

於斯为盛
｜

由于逻辑关系的原因,也只能如此了。这是一副集句联。传说清代嘉庆年间,时任山长袁名曜出上联,贡生张中阶对出下联。上联出自《左传·襄公二十六年》:"虽楚有材,晋实用之。"下联出自《论语·泰伯》:"唐虞之际,於斯为盛。"用于岳麓书院,再恰切不过了。

再如河南三门峡北羊角山披云亭的一副短联:

忆仙石于五羊
—

渺天涯之一角
|

这是在句子末尾嵌入山名"羊角",就只能这样了。

但是,这并不是说我们写对联可以任意安排句脚的平、仄,尤其是上联末字用平声字,下联末字用仄声字。初学对联,还应该以通用格律为准,即上联末字用仄声字,而下联末字用平声字。也不负《楹联丛编》"死则"一说了。北京大学白化文先生说:"上、下联收尾的各一个尾字,合共两个尾字,必须是一平一仄。这个原则是铁定的,毫无更改可能的。如果上下联两个收尾的字全平或全仄,行话称为'一边顺'。""至于上、下联中哪个尾字用平声,哪个用仄声,却不是板上钉钉的。"他还比较详细地讲了这个问题的来龙去脉:"律诗一般是押平声韵的,也就是一联中的上联用仄声收尾,下联用平声收尾。这是因为平声舒缓、悠长,吟唱时容易留下有余不尽之感。对联接受了这一传统做法,一般也用平声字结束全联。因而,上联的收尾用仄声,下联的收尾用平声,几乎成为定格。"(《学习写对联》)湖南楹联家唐意诚先生说:"因为仄声字短促有力而不响亮,平声字舒缓悠长而响亮,适合放在下联的尾字上……如果上下联落尾字全是仄声,则有抑无扬;如果上下联落尾字全是平声,则有扬无抑。这样读起来就拗口、呆板、蹩（别）扭。如果是用不同声调的平仄字写出来，平仄交错或对立，形成对联的节奏和旋律，就会感到有变化，自然协调，形成抑扬顿挫的音乐美，读起来便朗朗上口。"并说：上联末字都是仄声，下联末字都是平声，"这是对联中的铁律，不能打乱，不能破除，不能改掉"（《对联知识百题问答》）。这就是所谓"平长仄短"的原因，因为读起来会抑扬顿挫。但是，"铁律"之说，未免有点片面。

  关于上、下联节奏点相对应的字平仄相反，也有例外，就是"粘对"，像律诗的两联之间相粘，上、下联节奏点相对应的字平仄相同。如成都武侯祠对联：

    两 表 酬 三 顾
    ｜ ｜ — — ｜
    一 对 足 千 秋
    ｜ ｜ ｜ — —

再如流传很广的这么一副春联：

    一 冬 无 雪 天 藏 玉
    ｜ — — ｜ — — ｜
    三 春 有 雨 地 生 金
    — — ｜ ｜ ｜ — —

  还要注意的是：一般情况下，上联尽量不在句末连用三个仄声字，下联也尽量不在句末连用三个平声字。如果用了，叫作"三仄尾"、"三平尾"，也有人认为是对联创作的一忌。

但是，如果构思非常好，又一时无法找出更合适的词来表达，"三平尾"也并非绝对禁止。如贵州黄果树瀑布联：

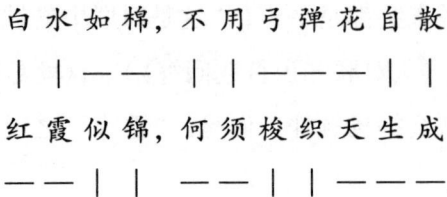

曾经有人要修改这副对联下联的结尾"天生成"，一是要改为"锦生成"，一是要改为"缎生成"。但改来改去，最终没有比原来结尾更合适的词句，因此，也没有得到人们的认可。

再如南阳武侯祠有清代顾嘉蘅的一副对联：

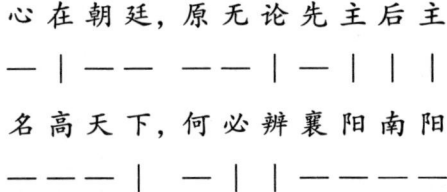

襄阳古隆中与南阳卧龙岗，到底哪个是当年诸葛亮的躬耕之地，从古至今不知道争论了多少年。而顾是湖北人，在南阳做官，偏袒哪一方都不妥。所以，他写了这么一副对联，说诸葛亮当年一心为朝廷，不论对先主刘备还是对后主刘禅，都一样忠心耿耿、鞠躬尽瘁、死而后已，既然他已经天下闻名，今天还有什么必要分辨他到底是在襄阳还是在南阳躬耕呢？立论高远，又可见煞费苦心。——有如此的眼光、如此的胸怀，谁还会计较其上联结尾是几个仄声字，下联结尾是几个平声字呢？

梁章钜《楹联续话》卷一载有"乾隆五旬万寿时，京师经坛"的一副对联：

> 四万里皇图，伊古以来，从无一朝一统四万里
> ｜｜｜——　—｜｜　—　——｜—｜｜｜｜
> 五十年圣寿，自兹以往，尚有九千九百五十年
> ｜｜—｜｜　｜—｜｜　—｜｜｜—｜｜｜—

梁氏的评价是："气象高阔，设想奇创，对仗亦新而稳，与寻常楹联蹊径迥乎不同。"这里他也并没有批评上联一连五个仄声字有什么不妥。

王力先生在谈到诗词中平仄的交错和对仗的规则时，曾概括出这样两条。

平仄交错：平仄在本句中是交替的；平仄在对句中是对立的。

对仗规则：出句和对句的平仄是相对立的；出句的字和对句的字不能重复。

王力先生还明确指出："对联（对子）是从律诗演化出来的，所以也要适合上述的两个标准。"（《诗词格律》）这里的"重复"，是指无规律的重复，现在一般称之为"不规则重字"；有规律的重复，即专门造句的重复，则是允许的，并且是对联的技巧之一。为什么对联中不允许出现不规则重字呢？湖南楹联家魏寅先生指出了两个理由：一是，因为对联的字数不多，即使是长联，字数也是有限的，要以这有限的文字去表达丰富完整的内容，非字字发挥其功能不可；二是，对联的两行文字，具有字面的对仗美和平仄的抑扬顿挫美，而不规则重字势必破坏这种对仗美和音韵美。

如这么一副春联：

雪映红梅添倩影
｜｜——｜｜
梅招喜鹊唱春歌
——｜｜｜—

此联词性、对仗、平仄、意境都不错，但其中重复了两个"梅"字，一个与"雪"相对，一个却与"鹊"相对。这就不符合要求。再如：

大地回春，抬头见喜风光美
｜｜—— ——｜｜—｜
东风解冻，举步生辉景色新
——｜｜ ｜｜——｜—

这也是一副很好的春联，对仗工整，平仄谐调。遗憾的是其中的两个"风"字出了点问题：一个与"地"相对，一个却与"景"相对。请再看一副春联：

八方喜讯传春讯
｜—｜｜——｜
万树梅花伴雪花
｜｜——｜｜—

其中的两个"讯"字分别与两个"花"字相对，这就没问题了。再如：

东风送暖家家暖
——｜｜——｜

第四讲 对联的基本格律（中）

瑞雪迎春处处春
｜｜—｜｜—

上联的两个"暖"字和两个"家"字，下联的两个"春"字和两个"处"字，都是有规律的重复，属于重言和叠字。

但是，这一条也并不是绝对的，也有例外。贵州向义《六碑龛贵山联语·论联杂缀》说："联忌重字，本属常格。但如阮芸台题焦山联云：'凌万顷之茫然；障百川而东之。'二'之'字虚实不同，自可不拘。且此联之佳，全在神思，固不在字句间计较也。"像这样的例子还有不少。如清末翰林院侍读吴慈鹤题嵩山的一副对联：

近四旁惟中央，统泰华恒衡，四塞关河拱神岳
历九朝为都会，包伊洛瀍涧，三台风雨作高山

上联的两个"四"字，分别与下联的"九"字和"三"字相对，应该属于比较典型的不规则重字。但是，这里的上联写嵩山的地理位置及其与四岳的关系，突出"统"和"拱"；下联写嵩山北麓洛阳的历史、地理。此联内容丰富，大气磅礴，历来被认为是河南的名联之一。至于不规则重字，已不足挂齿了。

再如清代窦垿题岳阳楼的一副对联：

一楼何奇，杜少陵五言绝唱，范希文两字关情，滕子京百废俱兴，吕纯阳三过必醉。诗耶？儒耶？吏耶？仙耶？前不见古人，使我怆然涕下
诸君试看，洞庭湖南极潇湘，扬子江北通巫峡，巴陵山西来爽气，岳州城东道岩疆。潴者，流者，峙者，镇者，此中有

真意，问谁领会得来

上联列举与岳阳楼相关的名人名作、事迹及传说，包括杜甫的五言律诗《登岳阳楼》，范仲淹《岳阳楼记》的名言"先天下之忧而忧，后天下之乐而乐"，滕子京治理岳阳"百废俱兴"后重修岳阳楼，还有吕纯阳三醉岳阳楼。"诗耶？儒耶？吏耶？仙耶"，则是概述以上四位的身份。结尾"前不见古人，使我怆然涕下"，由古人而及"我"，借用唐代诗人陈子昂的《登幽州台歌》句"前不见古人，后不见来者。念天地之悠悠，独怆然而涕下"，来表达自己怀古伤今的情感。

下联描述岳阳楼四周的地理环境。从这里往南，洞庭湖可以直到潇水和湘水；往北（西北），扬子江（长江）可以直到巫峡；西有巴陵山的爽气；向东，岳州城（岳阳）可以通达边远险要之地。"潴者，流者，峙者，镇者"，分别写江水在洞庭湖聚集，又向北流去，巴陵山雄峙屹立，岳州城（楼）居高临下，雄镇一方。结尾借用陶渊明《饮酒二十首》之五"此中有真意，欲辩已忘言"句，说看到这些山山水水，其内心的感受，一时谁又能够领会得了，说得明白呢？

联语以排比、铺陈及当句自对手法，由人而及地，由古而及今，几乎可作为一部《岳阳楼志》来读。前人评论说："硬语盘空，起结尤超妙。"

其中的"陵"、"子"、"来"，都属于不规则重字，但丝毫也不影响其名联的声誉。

正因为有平仄相谐这么一条，所以人们在创作对联或诗词时，常有"调平仄"一说。就是在写某一副对联或某一首诗词的时候，构思好了，下笔以后，读起来声律不顺畅，感到别扭，即平仄不谐，这就需要对已经写好的句子做些调整。一般情况下，是在不改变原来意思的基础上，换一个或几个字，以使其平仄相谐。这也并不困难，因为汉语中的同义词（或近义词）是很丰富的。如许多现成的"平平仄仄"或"仄仄平平"的词语。

"平平仄仄"的如：千山万水、冰天雪地、陈词滥调、残山剩水、愁眉苦脸、长篇大论、刀光剑影、刀山火海、花团锦簇、花天酒地、南腔北调、狂风恶浪、和风细雨、良师益友、金枝玉叶、青梅竹马、良辰美景、琼楼玉宇、天经地义、天罗地网、芝兰玉树……

"仄仄平平"的如：出口成章、触景生情、触目惊心、打草惊蛇、点石成金、度日如年、发愤图强、集腋成裘、继往开来、解甲归田、见异思迁、弄假成真、卖国求荣、起死回生、弃暗投明、顺理成章、饮水思源、信口开河、有始无终、斩草除根、坐井观天、仗义疏财……

这也说明我们的祖先很早就注意到了汉语语音的这个特点，并且很好地利用了这一特点，才使得我们的语言如此抑扬顿挫、悦耳动听，尤其在韵文（包括对联）创作中，利用这一特点，就会使作品平仄相谐，读起来朗朗上口。

当然，正如贵州向义先生所说："联语之论平仄，本出自然。近人有谓可以不拘平仄者，此谬论也。""诗有声律，联亦有声律。但联无定式，正体拗体，均无一定，能手自然合拍。……平仄一协，声韵自谐，但过事吹求，又不免拘泥。神而明之，在乎其人矣！"意思是，写对联，应该讲究声律，但又不要过于拘泥。如马萧萧题马嵬坡杨贵妃墓联：

花 开 三 章 清 平 调
— — — — — ｜
叶 落 一 曲 长 恨 歌
｜ ｜ ｜ ｜ — ｜ —

马老自己注道："这段历史其实勿庸后人费评章，在唐代已经有人对杨贵妃其人其事作了极好的描述。一位是李太白，他亲自见过杨贵妃，并且当场作了《清平调》三章，赞美了杨贵妃的美丽，同时又说'借问汉宫谁得似，可怜飞燕倚红妆'，作了历史性的预言。另一位是白居易，在杨贵妃死后不多久，根据当代人见闻传说，写出了著名的《长恨歌》，全面、艺术地概述了杨贵妃的一生。这已经是定评了。但又有联友批评此联上联连用六个平声字，下联连用五个仄声字，为失替，不合于律。我则不以为然，自称这叫'全平全仄法'，这类联如上联全用平声，下联则必须全对仄声，只要对得好，同样可视为工整，不应以失替相责，而且我对此联相当得意，不愿改动。"

其实，这种情况古已有之。清末梁恭辰《楹联四话》卷一载有扬州苻氏园亭的一副对联：

剑 客 酒 客 慷 慨 至
｜ ｜ ｜ ｜ — ｜ ｜
梨 花 梅 花 参 差 开
— — — — — — —

上联只有一个"慷"字是平声字，下联则全是平声字，梁恭辰评其"最为工巧"。

我有一副自题联：

以 平 常 心 对 非 常 事
｜ — — ｜ ｜ — — ｜
处 浪 漫 世 做 散 漫 人
｜ ｜ ｜ ｜ ｜ ｜ ｜ —

下联仅仅在结尾有一个平声字，但我自己以为这是本人比较得意的作品之一。我的书斋名"散漫斋"就源于此联。

江西余子衡先生认为：关于平仄，有几处应该严，也有几点可以放宽。从严的是三个关键部位，即上、下联的最后一个字，词组的最后一个字，长联中每句的最后一个字。上联或下联自身的句子里，词组要平仄交替这一条可放宽；三连平或三连仄的问题，也可放宽；一些趣联、游戏联可以放宽。——这些观点，应该说都是很有见地的。

语意相关

即上、下联所写的内容，应该是密切相关的有机整体，一般是从不同侧面来表达一个主题，就像议论文的若干个分论点。上、下联分工明确，又藕断丝连。当然，个别巧趣联如"无情对"除外。如杭州西湖三潭印月的一副对联：

门外湖光十里碧
座中山色四围青

上联讲"湖光"，下联说"山色"，语意紧密关联，珠联璧合。再如河南南阳城楼联：

真人白水生文叔
名士青山卧武侯

上、下联以"白水"、"青山"紧切南阳的地理，又分别用与南阳有关的两位历史名人刘秀、诸葛亮，来表现南阳的地灵人杰。

第五讲　对联的基本格律（下）

长联的格律

前面所说的对联格律，主要是针对短联，即上、下联都只有一句话的对联。如果上、下联各有几个分句的长联，又该如何处理呢？

关于长联，似乎明代还不多见，大约出现于清代。但是，到底多少字才算是长联呢？前人也没有确切的界定。清代梁章钜的《楹联丛话》系列、近代吴恭亨的《对联话》，虽然都提到了长联，但都没有具体说明长联的字数。

今人关于长联的讨论，有四十字说、六十字说、九十字说、九十八字说、六十至九十八字说、二十至九十九字说等。还有人说"长联每边至少有两个短句"，并解释说"有一谓语动词即为一个短句"，又举出一副八言联（峨眉山仙佛寺联"寺号仙峰，洞邻九老；门迎佛顶，台接三星"），说此联"各含两个短句，每边虽只八字，却应归入长联"。

我的想法是：我们讨论长联，不应该多在其字数的多少上纠缠，重点要讨论的，应该是长联的结构、长联的对仗、长联的平仄安排等。对于长联，一般情况下，人们主要看重的是长联各分句句脚的平仄，而各分句内部的平仄，以前面所说短联的平仄安排就行了。所以，这里重点说一下长联各分句的句脚平仄安排。

关于长联各分句的句脚平仄安排，一直存在着不同意见。

近代楹联家吴恭亨在《对联话》卷七中有这样一段话："忆余垂髫时请业于朱恂叔先生，研究作联法，问句法多少有定乎？曰：'无定。昌黎言之，高下长短皆宜，即为联界示色身也。'又问：'数句层累而下，亦如作诗之平仄相间否？'曰：'非也。一联即长至十句，出幅前九句落脚皆平声，后一句落脚仄声；对幅反是，此其别也。'"就是说：上联末尾一字为仄，前面各分句句脚全平；下联则相反。后来，这种句脚的平仄安排被称为"朱式规则"。

影响比较大的，还有"马蹄韵"，就是各分句句末字的平仄，两两交替。上联最后一字为仄声字，下联最后一字为平声字：

……平，……平，……仄，……仄，……平，……平，……仄；
……仄，……仄，……平，……平，……仄，……仄，……平。

民国蔡东藩的《中国传统联对作法》，还提出分节安排平仄的方法。他说："长联必有节奏。""每联两句、三句外，又有四句、五句、六句，以至七句、八句不等者。每句煞脚字眼，仍须各谐平仄，但必须按节叶音。凡句与句相叠，句分而意相连属，或二句或三句乃尽者，谓之节。"并分别举出"四句为一联"、"五句作一联"、"六句作一联"的煞脚平仄安排。"总之，联对愈长，节数愈多。每节自一句起，至四句止，上节末句煞脚字音为平声，则下节起句之煞脚字音仍应用平声，其用仄声亦如之。惟出联结束句，总应用仄声字煞脚；对联结束句，总应用平声字煞脚。"这是对联的"通例"。——大致就是"马蹄韵"，只不过是把"句"扩展为"节"。

湖南奉腾蛟先生在《对联写作规则》中，归纳概括了五种对联写作规则，其实就是长联各分句句脚的平仄规则，即：一仄多平格（就是"朱式规则"）、两仄多平格、句脚全仄格、单句平仄交替格、双句平仄交替格（仅指上联，下联相反）。他还认为：一仄多平格是"主流格式"。

我认为：作为文学作品的对联，它本身就是丰富多彩的，那么，长联句脚的平仄安排也应该是丰富多彩的。对于长联各分句句末平仄总的要求，应该是有所变化，就是要平仄交替。这样，整体上才会更和谐。

所以，实际上，对照以上几种理论，例外也不少。但并不能说这些对联就不合乎格律了，也要视具体情况而定。如康有为六十岁自寿联：

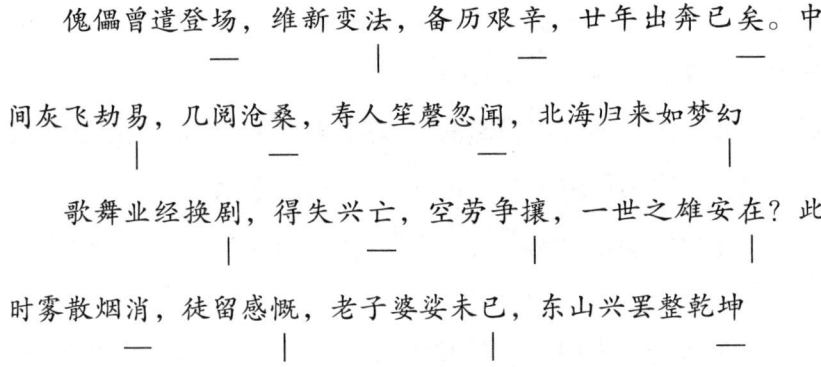

上联的各分句句脚是平、仄、平、平、仄、平、平、仄，下联的句脚是仄、平、仄、仄、平、仄、仄、平。

怎样认识对联格律

我要介绍的对联格律也就是这些了。那么，我们到底该怎样认识对联格律呢？

世界上的任何事物都有其区别于其他事物的特性。如果没有了特性、没有了差别，人们该如何去认识事物？就文学艺术的不同形式来说，小说要有人物形象、故事情节、自然环境和社会环境的描写等；戏剧要有矛盾冲突、有从序幕到发展再到高潮直至闭幕的过程；书法要讲究字体、布局（字距、行距、整体布局等）、上款、下款、用印等；诗词要讲究字数、句数、押韵、平仄、对仗……假设京剧不要西皮、二黄、导板、流水等，还叫京剧吗？假设小说不用散文的体式，而分行、押韵，这与诗歌又有什么区别呢？

我认为：不讲对联格律，就谈不上什么"对联"。台湾学者陈大络先生说："优美的联对，不仅可以赏心悦目、怡情美性，而且可以激扬正气、端正风俗。但其所使用的句子、词意必须完善而贴切，对仗必须工稳而新颖，描述必须生动而共鸣，音韵必须协调而铿锵。"

马南邨先生在《三分诗七分读》一文中谈到旧体诗词的格律时说："也许有人认为旧诗词的格律，对思想的束缚太厉害了，必须打破它，创造符合于我们现代要求的新格律。这个主张我不反对，并且我同样主张要建立新的格律诗。但是，要不要建立新的格律，如何建立它，这是另外的问题。现在既然还没有新格律，而你又喜欢写旧诗词，在这样的情况下，我看还是老老实实按照旧格律比较好。因为旧格律毕竟有了长期的历史，经过了许多发展变化，成了定型。这在一方面固然说明它已经凝固起来了，变成了死框框，终究要否定它自己。而在另一方面，它又证明作为一种格律本身，在一定的程度上的确反映了人在咏叹抒情的时候声调变化的自然规律。你不按照这种规律，写的诗词就读不顺口。这总是事实吧！……我认为谁都可以自由地创造新的格律，但是，你最好不要采用旧的律诗、绝句和各种词牌。例如，你用了《满江红》的词牌，而又不是按照它的格律，那末，最好就另外起一个词牌的名字，如《满江黑》或其他，以便与《满江红》相区别。"这段话同样可以适用于对联。

所以，既然要学对联、写对联，就必须讲究对联格律。尤其是"初学撰联，应该严格遵守规律，认真求精，不能以变通为借口给自己的拙劣辩护……变通只有文学水平较高、写作技巧纯熟的人才能适当掌握"（刘叶秋《学海纷葩录》）。梁羽生先生在谈到对联格律的时候曾说："我对于格律的看法可能比较'特别'，我认为初学的人倒必须严格讲究格律，因为这是在'打基础'的阶段，'基础'是'打'得越扎实越好的。但到了像曹雪芹那样'大名家'的境界，讲究的就是以'立意'为先，偶犯格律，亦不足为病了。此亦我常说的'从有招到无招'之境也。曹雪芹借黛玉之口说：'若是果有了奇句，连平仄虚实不对都使得的。'前提是必须'有了奇句'，如果造句平庸，而又不讲格律，那就等于广东话说的'未学行先学走'了。"

我一贯主张：从格律入，从格律出，不必过分拘泥于格律。钟嵘说："拘泥过甚，伤其真美。"

前面说过，所谓对联格律的条条，仅仅是对一般情况而言的。古人写诗做文章，讲究以"意"为主，以"意"为上，讲究"识"，讲究"志"，而将表达手法放在次要的位置。清代王夫之《夕堂永日绪论内编》说："意犹帅也，无帅之兵，谓之乌合。"刘熙载《艺概·文概》说："文以识为主。认题立意，非识之高卓精审，无以中要。才、学、识三长，识为尤重。"两者讲的都是这个道理。作文、写诗如此，创作对联也同样。只要构思奇巧，立意高远，完全可以不必过多地考虑格律要求。《红楼梦》第四十八回中，林黛玉还有一句话："第一是立意要紧。若意趣真了，连词句不用修饰，自是好的，这叫作'不以辞害意'。"湖南方予先生说："真正是艺术品总是形神合一的，写对联只注重对仗不讲意境固然不行；只讲意境不注重对仗同样荒谬。"

但是，必须明白，这要在熟练掌握了对联格律，且运用自如的基础上才能达到如此境界。初学写对联，还是应该严格要求的，绝不能以此为借口而胡乱写来。所以，古人主张"入门须严"。

第五讲 对联的基本格律（下）

熟悉、了解并掌握了以上对联的基本格律，是否就一定能写出好对联呢？答案是否定的。

台湾《楹联丛编》提出"初学作联有五要"、"初学作联者有十忌"。这个"五要"、"十忌"提得非常好，我认为，初学对联者能了解这几条，可以少走很多弯路。这里，结合我的体会，向大家逐一做个介绍。

"五要"是：

（1）**要从简短入手**。因为长联一般都是内容丰富之作，不仅有叙述、有议论，还常常要描写、要抒情，又多用铺陈、排比等修辞手段，遣词造句很讲究，把握不好，容易流于拖沓、重复、枝枝蔓蔓，这是从表达手法上说；内容上，要求对某一事物了解非常透彻，甚至有专门的研究，对该地、该人、该事烂熟于胸，然后还要对这些素材进行精心选择、剪裁、组织。稍一不慎，或内容上、或手法上就会出现漏洞，弄巧成拙。清代楹联大家俞樾《楹联录存》卷三说："楹联乃古桃符之遗，不过五言、七言。今人有至数十言者，实非体也。"意思是说，长联根本就不是对联的正常现象。刘叶秋先生在《学海纷葩录》中说："篇幅既长，即须着力于铺陈，难免堆砌之弊；容易使读者顾此失彼，读后忘前，作为对联的对比鲜明的特色，转不突出。因此我认为这类的长联虽属难能，并不可贵；作对联，还是以短些为好。"常江先生也说："精炼，是对联重要的文体特征，字数少，内涵多，句子短，意味长。……我们提倡短联，是有依据的。1985年，我曾在自己的卡片柜里随机取样5000副名胜联，统计结果大致是，七言联占31%，十一言联占9%，五言联占8%，十二言联占7%，八言联占近5%，而四十五言以上只有42副，所占不到1%。换言之，四至十二言联，能占到75%左右。我们的研究和创作的着眼点不是应该放在中短联上吗？"湖北郭省非先生则从对联发展史、对联文体的特点等方面提出：其一，长联不是对联的主流；其二，长联不是对联的方向；其三，长联不是对联的优势。

况且，从古至今，优秀的短联数不胜数。仅举几例：吴恭亨《对联话》卷一载湖北两湖书院联："荆衡秀气；邹鲁遗风。"吴氏评论"八字包罗万有"。卷三载河南汤阴岳庙联："凛凛生气；悠悠苍天。"吴氏评论"八字悲壮无对"，梁恭辰《楹联四话》卷二评论"此八字可以包扫一切"。窦镇《师竹庐联话》卷一载南昌滕王阁联："大江东去；爽气西来。"窦氏评论"简括浑成，洵为佳对"。卷三载京口淮阴侯祠联："江山第一；国士无双。"窦氏评论"殊觉浑成，四字对无过此者"。还有四川乐山凌云寺联"大江东去；佛法西来"，极具气势。近年的短联佳作还有：湖南天门中学联："门中学子；天下英才。"（常文斌）河南天骧集团联："纵横天地；激荡风云。"（宋存杰）

(2) **要从平易入手**。所谓平易，就是先写一些简单的对联。《楹联丛编》说："初学每有好高好奇之病。不知高、奇之一境，非初学所能几及。譬之儿童初知行走，便欲上峻山，行险路，其有不颠坠者乎？初学作联，但求平仄调和、对仗整齐、叙事明白、造句稳适，所谓不求有功，先求无过。"这个意思，是建议初学者循序渐进，先不要急着追求什么出彩，而应该由易到难，一步一个脚印，踏踏实实地打好基本功。

(3) **要从挽联入手**。《楹联丛编》认为：作对联也和作诗一样，"欢愉之言难为美，哀苦之言易为工"。就挽联而论，"或叙其与己之关系，或敬其人之品学，或痛其人之境遇，或指其何病，或指其死之年月日，资料较多，措辞自易于着手"。

我以为，这倒不一定。就我的体会，挽联并不是那么好写的。我想，还不如先写春联，因为春联是人们最为熟悉的对联，其题材也要比挽联广泛得多，眼前的景物，眼前的事物，更有话可说，更容易措辞。

(4) **要从多读入手**。对于初学对联者来说，我以为这一条最重要，也最实用。过去说："熟读唐诗三百首，不会作诗也会吟。"对联也一样。多读优秀的对联作品，尤其是多读流传久远的名联，可以增加感性认识，对它的遣词造句、对仗、声律等方面都会有所了解。读得多了，自然会掌握一些门道，自己下笔写作时，会有得心应手之妙。多读，应是不可缺少的一个方面。近代雷瑨《楹联新话》卷十九说："仆自幼即好对偶之学……见《申报》广告，有《四书对联》一册出售，日夜求先严购阅。既得其书，则狂喜，反复讽诵，不下数百千遍，由是略得门径。"安徽省青年楹联家宋贞汉也提出：要重视读联和写联，读、作结合。他说："对联是很难驾驭的一种文体，读了一分的对联，作就会获得一分的自由。读得越多，作的自由就越大。""读，不论联内联外，无分有字无字；作，必究境大境小，须识意高意卑。""不读而作愚而可哀，只读不作迂而可惜；读而后作，作而出新，善莫大矣！"这的确是经验之谈。就我的体会，还应该多读一些对联鉴赏方面的东西。这类文字，一般都是学有素养、有较深造诣的对联专家对一些对联名作的品评，或写作对联的体会。多读鉴赏文字，会对一些名联加深理解，包括选材、语言、手法尤其是对联写作的专门技巧等。

（5）**要从多做入手**。无论做什么事，我们都知道熟能生巧的道理，写对联也是这样。所以《楹联丛编》说："多诵之余，尤宜多做。"当然，"初学下笔，未免艰涩。当持以不畏难、不苟安之坚志。自觉不好，不妨就正他人，再行改易"。近些年来，我就遇到不少这样的对联爱好者，坚持练笔，并常常请内行人指教。有什么问题，及时修改，修改后还向人请教。真可谓坚韧不拔，令人为之感动。而所谓的熟练，就是这样磨炼出来的。

"十忌"是：

（1）**忌空疏**。所谓空疏，就是不切题，或者虽然切题，但泛泛而谈，所作对联可以用于任何地方，可以用于任何人，如婚联、挽联、寿联等。初学者尤其要注意。

（2）**忌肤泛**。这是说用语大而不当，一味堆砌辞藻、典故，就像女人脸上厚涂脂粉，反而失去了本来面目。辞藻、典故当然能用，但一定要经过剪裁，融合于自己的作品中。

（3）忌杜撰。这是说在创作时不要用生造词，这往往也是初学者容易出现的毛病。

（4）忌重复。我的理解，这应该包括两个方面的问题：一是内容上的重复，尤其是短联，初学者容易出现这个问题，如前面所说的"合掌"。最好在构思时，就为上、下联安排妥当要表达的内容。二是词语上的重复，如前面所说的"不规则重字"。

（5）忌凌乱。诗文中有起承转合之法，对联也应该有条理、秩序井然，不可头上一句、脚上一句。

（6）忌错误。特别是用典故时，如果不十分清楚，还不如不用。

（7）忌抄袭。古今名联，浩如烟海，初学者当然可以模仿，但不能总是抄袭。善于模仿，会逐渐进步；若一味抄袭，则永无进境。

（8）忌俚俗。对联虽然是大众化的文艺品种，但其语言还是应该典雅一些，不可粗俗。

（9）忌陈旧。对联是一种传统文学艺术形式，我们现在继承的是它的外在形式，而语言则应该是全新的，用今人的语言反映今天的社会生活，表达今人的思想感情。这就是所谓的"旧瓶装新酒"之说。

（10）忌轻薄。这主要是指在写讽喻联时，态度应端正。对看到的不良社会现象，当然可以并且应该去予以讽刺、揭露、抨击，但在写这类对联时，不要一味地追求讥诮，甚至谩骂。

什么样的对联算是好作品

一是贴切，二是新颖，三是有所寄托。

第五讲 对联的基本格律（下）

所谓贴切，是指对联的内容要切人、切地、切时、切事，就是要有针对性，切实写出该人、该地、该时、该事的特征来。如清代梁章钜所说"如铁铸一般不可移易"。我国第一个对联学硕士研究生鲁晓川研究了梁章钜的《楹联丛话》系列著作，认为梁章钜对联批评的核心范畴就是"雅切"。近代吴恭亨《对联话》卷十一说："凡文之工者，无它谬巧，曰肖题，作联亦然。"卷十三还有一段话："予论文谓无它求，肖题耳。帝王将相有帝王将相身份，叫花子亦有叫花子身份，作家固无之不可。陟太行，历孟门，趾二分垂在外，苟善遣词，要不至震怖而或失其常度。故凡为文章，能注重相题，思过半矣。"台湾的《楹联丛编》专门有一章"联语贴切法"，分为"事实贴切"、"人名贴切"、"时令地点贴切"。如北京国子监韩愈祠有清代文学家法式善的一副对联：

起八代衰，自昔文章尊北斗
兴四门学，即今俎豆重东胶

"起八代衰"，出自北宋苏轼《潮州韩文公庙碑》："文起八代之衰，而道济天下之溺。""北斗"，出自《新唐书·韩愈传赞》："自愈没，其学盛行，学者仰之如泰山北斗。""四门学"，指韩愈曾任四门博士。四门学，唐代的大学，隶属于国子监。"东胶"，周代的大学。《礼记·王制》："周人养国老于东胶，养庶老于虞庠。"东汉郑玄注："东胶亦大学，在国中王宫之东。"此联可谓"如铁铸般不可移易"。

同样的道理，广东潮州韩愈祠联，则只能用于潮州：

天意起斯文，不是一封书，安得先生到此
人心归正道，只须八个月，至今百世师之

梁章钜评论道:"紧切潮州,移易他处昌黎祠不得。"唐宪宗元和年间,当时担任刑部侍郎的韩愈上表谏阻唐宪宗"迎佛骨",结果龙颜大怒,要处以极刑,韩愈差一点被处死。经过宰相裴度等人求情,最后被贬为潮州刺史。这对韩愈来说,是一件不幸的事。但此联作者却别出心裁地把韩愈贬官这件事说成是"天意起斯文",就是老天爷要振兴潮州的文化,才让韩愈这位文豪到潮州来的。"一封书",就是指韩愈的《论佛骨表》。韩愈在潮州虽然只当了八个月的刺史,但为潮州的老百姓做了不少好事。人们至今仍以他为师。

又如济南稼轩祠(辛弃疾纪念祠)有郭沫若的一副对联:

铁板铜琶,继东坡高唱大江东去
美芹悲黍,冀南宋莫随鸿雁南飞

上联称颂辛弃疾的词作成就。"铁板铜琶",语出宋代俞文豹《吹剑续录》:"东坡(苏轼)在玉堂(翰林院)日,有幕士善讴,因问:'我词比柳(柳永)词如何?'对曰:'柳郎中词,只好十七八女孩儿执红牙拍板,唱"杨柳岸晓风残月";学士(苏轼)词,须关西大汉执铁板,唱"大江东去"。'公(苏轼)为之绝倒。"辛弃疾词以豪放为主,慷慨悲壮,笔力雄健,与苏轼并称"苏辛",所以这里说他"继东坡高唱大江东去"。下联赞扬辛弃疾主张抗金复国的爱国主义精神。"美芹",语出《列子·杨朱》,本指农夫以水芹为美味,要献给国君。后来比喻以微物献给别人。辛弃疾为抗击金兵,收复失地,曾上《美芹十论》。"悲黍",《诗经·王风》有《黍离》一诗,后用作感慨亡国之词。"冀南宋……"一句,意思是希望南宋不要心存幻想、与金议和,像"鸿雁"一样"南飞"。联语切其人、切其事,紧扣人物最突出的两个方面。对仗上,两个"东"、两个"南",最为巧妙。

再看近代湖南吴恭亨《对联话》卷五所收的一副寿联：

哲嗣飞将军，七二精英，百二锁钥
寿星柱下史，五千道德，八千春秋

湖南人李某在陕西任提督，其父六十岁生日时，同在陕西任知县的乡人黄碧川，写了这副寿联。吴氏评论说："书姓，书籍，书寿，书子官，书子官之地，寥寥二十六字，几一扫囊括之，可云才大。"对联包括其姓氏、籍贯、寿诞、其子的官职及做官的地方，都写到了。

相反，不切题或者不十分切题的对联，从来就受到人们的诟病。请看梁章钜《楹联丛话》卷六评论太白楼楹联的一段话："姚兴滧联云：'狂到世人皆欲杀；醉来天子不能呼。'又徐立纲联云：'爱国有诗俦李杜；报君以士识汾阳。'李孚青联云：'脱身依旧仙归去；撒手还将月放回。'俗传太白捉月而死。语皆壮，然只是作太白赞耳，于楼何涉乎？"——就是说，这几副对联，都有只切李白而不切太白楼的毛病。

再看吴恭亨《对联话》卷二的一段话："岳阳有鲁肃墓，汉阳亦有鲁肃墓，孰为真赝，疑莫能明也。汉阳墓亦多题联，惟南皮（即张之洞）作较工，犹嫌于墓地少关连。"张之洞的对联是："联蜀拒曹，乃公一生学问；舍奸去诈，则吾十年用心。"——仅切鲁肃，却不切墓地。

山西梁石先生在谈到这个问题时，认为对联切题与不切题有以下几种差异：个性与共性，唯一性与可选择性，专用性与通用性，艺术的特殊性与真理的普遍性。他还将"切题"当作"对联创作与评审之第一要义"，提得很高。

所谓新颖，是指对联的内容不落俗套，不人云亦云，而是新鲜的、别致的、活泼的，能就人人所见、人人所知的景物、事物、人物，发人所未发，有独创，有个性。宋代吕祖谦《古文关键》说："笔健而不粗，意深而不晦，句新而不怪，语新而不狂。常中有变，正中有奇。题新则意新，意新则语新。"清代文艺理论家李渔《窥词管见》说："意新为上，语新次之，字句之新又次之。"

吴恭亨特别强调对联的新颖，他的《对联话》极为推崇那些"未经人道"、"推陈出新"、"鲜洁可口"、"不落恒蹊"、"不落凡熟"、"簇簇生新"、"独树一帜"、"独出心裁"、"别开生面"、"为他人屦齿所不到"、"扫尽一切习惯语"的对联作品。湖北郭省非先生说，写出精品、佳联的"一个切入点，就是要着眼于创新"，"关键是要在内容上有新题材、新语言、新思想、新感情、新意境"。他列举了在"新"字上做文章的几个侧面：一是敏锐捕新，即善于发现新时代的新事物；二是革故鼎新，尽量避免那些已经消亡的过时的事物、语言和情感；三是借鉴纳新，向诗歌、散文乃至小说、戏剧等文学样式学习，拓宽创作路子；四是化用翻新；五是异想标新，出奇制胜；六是含蓄蕴新；七是巧构出新，以出人意料的字词组合，产生巧联；八是着意求新，立足于"人无我有、人有我优、人优我妙"。就近年来我主持和参与的全国范围的征联评选体会来说，往往是那些用新语言写新事物、构思巧妙，看了让人眼睛一亮的作品，受到人们的青睐。

如安徽农民楹联家陈自如的一副新春联：

旭日行天，喜盖通红大印
神州铺纸，欣签致富合同

作者通过生动形象的比喻、恰到好处的夸张，勾勒出了一幅经济繁荣的今日农村新气象画面。"盖""大印"，"签""合同"的巧妙运用，给人耳目一新之感。

再如安徽楹联家白启寰先生题韩信祠的一副对联：

第五讲 对联的基本格律（下）

　　既弃项羽，又投刘季，赖有萧何力荐，才能受拜将登坛。
福兮？祸兮？楚汉扶持都是错
　　若听蒯通，如学张良，那来吕雉阴谋，何至叹藏弓烹狗。
进也？退也？英雄觉悟总嫌迟

韩信的经历，曾引来许多人的喟叹。而这里上、下联结尾的议论，令人耳目为之一新。此联内容的深刻、艺术的独到，都堪称上乘。

　　所谓有所寄托，应该是通过对联作品表达作者对某事、某人等的看法。例如成都武侯祠赵藩一联：

能攻心则反侧自消，从古知兵非好战
不审势即宽严皆误，后来治蜀要深思

赵藩，字樾村，一字介庵，晚年号石禅老人，白族，清末云南剑川人。曾任云贵总督岑毓英的幕僚，还当过其子岑春煊的启蒙老师。光绪二十八年（1902）冬十一月，时任四川盐茶使的赵藩游览武侯祠，追思诸葛亮在蜀治军理政的成绩，联想新任四川总督岑春煊多用武力镇压四川义和团的情况，写了这副对联，高度概括和科学总结了

成都武侯祠赵藩的对联

诸葛亮一生用兵和施政的功业，发人深省，尤其具有较强的现实意义，是对岑的"讽谏"。上联说诸葛亮的军事成就，而其主要特点是"攻心"，即从精神上或心理上战胜对方，并使人心服。作者认为，自古以来

那些真正懂得军事的人并不在于"好战",而是更注意从精神上或心理上摧毁敌人,也只有这样,才能有效地解除敌对双方的对立情绪,从而保持长久的安定局面。诸葛亮"七擒孟获"便是中国战争史上以"攻心"取胜的典范。下联说诸葛亮"治蜀"的特点是"审势",即对形势的准确把握。经验证明,只有对形势的特点有了准确的判断之后,才能制定出与之相适应的政策,当宽则宽,当严则严。否则,不明形势,随意施政,则政策无论"宽"或"严",都是要失误的。赵藩认为,在"审势"以"治蜀"方面,诸葛亮也为后人做出了榜样。刘备集团入蜀之初,法正就曾劝诸葛亮要学习"高祖入关,约法三章","缓刑弛禁,以慰其望",即应先施恩惠,放宽刑罚,以收人心。但诸葛亮通过对蜀地形势的深入分析,却得出了与法正相反的结论。他在《答法正书》中指出,刘备入蜀与当年高祖入咸阳所面临的是两种完全不同的时代背景。秦朝政苛,高祖法宽,故能顺应人民的意愿,从而促进国家的安定和生产的发展。但蜀中的统治者刘璋原本就暗弱,以致形成了德政不举、威刑不肃、蜀中豪强专权的散漫局面,如再对他们一味施行恩惠,只会纵容姑息,促使其气焰愈来愈烈,不晓得什么是君臣之道了。对此,只能"威之以法"、"限之以爵",这样才能使人们感到恩惠之不易、禄位之可贵,从而令上下有节,人人守法,以达到社会安定、国家大治之目的。因此,诸葛亮对蜀中反叛势力的镇压毫不手软,对一些违纪官员的处理也十分果断。而蜀国经过诸葛亮这样一番严刑峻法治理之后,不但没有发生动乱,反而出现了"吏不容奸,人怀自厉,道不拾遗,强不侵弱,风化肃然"(《三国志》)的社会景象。而对诸葛亮本人,也是"邦域之内,咸畏而爱之,刑政虽峻而无怨者"。岑春煊的治蜀,就是不顾当时形势,只知道一味模仿诸葛亮的严刑峻法,以致弄得民怨沸腾,社会不得安宁,所以,赵藩才有"后来治蜀要深思"的句子。

对联格律和诗词格律的比较

第一，前面说过，早期的对联没有所谓格律，即使是古代对联的鼎盛时期清代，直至近代，也没有比较完整的对联格律。因为人们常见、常用的对联以五言、七言为多，又因为五言联、七言联和五律、七律中的颔联、颈联以及一些词牌中对仗的句子，从形式上看没有什么不同，所以，人们往往以律诗的格律作为对联的格律。

但是，必须明确以下几点：

（1）五律、七律中的颔联和颈联，某些词牌中对仗的句子，是整首诗或词的一个部分，大多没有独立性，通常要和其他句子一起来表达一个完整的主旨。虽然有的句子可以抽出来单独做对联用，如杜甫《蜀相》中的"三顾频烦天下计；两朝开济老臣心"，鲁迅《自嘲》中的"横眉冷对千夫指；俯首甘为孺子牛"，晏殊《浣溪沙》中的"无可奈何花落去；似曾相识燕归来"等，但对联却都是独立的、完整的作品。

这说明，律诗之"联"与对联，既有联系，又有区别。由律诗之"联"转化为对联，还有一定的条件。这一点，香港梁羽生先生在《律诗之"联"不同于对联》一文中，以杜甫《蜀相》等两首诗为例子，说得很清楚。他说："《蜀相》中的颈联'三顾频烦天下计，两朝开济老臣心'，可说是囊括了武侯生平，因此可以抽出来，'独立'作为武侯祠的楹联；颔联'映阶碧草自春色，隔叶黄鹂空好音'，是承接首联，进而描写祠堂的景物的，它就不如颈联之有独立性了，不过，可以用作表现一种具有象征意义的景物联。这类诗联是不大适用于作一般对联的。杜甫另一首《送郑十八》的七律，其中颈联'苍惶已就长途往，邂逅无端出饯迟'，写的是两人间的私事，那就不能作为对联了。"

(2) 虽然同样是五言、七言句式，但对联的句式、节奏要比律诗活泼得多。五律多为"2—2—1"句式，七律多为"2—2—3"或"2—3—2"句式，但对联却没有这个限制。如孙中山联"愿乘风破万里浪；甘面壁读十年书"，为"1—2—1—2—1"句式；周恩来联"与有肝胆人共事；从无字句处读书"，为"1—4—2"句式。正是由于这个原因，所谓平仄声的"一三五不论，二四六分明"，也仅仅适用于和律诗一样句式的对联（有人称之为"律句联"，相反的为"非律句联"）。尤其是含几个、甚至更多分句的长联，要讲究的则主要在节奏点上的字，各分句句末的字的平声或仄声。如四川成都望江楼有顾复初的一副对联：

引袖拂寒星，古意苍茫，看四壁云山，青来剑外
停琴伫凉月，予怀浩渺，送一篙春水，绿到江南

其中的第一个、第三个分句，虽然都是五言句子，但其句式却分别是"2—1—2"和"1—2—2"，恐怕就不适用"二四六分明"的要求。

(3) 律诗是由四联组成的，讲究"粘"，这就给颔联和颈联的对仗带来很大拘束。而对联的对仗是独立的，所以，就没有这样两联之间的"粘"，也不可能有这样"粘"。这样，就比律诗的对仗更自由，天地更广阔。

第二，诗词与对联对仗的比较。

律诗的对仗，是要求中间两联即颔联和颈联必须对仗，首联和尾联并没有硬性规定。王力先生说："首联的对仗是可用可不用的。首联用了对仗，并不因此减少中两联的对仗。""尾联一般是不用对仗的……但是，也有少数的例外。"如杜甫《恨别》的首联："洛城一别四千里，胡骑长驱五六年。"《闻官军收河南河北》的尾联："即从巴峡穿巫峡，便下襄阳向洛阳。"关于长律的对仗要求，王力先生说："只有尾联不用对仗，

首联可用可不用，其余各联一律用对仗。"

词的对仗，好像比较复杂一些。王力先生说："词的对仗，有固定的，有一般用对仗的，有自由的。"而固定的对仗（如《西江月》前、后两阕头的两句）又比较少见。"凡前后两句字数相同的，都有用对仗的可能。"但词的对仗又有两点和律诗不同：一是词的对仗不一定要以平声对仄声，或以仄声对平声；二是允许同字相对。如毛泽东《沁园春·雪》的"千里冰封"对"万里雪飘"；《忆秦娥·娄山关》的"马蹄声碎"对"喇叭声咽"，"苍山如海"对"残阳如血"。

而对联则要求整体对仗，无论字数有多少、句子有多长，上、下联之间都必须始终对仗，不像诗或词仅仅是部分对仗。但也有一种情况例外，就是上、下联之间并不完全对仗，有的甚至相差很远，但上、下联内部则存在着分别成对的词语或句子，即句中自对，所以，其本质上仍然是对仗的。如康有为题开封龙亭联：

中天台观高寒，但见白日悠悠、黄河滚滚
东京梦华消尽，徒叹城郭犹是、人民已非

与词相比较，对联的对仗一般不允许同字相对（当句自对除外，个别虚词也可以相对），还必须是以平声对仄声，或以仄声对平声。

第三，诗词对字数、句数、对仗、平仄和押韵等都有着严格的要求，即所谓"诗（词）有定句，句有定字，字有定音"；而对联却没有对字数、句数和押韵的要求，字数的多少、句式的长短，都比较自由活泼。如可以短到一字句，也可以长到十一二个字一句；短联可以短到一言，长联也可以长到上千字。但对联和诗词区别最大的，当属于是不是押韵。当然，也有所谓"韵联"，但仅仅是极少数。湖南方予先生说："每边不限句数、每句不限字数，是对联与诗词的明显区别，也是对联的主要特色。"向义在1923年出版的《六碑龛贵山联语·论联杂缀》中说："联语中五、七字者,诗体也;四、六字者,四六体也;四字者,箴铭体也。长短句之不论声律者,散文体也;其论声律者,骈文体也。联之为用,虽兼各体,但多用四六字句,殊觉寡味,当以长短互用,方见流宕之致。作散体非大力包举,不能雄浑。夫既为词章之绪馀,自以诗词句法较易出色。"说明对联在发展的过程中,吸收了诗词、箴铭、散文、骈文的句式,具有自己鲜明的特色——"长短互用",而以"诗词句法"最为常用,也容易出色。

第四,关于领字和衬字。领字又称为豆或逗,有一字豆、两字豆、三字逗等。律诗没有领字,词中有,并且还不少,但多是一字豆及两字豆。如苏轼的《八声甘州·寄参寥子》："问钱塘江上……记取西湖西畔……"其中的"问"和"记取",就是领字。吴文英的《高阳台》："正十分皓月,一半春光。"其中的"正",就是领字。毛泽东的《沁园春·雪》："望长城内外,惟余莽莽;大河上下,顿失滔滔。"其中的"望",也是领字。

与诗、词相比,对联的句式非常灵活,多用领字,尤其是长联。但与词的领字也有区别:因为对联要求上、下联字数相等、结构相当,所以,如果用领字,则上、下联必须同时用,使领字本身也成为对仗。从不少名家的作品来看,领字的对仗似乎不大注重平仄,就是说,领字的平仄可以不要过多地考虑。如孙髯翁题昆明大观楼联:

……喜茫茫空阔无边!<u>看</u>东骧神骏,西翥灵仪,北走蜿蜒,南翔缟素……<u>趁</u>蟹屿螺洲,梳裹就风鬟雾鬓;<u>更</u>苹天苇地,点缀些翠羽丹霞。<u>莫孤负</u>四围香稻、万顷晴沙、九夏芙蓉、三春杨柳

……<u>叹</u>滚滚英雄谁在?<u>想</u>汉习楼船,唐标铁柱,宋挥玉斧,

元跨革囊……<u>尽</u>珠帘画栋,卷不及暮雨朝云;<u>便</u>断碣残碑,都付于苍烟落照。<u>只赢得</u>几杵疏钟、半江渔火、两行秋雁、一枕清霜

其中,上联的"看"、"趁"、"更"、"莫孤负",下联的"想"、"尽"、"便"、"只赢得",都是领字,并不注重其平仄。从中还不难看出,领字可以只领一句,也可以领一组句子,而这一组句子,往往是以自对形式出现的。

关于领字的作用,大致有以下几个方面:一是具有统领作用;二是具有桥梁纽带作用;三是具有抒发感情的作用;四是具有改变句式、调节句子节奏使之灵活多变的作用。如上面昆明大观楼长联,如果没有那些领字,不难看出,大多是四字句,单调呆滞;而有了领字,就显得参差活泼,还增添了不少文采。

衬字,原来是曲牌所规定的格式之外另加的字。曲加衬字,是它与词、诗的主要区别之一。它使曲文在遵守格律的前提下,有更大的灵活性,行文造句更为自由。

昆明大观楼长联

其中,小令所用的衬字较少,套曲则比较多。在曲谱中,衬字一般不占用乐曲的节拍、音调,往往是唱时快速而有节奏地一口带过。此外,杂剧使用衬字比较普遍,而南戏则比较少用。衬字的作用,是补充正字语意的缺漏,使之内容更加完整充实,语言更加丰富生动,或者使字句与

音乐旋律更加贴合。衬字用得恰当，可使句法灵活多样，增强曲文的口语化和形象化特点。

对联中的衬字，显然是从曲借来的，是指在对联的句子中不影响句意的虚词。这也是对联和诗、词不同的地方。和领字的用法一样，上联用了衬字，下联相应之处也要用衬字。如曾国藩赠六弟国潢的一副对联：

俭<u>以</u>养廉，誉洽乡党
直<u>而</u>能忍，庆流子孙

上联的"以"字和下联的"而"字，就是衬字。再如成都武侯祠清末赵藩的名联：

能攻心<u>则</u>反侧自消，从古知兵非好战
不审势<u>即</u>宽严皆误，后来治蜀要深思

上联的"则"字和下联的"即"字，也是衬字。

第五，关于长联的格律。这应该是对联所"独享"的格律，诗、词都不具备。因为诗和词的句数、字数都是有限制的，而对联却没有这个限制。

台湾《楹联丛编》说："楹联与诗，骤视之，殊与律诗之对句相似，实则大相迳（径）庭。"还列举了楹联与诗四个方面的差异：一是楹联的长短没有限制，而近体诗则千首一律，不能随意出入；二是诗有平仄的严格限定，必须遵守死则，而楹联虽然也分平声、仄声，但其中哪个字应该平声，哪个字应该仄声，则没有限定，创作时只需注意其语气是否顺畅就行；三是与诗相比较，楹联更为词简意赅，深堪玩味；四是绝句可不琢对，律诗所对者，亦仅中四句，且各对句的意思均为片断的、部

分的，楹联则全联字字相对。

湖北郭省非先生有篇文章《浅谈联律与诗律的异同》，分析了对联格律和律诗格律的三个相同点、八个不同点，很是详尽，可用来参考：定义相同，总则相同，本源相同；句数字数不同，叶不叶韵不同，平仄匹配不同，词性宽严不同，同字处理不同，音步句式不同，自对方式不同，违规犯忌不同。

第六讲　对联的横额

对联的横额，又称横批。请各位注意，不是横披，横披是指长条形的横幅字画。

横额有时统称为联额或对额，也有叫横楣、横幅的。额就是额头，顾名思义，横额就是位于对联上方横写的文字。就常用对联种类来说，绝大多数都有横额，如春联、婚联、寿联、贺联、挽联、居室联、行业联、名胜联等。不少横额是对联特殊、重要的组成部分，甚至是必不可少的组成部分，与对联一起构成一个有机的整体。贵州向义先生在《六碑龛贵山联语·论联杂缀》中说："联匾本属于相连，有联不可无匾。虽有佳联，匾额不足以称之，联亦减色。"这言简意赅地说明了对联横额的独特作用。

横额的主要作用：一是画龙点睛，概括对联所要表达的主旨；或者相得益彰，锦上添花，补充、深化对联的主要内容。二是提示对联所在的处所、位置名称及其特点。三是点出该处所（如亭、台、楼、阁、馆、斋等）的意义。四是与对联相配合，形成"门"字形的布局，以增强外在形式上完整、稳定和协调的美感。所以，很多地方的横额绝不是可有可无的东西。

对联横额的写作手法，常见的可分为三种形式：一是对联写意，横额题名，如春联的横批"欢度春节"、"新春大吉"等，直接点名贴春联的目的。二是对联写意，横额点睛，如"新春富贵年年好；佳岁平安步步高"的横额"吉星高照"。三是联、额互补，相辅相成，如"减负恤民，浩浩东风常送暖；扶贫解困，潇潇春雨总关情"的横额"前程似锦"，则是与春联相互补充。

横额的种类

横额的种类很丰富，根据其内容，可分为实额和虚额；根据其字数，可分为长额和短额；就其形式来说，甚至有额联。

实　额

所谓实额，就是直接写出此处楼、台、亭、阁、堂、馆等处所名称（即题名）的横额。名胜联、行业联、居室（堂斋）联常用实额，并居于十分突出的位置。如浙江绍兴鲁迅故居东的"三味书屋"（清代书法家梁山舟书），河南南阳的"卧龙岗"（于右任手书）、"武侯祠"（郭沫若手书），山东淄博的"蒲松龄故居"（郭沫若书）等，都属于实额。某一处所，最少有一个实额，或者说必有一个实额（即使没有对联）。

虚　额

虚额是相对于实额而言的，它不直接书写地点、处所名称，而是根据该处所的特点，或概括对联主旨，或点明处所意义，另外拟定几个字。如果对联较多，则要配上若干虚额。如河南南阳武侯祠大拜殿，现在悬挂的楹联还有近二十副，于是，就有了"隐居求志"、"伊吕遗风"、"功盖三分"、"名垂宇宙"、"抱膝长吟"、"第一良才"、"舜业伊功"、"帝臣王佐"、"莘野高风"、"三顾频烦天下计"等二十余块横额。

就一些实用对联的横额来说，恐怕就是所谓虚额多一些了，如春联、婚联、寿联、贺联、挽联等。

长　额

如果说实额因受到限制而字数有一定的话，像"武侯祠"、"蒲松龄故居"，那么虚额的字数则不受什么限制。但是，人们常见的虚额字数以四字为多，如上面所举河南南阳武侯祠大拜殿的横额。长的有五六个字，如江苏镇江京口北固山额"乾坤日夜浮"（杜甫诗句）、"天下第一江山"（南朝梁武帝），贵阳南将军祠额"轰轰烈烈男儿"。有的甚至长达七个字、八个字，如江苏无锡梅园香雪海景观的横额"一生低首拜梅花"，贵阳浙江会馆额"至今人说小杭州"，四川眉山三苏祠额"其为父子兄弟足法"等。其中三苏祠的横额，被认为是"如生铁铸就，不可移易他处"。

短　额

短的横额，有的仅两个字，如北京中南海静谷园横额"云窦"，颐和园谐趣园知鱼桥横额"澹碧"、"洗秋"、"饮绿"、"引镜"，河南洛阳香山白园白居易墓前石坊横额"望阙"。

额　联

额联，就是以横额形式出现的对联。常江先生在《中国对联谭概》中说："额联，是由横额组成的'对联'，或者说是将上下联拆开的横额。这是一种奇特而有趣的现象。"我于20世纪80年代初期搜集、整理河南名胜楹联时，曾从旧《郑县志》中录郑州文庙石牌坊两个横额"德配天地"、"道贯古今"，认为与对联无异，就收入了《河南名胜楹联》，不过当时没有额联这个概念。

再看常江先生《中国对联谭概》中列举的几个例子。

甘肃兰州五泉山公园望来堂后牌坊，正、反两面的横额：

高处何如低处好
下来还比上来难

北京中南海静谷园西门外、内两面的横额：

　　　荟蔚适于幽处合
　　　岭岈每与望中深

近代彭作桢《古今联语汇选·再补》说："此为上两联之横额，合之适成一联。"
　　北京北海濠濮间桥南、北两处的横额：

　　　山色波光相罨画
　　　汀兰岸芷吐芳馨

也巧妙地组成了额联。当然，与普通的横额（包括实额和虚额）相比，这种情况是少一些。

横额的写作

　　一般情况下，横额的字数不多，正因为这样，更要求做到精练、准确。贵州向义先生说："匾固不限于四字，但须切合，不失宽泛方佳。"所以，从古至今，内行人题额都十分小心，不经过深思熟虑，往往不敢轻易下笔。曹雪芹在《红楼梦》第十七回"大观园试才题对额"一节中，将文人们为景点题额之事，渲染得淋漓尽致。请看其中十分精彩的一段：

　　　……桥上有亭。贾政与诸人到亭内坐了，问："诸公以何题此?"诸人都道:"当日欧阳公《醉翁亭记》有云:'有亭翼然',就名'翼然'罢。"贾政笑道:"'翼然'虽佳,但此亭压水而成,还须偏于水题为称。依我拙裁,欧阳公句'泻于两峰之间',竟用他这一个'泻'字。"有一客道:"是极,是极。竟是'泻玉'二字妙。"贾政拈须寻思,因叫宝玉也拟一个来。

宝玉回道:"老爷方才所说已是。但如今追究了去,似乎当日欧阳公题酿泉用一'泻'字则妥,今日此泉也用'泻'字,似乎不妥。况此处既为省亲别墅,亦当以应制之体,用此等字,亦似粗陋不雅。求再拟蕴藉含蓄者。"贾政笑道:"诸公听此论何如?方才众人编新,你说'不如述古';如今我们述古,你又说'粗陋不妥'。你且说你的。"宝玉道:"用'泻玉'二字,则不若'沁芳'二字,岂不新雅?"贾政拈须点头不语。众人都忙迎合,称赞宝玉才情不凡。

我们不难发现,这完全是在一个字一个字地去"抠",尤其是多方面考虑。例如此亭,不仅要切合其环境——有水,更要切合其用途——省亲别墅。用字上,还要考虑是"俗"还是"雅"。

北京颐和园的近西轩,是宜芸馆的西配殿,原来是乾隆皇帝藏书的地方,光绪时改为皇后(慈禧的侄女,叶赫那拉·静芬)的寝宫。光绪皇帝题写的对联是:

千条嫩柳垂青琐
百啭流莺入建章

但横额却让他颇费心思,因为既要考虑慈禧太后的特殊身份,还要切地切景。他最后题写的是"藻绘呈瑞"四个字,意思是"龙凤呈祥",出自《文心雕龙·原道》:"龙凤以藻绘呈祥。"果然得到了慈禧的嘉奖。

1962年,郭沫若为四川中江黄继光纪念馆题写了一副对联:

血肉作干城,烈概在火中长啸
光荣归党国,英风使天下同钦

横额为"凯歌百代"。郭沫若后来撰文说,他当时为横额文字颇费了一番心思。先是拟写了"永垂不朽"、"浩气长存"、"气壮山河"等,但总觉得落入俗套,是泛泛而谈;又拟"藩翰中朝",却感到过于典雅;再拟"火中凤凰"、"青年师表"、"人民模范"等,仍感到没有体现出英雄的壮烈;又改为"血铸和平"、"国际英雄"等,也不称意。前后拟了二十余条,最终定为"凯歌百代"而如释重负,使横额与对联达到珠联璧合的程度。看来,无论古人还是今人,都有题额难于题联的感慨。这也给我们以启示:对对联的横额应引起足够的重视。

撰写横额,应该避免与对联的词语、意思重复,因为它是对联的补充、概括、深化,立意各不相同。

请看几个很成功的横额实例。

清代状元孙家鼐题北京王致和酱园联:

致君美味传千里
和我天机养寸心

横额为"臭名远扬"。王致和酱园的臭豆腐是其有代表性的产品,声名远播。

明末清初文学家、书画家,有"归奇顾(顾炎武)怪"之称的归庄(玄恭)春联:

一枪戳出穷鬼去
　　双钩搭进富神来

横额为"结绳而治"。原来，因为贫穷，他家的门窗、桌椅都用绳子系着。

　　关于横额的书写排列，现在的情况比较混乱，有的从左往右，有的从右往左。我们说，应该从右往左排列，与对联的上、下联排列一致。

第七讲　对联的修辞手法（一）

修辞一词，出自《周易·乾·九三》的系辞（解释）："君子进德修业。忠信，所以进德也；修辞立其诚，所以居业也。"大意是：忠诚、守信可以使道德修养不断提高，修辞是为了使"诚"能深入人心，以诚信立足于事业中。《辞海》（1989年版）对"修辞"一词的解释是："依据题旨情境，运用各种语文材料、各种表现手法，恰当地表现写说者所要表达的内容的一种活动。也指这种修辞活动中的规律，即人们在交际中提高语言表达效果的规律。"

据陈望道《修辞学发凡》：修辞有积极修辞和消极修辞两大分野。消极修辞的要求，是内容上的明确和通顺，形式上的平匀和稳密。而积极修辞的要求，是内容上对于题旨、情境等方面的运用，尤其是情境的适应；形式上对于语言文字感性因素的运用。或者说：消极修辞只在使人"理会"，积极修辞却要使人"感受"。简单地说，消极修辞要求文章简明、连贯、得体，积极修辞要求文章形象生动。这就决定了二者的应用范围：积极修辞常用于文学作品，消极修辞常用于科技、法律、公文等。所以，我们这里重点介绍积极修辞。

语言学家张志公先生在《修辞是一个选择过程》中说："什么是修辞？修辞就是在运用语言的时候，根据一定的目的精心地选择语言材料这样一个工作过程。选择语言材料是为了使我们说的话、写的文章具有准确性，就是能够把客观事物在我们头脑里的反映准确地表达出来。不仅准确，并且富有表现力。准确，富有表现力，这是我们选择语言材料最根本的考虑。"张静先生也说："文学语言的特点很多，像准确性、鲜明性、生动性、精练性、音乐性等。这性，那性，我看都离不开形象性。所以说，形象性是文学语言的总特点。"

在对联中选择、运用修辞手法，归根结底，就是为了使对联更具有形象性。

汉语的修辞辞格非常丰富。陈望道《修辞学发凡》归纳为：甲类，材料上的辞格；乙类，意境上的辞格；丙类，词语上的辞格；丁类，章句上的辞格。共三十八种。还有人总结：现在可知的修辞手法，有六十三大类，七十八小类。

常江先生《对联知识手册》介绍了用于对联的修辞手法三十种，余德泉先生《余教授教对联》说有"四十种以上"，苍舒先生《对联修辞学》分为"神的修辞"（包括情、理、意）和"形的修辞"（包括音、语、句）共六十多种，曾宪琪先生《对联艺术探胜》归纳"修辞型"对联二十三种。湖南的《临湘联苑》载文说"常见的有九十三格，可分为五大类（语音修辞、词句修辞、连类修辞、强化修辞、两种或更多辞格的兼用或综合运用）"。严海燕先生将对联的辞格分为通用辞格和特殊辞格，前者包括比喻、拈连等二十二种，后者包括涉及用字的、遣词的、造句乃至制作全联的三部分共十四种，并说"对联是最大限度开掘了辞格资源的文体之一"，"对联辞格是无法穷尽的"。另外，朱承平先生总结出对偶辞格九十九种，侯清海先生总结了"对联修辞八十一格"。

凡是汉语中有的修辞手法，在对联中几乎都有表现。作为一种独立的文学艺术形式，对联非常注意、非常讲究修辞手段的运用。不少对联作品灵活运用一种至几种修辞手法，以使作品形象生动，趣味横生，表现出极高的汉语、汉字运用技巧，令人叹为观止。

这里，主要根据陈望道先生《修辞学发凡》介绍的类别，另外参考其他对联著作，举出二十八种对联修辞。

比　喻

比喻就是打比方，陈望道称譬喻。比喻是根据联想，用跟甲事物有相似之点的乙事物来描写或说明甲事物，以便表达得更加生动、鲜明。描绘的对象即被比方的事物叫本体，用来打比方的事物叫喻体，联系本体和喻体的词叫喻词。主要有明喻、暗喻（又称隐喻）、借喻三种形式。

明喻是本体和喻体同时出现，它们之间在形式上是相类的关系，说甲（本体）像（喻词）乙（喻体）。常用的比喻词有"似"、"如"、"若"、"像"、"仿佛"、"宛如"等。如清代学者纪昀的一副对联：

河北沧州纪园阅微草堂正厅纪昀对联

　　过如秋草芟难尽
　　学似春冰积不高

上联是说，人的过错如同秋天繁茂的野草一样，很难完全割除掉；下联是说，知识和学问需长期积累，冰冻三尺非一日之寒，否则就达不到高深的程度。用鲜明的形象来表达抽象的道理。纪昀博学多才，睿智多谋，仍谦虚学习，不骄不躁，足以作为学人的典范。

再如贵州黄果树瀑布旁的观瀑亭联：

　　白水如棉，不用弓弹花自散
　　红霞似锦，何须梭织天生成

上联描写飞流而下的水，就像棉花一样，但不用弓弹而自然飞散；下联描写天边的霞，就像锦绣一样，但不用纺织，是自然生成的。

又如福州冰心祖父谢銮恩的"紫藤书屋"，大门两侧有这么一副对联：

　　学如上水行舟，不进则退
　　心似平原走马，易放难收

上联生动地说明了学习要逆流而上，勇往直前；下联则告诫人们，不可太放纵自己。

暗喻又叫隐喻，本体和喻体同时出现，它们之间在形式上是相合的关系，说甲（本体）是（喻词）乙（喻体）。是比明喻更进一层的比喻，本体和喻体之间的关系更为紧密。常用的比喻词有"是"、"为"、"成"、"作"等。如这么一副传统的厅堂对联：

　　风月一庭为良友
　　读书半榻是严师

将"风月"比喻为"良友",将"诗书"比喻为"严师",非常贴切,又十分生动,从中可见高雅不俗的情趣。

再如传说乾隆皇帝在殿试时和刘凤诰的答对联:

东启明,西长庚,南箕北斗,朕乃摘星手(乾　隆)
春牡丹,夏芍药,秋菊冬梅,臣是探花郎(刘凤诰)

乾隆以四方星辰启明、长庚、箕、斗为题材,最后将自己比喻为"摘星手",口气阔大。刘凤诰则以四季花名牡丹、芍药、菊、梅为题材,最后将自己比喻为"探花郎",也非常形象。乾隆见他确实才思敏捷,于是欣然钦点他为探花。从此,刘凤诰便被人称为"对联探花"。

还有不用比喻词的暗喻,显得更加婉转、曲折,耐人寻味。如江苏扬州史可法纪念馆有清代诗人张尔荩的一副对联:

数点梅花亡国泪
二分明月故臣心

史可法纪念馆位于扬州市梅花岭畔。"二分明月"出自唐人徐凝的《忆扬州》诗句:"天下三分明月夜,二分无赖是扬州。"极言扬州月色之美,从此"二分明月"就成了扬州的代称。这里,以"梅花"比喻亡国之泪,以"明月"比喻故臣之心,新颖而生动。

再如东北松花江赏雪亭的对联:

近岭遥山铺鹤氅
千条万树尽梨花

上、下联分别以"鹤氅"和"梨花"比喻白雪,形象非常鲜明。

还有的对联的上、下联分别用了明喻、暗喻两种手法。如广西桂林阳朔画山联:

> 水作青罗带
> 山如碧玉簪

这是摘自唐代文学家韩愈的《送桂州严大夫》一诗。长庆年间,严谟出任桂管观察使,韩愈作此诗相赠,诗云:"苍苍森八桂,兹地在湘南。水作青罗带,山如碧玉簪。户多输翠羽,家自种黄柑。远胜登仙去,飞鸾不暇骖。"诗作盛赞了桂林的奇山秀水。上联中的"作",意思相当于"是",为暗喻;下联中有"如",是明喻。

借喻是不用比喻词,要表达的事物即本体也不出现,而只出现喻体的一种比喻。其形式是以乙代甲,显得干脆利落。如民国年间北京在中央公园(今中山公园)举行蔡锷追悼会时,名妓"小凤仙伏灵前痛哭",并"亲挂"挽蔡锷一联:

> 不幸周郎竟短命
> 早知李靖是英雄

以两位古代著名青年英雄——三国时东吴都督周瑜、隋末唐初将领李靖比喻蔡锷,而自比小乔、红拂(隋相杨素身边一个执红拂的侍女),非常恰切。小凤仙在称赞蔡锷是英雄的同时,也就以慧眼识英雄的红拂自比了,手法非常高明。

再如这么一副描写莲藕的对联:

第七讲　对联的修辞手法（一）

　　一弯西子臂
　　七窍比干心

上联用美女西施的手臂来比喻莲藕白嫩的外形，下联用商朝末期忠臣比干之心比喻莲藕的内部形象，十分恰切。因纣王暴虐荒淫，横征暴敛，比干强谏。纣王大怒道："我听闻圣人心有七窍，难道是真的吗？"于是命人杀比干剖视其心。

　　有的对联作品，仅仅在上联或下联运用比喻。如湖北武汉黄鹤楼有清人汤炳玑的一副对联：

　　江城如画宜初霁
　　风月无边似昔时

上联的"如画"，就是明喻。
　　浙江温州江心寺有朱文瀚的一副对联：

　　长与流芳，一片当年干净土
　　宛然浮玉，千秋此处妙高台

下联的"宛然"，意思是好像，这里也是明喻。
　　南京莫愁湖光华亭有曾广照题写的一副长联：

　　憾江上石头，抵不住迁流尘梦。柳枝何处，桃叶无踪，转美他名将美人，燕息能留千古迹
　　问湖边月色，照过了多少年华？玉树歌馀，金莲舞后，收

拾这残山剩水，莺花犹是六朝春

下联的"莺花犹是六朝春"就是一个暗喻。

比喻在对联中有时平行连用，如这么一副描写自然景物的巧对：

朝霞似锦，晚霞似锦，东川锦，西川锦
新月如弓，残月如弓，上弦弓，下弦弓

上、下联各用两个比喻，将霞光比喻为"锦"，将月牙比喻为"弓"，十分形象。还有复辞技巧的运用，趣味盎然。

在对联中，比喻有时还互相套用，如江苏无锡运河中流黄埠墩联：

九龙绕郭而来，一颗明珠，宛在芙蓉烟雨
万马窥江已去，半规浮玉，依然杨柳楼台

黄埠墩圆而小，风景颇胜。所以此上联首先把它比作"一颗明珠"，然后又把这"一颗明珠"比作"宛在芙蓉烟雨"。这样一个比喻又套一个比喻，就使一个事物得到多方面的表现，形象更加生动。

关于比喻，陈望道指出："有两个重要点必须留神：第一，譬喻和被譬喻的两个事物必须有一点极其相类似；第二，譬喻和被譬喻的两个事物又必须在其整体上极其不相同。"用比喻这种修辞手法创作对联时，要注意的是：比喻应形象、具体、浅显、新颖，不可朦胧、深奥、生僻、陈旧。一般情况下，上联和下联都要用比喻，才会使对联对得更工稳。

借 代

借代，就是不直接把所要表达的事物名称说出来，而用跟它有关系的另一种事物名称来代替它。通俗地说，就是为要说的事物换个名字。用这种修辞手法创作的对联，可以巧妙地表现客观事物之间的种种关系，艺术性较强，形象突出，富于变化，引人联想，表达效果显著。一般有旁代、对代两种情况。

旁代是联语中不出现本体（本称、主干事物），而是以其所伴随或附属的事物出现。如清朝末年的一副嘲讽联：

　　头上有情飘翠羽
　　胸中无策退红毛

其中"翠羽"指当时官员帽子上的装饰，这里以此代清朝官吏；"红毛"则代外国侵略者。因为西洋人的头发一般显得颜色较淡，所以常常被称为红毛。对联讽刺了这些平时威风凛凛、不可一世的官员，却在帝国主义的侵略面前毫无退兵之策，只会割地赔款。构思新巧，对仗极其工整。

再如山东曲阜孔庙的一副对联：

　　泗水文章昭日月
　　杏坛礼乐冠华夷

上联的"泗水"为河流名，流经山东曲阜（孔子的家乡），这里用它来代孔子；下联的"杏坛"，据《庄子》的寓言，是孔子当年讲学的地方，用它来代儒家学说。

又如清代吴山尊题安徽当涂太白楼的一副对联：

谢宣城何许人，只凭江上五言诗，要先生低首
韩荆州差解事，肯让阶前盈尺地，容国士扬眉

其中"谢宣城"，指南朝齐宣城太守谢朓，所作五言诗清新秀丽，很得李白的喜爱。李白曾在《宣州谢朓楼饯别校书叔云》一诗中写道："蓬莱文章建安骨，中间小谢又清发。"这个"小谢"，就是谢朓。"韩荆州"指与李白同时的韩朝宗。韩朝宗当时任襄州刺史兼山南东道采访处置使，能识拔后进，谦恭待士，颇负盛名，曾推荐崔宗之（曾任左司郎中侍御史，后被贬官金陵，与李白有诗酒唱和）、严武（曾官剑南节度使，帮过杜甫的忙）入朝。李白曾有《与韩荆州书》，开篇就说："生不用万户侯，但愿一识韩荆州。"里面有这样的句子："而君侯何惜阶前盈尺之地，不使白扬眉吐气，激昂青云耶？"意思是希望能得到他的举荐，以扬眉吐气，青云得路。这副对联是以官名代人。

四川成都望江公园濯锦楼，有余存珍题写的一副长联：

杖策喜重来，看风涛滚滚、流不尽云影波光。天外更昂头，岂徒览南浦清江、西山白雪
临轩空四顾，怅今古茫茫、历多少佳人才子。蜀中堪屈指，复何数吴宫花草、晋代衣冠

下联"衣冠"，本来指古代士以上的服装，后来就用以称世族、士绅。这里代才子，是以服饰代人。

湖南长沙屈原祠，有清代大臣秦瀛题写的一副名联：

第七讲 对联的修辞手法(一)

何处招魂,香草还生三户地
当年呵壁,湘流应识九歌心

"三户地"代指楚国,《史记·项羽本纪》:"白怀王入秦不反,楚人怜之至今,故楚南公曰:'楚虽三户,亡秦必楚。'"说的是楚怀王客死秦国后,楚国贵族楚南公预言:楚国哪怕只剩下三户人家,也能够灭亡秦国。《九歌》是屈原的代表作,这里代指屈原,属于以作品名代人。同时,还嵌入屈原作品《招魂》、《九歌》、《呵壁》(即《天问》)。

再看安徽和县霸王祠的一副对联:

八千子弟随流水
百二山河委大风

公元前195年,刘邦讨伐英布叛乱后回师长安,途经故乡时,置酒沛宫,与父老子弟饮。酒酣,击筑而歌道:"大风起兮云飞扬,威加海内兮归故乡,安得猛士兮守四方!"此歌史称《大风歌》。这里代刘邦,是以歌代人。

对代是借用人或事物的相对面来代替本体。一般表现在以具体代抽象(或以抽象代具体)、以部分代整体(或以整体代局部)、以特殊代一般(或以一般代特殊)、以原因代结果(或以结果代原因)等形式。

以抽象代具体,如:

小孩子暗藏春色
老大人明察秋毫

传说明代大臣于谦少年时随父亲进城赶考，在路上采了一朵小花放在袖筒里，到考场后发现忘了丢掉。主考官见了，出句考他，于谦马上答出对句。其中的"春色"，就是以抽象来代本来具体的事物——花。

以部分代整体，如肉店对联：

熊掌非为我所欲
豚蹄可供人之求

上联出自《孟子·告子上》："鱼，我所欲也；熊掌，亦我所欲也。二者不可得兼，舍鱼而取熊掌者也。"下联"豚蹄"即猪蹄子。《史记·滑稽列传》："（淳于）髡曰：'今者臣从东方来，见道旁有禳田（祷告，为田祈福）者，操一豚蹄，酒一盂。'"这是笑话此人"所持者狭（礼品轻），而所欲者奢"。淳于髡是以此来谏齐威王，若要去赵国求援兵，必须备厚礼。对联是以"熊掌"、"豚蹄"来代所有的肉。

再如这么一副书房的对联：

无丝竹之乱耳
乐琴书以消忧

上联出自刘禹锡的《陋室铭》，下联出自陶渊明的《归去来辞》。"丝竹"，本来指琴弦和箫管，这里代乐器，也是以部分代整体。

以特殊代一般，如文具店卖纸柜台的对联：

薛家新制巧
蔡氏旧名高

上联的"薛",指唐代女诗人薛涛,她晚年寓居成都浣花溪,曾自制深红色小笺写诗,非常精美,时人称之为"薛涛笺"。下联"蔡氏",指造纸术的发明者东汉蔡伦。这里以他们二人的纸(特殊)代现在一般的纸(本店的纸),说本店所卖的纸质量好。这种形式的借代,在对联中最为常见。

第八讲　对联的修辞手法（二）

摹 状

摹状也叫模拟或描摹，是在句子中加以形容，把事物的形态、颜色、声音等如实地描绘出来的一种修辞方式。用摹状手法创作的对联，描写事物形象、生动、准确、巧妙，联想奇特，使人读之如临其境，如闻其声，如见其物。

摹状手法一般有绘色、摹声、状形三种形式。

绘色，是摹写视觉，对客观事物各种各样的颜色进行描绘。如金陵（今江苏南京）仪凤门城楼联：

耸翠流丹，千仞丽谯辉日月
萦青缭白，四周屏障合江山

上联用了"翠"、"丹"两种颜色,下联用了"青"、"白"两种颜色,描绘了南京山水环绕的胜景。

再如梁章钜与"同郡诸君子"合撰北京福州会馆对联:

> 朱樱红杏开新宴
> 丹荔黄橙话故乡

此联分别用"朱"、"红"描绘樱花、杏花的鲜艳,用"丹"、"黄"描绘成熟的荔枝和橙子。同时,又以"朱樱红杏"切北京,以"丹荔黄橙"切福州。

还有这么一副巧对:

> 井底青蛙着绿袄
> 锅中螃蟹穿红袍

此巧对描绘水中"绿"色的青蛙,锅里"红"色的螃蟹,同时运用拟人手法,准确而又巧妙。

摹声,也叫拟声,是摹写听觉,就是对事物的声音进行描绘。1945年抗日战争胜利时,人民奔走相告,欢庆胜利。当时在重庆的爱国人士刘师亮写了一副有趣的对联:

> 神州同庆,当庆当庆当当庆
> 举国若狂,且狂且狂且且狂

模拟锣鼓铙钹的声音,十分真切,读来尤其令人扬眉吐气。

梁章钜《浪迹丛谈》卷七收录有一则好客的主人与客人的巧对：

谯楼上咚咚咚、铿铿铿，三更三点，正合三杯通大道
草堂前汝汝汝、我我我，一人一盏，但愿一醉解千愁

上联描摹谯楼更鼓的声音"咚咚咚、锵锵锵"，下联则描摹醉酒客人含糊不清的话语"汝汝汝、我我我"，十分形象。

再如传说乾隆皇帝为一家穷鞋铺写的春联：

大楦头、小楦头，乒乒乓乓打出穷鬼去
粗麻线、细麻线，吱吱嘎嘎拉进财神来

上联"乒乒乓乓"是摹写打楦头的声音，下联"吱吱嘎嘎"是摹写拉麻线的声音。描述传神而生动。

状形，也是摹写视觉，是对人物或事物的形态进行生动的描摹。描摹人物形态的对联，如冯梦龙《古今谭概》记载一个故事：明孝宗时候，吴江任刑部主事，差事完成后还朝复命，主掌朝廷礼仪的鸿胪寺官员告诉他说："现在正是挑选一省行政长官之时，朝见皇帝时，说话声音要洪大，起身不能背对着皇帝走。"次日上朝，吴江果然尽力提高嗓门，也不讲究抑扬顿挫，然后横着身子从御街西边走下去。孝宗皇帝看了，忍不住发笑。同僚中有个叫杨茂云的郎中戏作一联：

高叫一声，惊动两班文武
横行几步，笑回万乘君王

鸿胪寺官员的意思是嘱咐吴江朝见皇帝时不要失礼。而吴江却把"声音要洪大"理解为努力提高嗓门,把"不能背对着皇帝走"变为横着前进,于是才出了一番洋相。而杨茂云的对联,绘声绘色,生动地把吴江在朝廷上不得要领的情态表达出来了。

梁章钜《楹联三话》收录了河南永城、睢州一带酒店的对联:

入座三杯醉者也
出门一拱歪之乎

这是描写人物在酒店内、外酒后的形象,简直令人喷饭。

清代某知府,对上谄谀,对下骄横,贪赃受贿,有人写了一副对联讽刺他:

见州县则吐气,见道台则低眉,见督抚大人茶话须臾,只解得说几个"是!是!是!"
有差役为爪牙,有书吏为羽翼,有地方绅董袖金赠贿,不觉的笑一声"呵!呵!呵!"

州县,分别指州官、县官,知府的下属。道台,就是俗称的藩台、臬台,分别指布政使(考核府、州等各级官员政绩,负责财政收支等)、按察使(主管一省的司法);督抚,分别指总督(总管一至几省的军政事务)、巡抚(主管一省的最高行政长官),都是知府的上级。联语活画出一副对上卑躬屈膝、对下耀武扬威的官僚嘴脸,惟妙惟肖,非常生动。其中的"是!是!是!"表示俯首听命,"呵!呵!呵!"表示得意傲慢,将其丑态描绘得淋漓尽致。以口语入联,通俗晓畅。"吐气"和"低眉"、"爪牙"和"羽翼"的当句自对,十分工巧。

梁章钜之子梁恭辰撰《巧对续录》引用《嵩阳杂记》的一个故事。明朝成化年间,太监汪直当权,朝野争相谄媚阿附。他外出巡视,所在地的都御史,"铠甲戎装迎出二三百里,望尘俯伏",跪地如仆人奴隶。当时,有人写对联嘲讽道:

都宪叩头如捣蒜
侍郎曲膝似抽葱

都宪就是都御史,是专门行使监督职权的机构——都察院的长官;侍郎则是相当于今天副部长一级的高官。他们在一个太监面前竟然如此表现,可见当时的世态如何了。

还有一副巧对:

醉汉骑驴,晃脑摇头算酒账
艄公摇橹,打躬作揖讨船钱

上联描写醉汉在驴背上的形态,想象他是在"算酒账";下联描写艄公摇橹的形象,想象他在"讨船钱"。想象奇特,极为生动。

描摹事物形态的对联,如传说少年张之洞和塾师的答对联:

驼背桃树倒开花,黄蜂仰采
瘦脚莲蓬歪结子,白鹭斜观

上联描述弯曲的桃树倒着开花,而黄蜂仰面采蜜的画面;下联描述莲蓬因结子而弯腰,白鹭斜视的情景。观察细致,描写准确,非常形象。

双 关

双关是利用语言文字上同音或同义的关系,使一个词语关涉到两种不同事物的一种修辞手段。即表面上是一个意思,而暗中又隐藏着另一个意思。利用双关手法写的对联,意在言外,含蓄委婉,往往可收到一箭双雕之效。

双关一般有谐音双关和借义双关两种情况。

谐音双关,是双关的词语或读音相同,或读音相近。如相传明代武进才子陈洽和他父亲的对句:

两船并行,橹速不如帆快(陈父)
八音齐奏,笛清难比箫和(陈洽)

从字面上看,二人一说行船,橹不如帆;一说奏乐,笛不如箫。其实,上联是陈父以船比兴,暗说历史上的两位人物,三国吴的鲁肃(文官)不如汉初的樊哙(武将);下联陈洽的答对,也用比兴,暗说两位历史人物,北宋武将狄青不如汉初的谋臣萧何。其中的"橹速"、"帆快"、"笛清"、"箫和"都是谐音双关。

这是有关人名的谐音双关对联,还有关于地名的、关于物名的,等等。如明代文学家程敏政,少年时即显露出才华,以神童入翰林院。当时的宰相李贤非常喜欢他,欲招为女婿。在一次家宴上,李贤指着酒席上的莲菜出句:

因荷而得藕

程敏政也就地取材，指着盘中的水果答对道：

　　有杏不须梅

表面上是在说菜、果。其实，李贤所说的"荷"谐音"何"，"藕"谐音"偶"，指配偶；程敏政所说的"杏"谐音"幸"，"梅"则谐音"媒"，指媒人。最终成就了这桩婚事。

　　借义双关，是利用汉语词语一词多义的特点，形成双关。如明末清初思想家王夫之为湘西草堂写的一副对联：

　　清风有意难留我
　　明月无心自照人

王夫之为了事业和理想，不为利禄所诱，不受权势所压，历尽千辛万苦，矢志不渝。明朝灭亡后，他在家乡湖南衡阳抗击清兵，失败后，隐居石船山，从事著述。他晚年身体不好，生活又贫困，写作时连纸笔都要靠朋友周济。每日著述，以至腕不胜砚，指不胜笔。在他七十一岁时，清廷官员来拜访这位大学者，想赠送些吃穿用品。王夫之虽在病中，但认为自己是明朝遗臣，拒不接见清廷官员，也不接受礼物，并写了这副对联，以表明自己的节操。其中的"清风"双关指清朝，"明月"双关指明朝。

　　再如清代的一副谐讽对联：

第八讲 对联的修辞手法（二）

> 宰相合肥天下瘦
> 司农常熟世间荒

上联的"宰相"指李鸿章，合肥人。"合肥"既指其籍贯，又双关李自己"肥"了。下联的"司农"，指翁同龢（户部尚书），常熟人。"常熟"既指其籍贯，又双关翁自己"熟（丰收）"了。对联巧借二人的籍贯做文章，讽刺他们只管自己的"肥"和"熟"，不管老百姓的"瘦"和"荒"。

清代康熙年间，朝廷开局专修《尚书》，工部尚书王顼龄被任命为总裁，一时称稽古之荣。但《尚书》内容较少，卷帙不多，所以竣事易而撤局速。恰巧王顼龄颇蓄姬妾，并都生有儿子，而他的钱袋又不丰。其长子图炳当时任春坊庶子（太子属官），常常为分家产不均而苦恼、担忧。于是，有人撰联讽刺道：

> 尚书只恨尚书少
> 庶子惟嫌庶子多

巧借"尚书"和"庶子"的两个义项，对得非常巧妙，简直如天造地设。第一个"尚书"和第一个"庶子"是官名，第二个"尚书"指古书《尚书》，第二个"庶子"则指姬妾所生的儿子。

民国时候，有人写了一副戏挽袁世凯的对联：

> 起病六君子
> 送命二陈汤

字面的意思是：袁世凯"起病"时服用的是中药"六君子"，而丧命时服用的是中药"二陈汤"。其双关含义是："六君子"，指的是六个人。

1915年,由杨度出面,与严复、刘师培、李燮和、胡瑛、孙毓筠组织了"筹安会",并著《君宪救国论》,以进行国体的学术研究为名,大肆鼓吹帝制,为袁世凯复辟制造舆论。他们还派人到各地组织"公民团",上书请愿,要求改变国体。所谓"起病",实际上是把袁世凯推向了民众的对立面。"二陈汤"指的也是人。袁世凯"登基"为"中华帝国皇帝",分明是倒行逆施,理所当然地遭到全国人民的唾弃。袁氏称帝仅仅十几天时间,云南就宣告独立,以蔡锷为总司令的护国军,很快攻入四川,贵州、广西等也相继宣布独立。袁世凯的亲信陈宧(yí)(时任成武将军,在四川督理军务)、陈树藩(时任陕北镇守使)和汤芗铭(时任湖南将军),见大势所趋,也先后宣布独立。袁世凯相继读到陈树藩和陈宧宣布"独立"的电文,陈宧还特别声明"与袁氏个人断绝关系"。他接到陈宧电文的时候,手中正捧着一杯茶,读着读着,觉得像是五雷轰顶,脑子里嗡地一声,一阵眩晕,茶杯掉地上摔碎了,他也从座椅上滑跌到地上。他做梦也未想到陈宧会背叛他,想到陈宧出京时的情景:陈跪在地上,连叩了九个头,膝行而前,仿照欧洲中世纪对罗马教皇的嗅脚仪式,嗅嗅袁的脚,哀恳地说:"我陈宧再次恳请大总统于元旦登基,即皇帝位,若不答应,我就跪在这里,死也不起来!"真是效忠到家了!如今众叛亲离的打击,使袁世凯深受刺激。这"二陈"、一"汤"的背叛,无疑对他起到了"送命"的作用。除双关外,此联还运用了暗喻手法,调侃、嘲讽,轻松而又诙谐。"六君子"和"二陈汤",既巧妙,又确切。

有一副用于竹器店的通用对联:

虚心成大器
劲节见奇才

上联的"虚心",下联的"劲节",既指竹子,又双关人的品行。全联虽然只有短短的十个字，却颇富有哲理。

还有的对联，既用谐音双关，又用借义双关。从前，有位秀才代人应试，被学使罚戴枷示众。他向一位有经验的讼师请教，讼师说，要用"高雅"的办法请学使开恩，便为他写了这么一副对联：

　　坐破寒毡，从此渐入佳境
　　磨穿铁砚，而今才得出头

上联"佳境"，与"夹颈"谐音，属于谐音双关；下联"出头"，既指从枷孔里露出头来，又双关出人头地，属于借义双关。可谓十分巧妙。无怪乎学使见了，"笑而释之"。

第九讲　对联的修辞手法（三）

引　用

引用是指有意将成语、诗句、格言等用在自己的作品中，以表达自己的思想感情，或说明自己对某问题见解的修辞手法。对联中的引用，一般有明引和暗引两种。

明引，是直接将要引用的内容用在对联中。如梁章钜《巧对录》所载纪昀答对朋友的巧对：

太极两仪生四象
春宵一刻值千金

下联引自北宋苏轼的《春夜》诗："春宵一刻值千金，花有清香月有阴。歌管楼台声细细，秋千院落夜沉沉。"

再如董必武题成都武侯祠的对联：

第九讲　对联的修辞手法（三）

三顾频烦天下计

一番晤对古今情

上联引用自唐代诗人杜甫的《蜀相》诗："丞相祠堂何处寻？锦官城外柏森森。映阶碧草自春色，隔叶黄鹂空好音。三顾频烦天下计，两朝开济老臣心。出师未捷身先死，长使英雄泪满襟。"

董必武题成都武侯祠对联

陈望道说："明引法在中国文学中发现的奇现象，就是那全篇尽集古人成语而成的所谓'集句'或'集锦'。"集句对联，是摘取前人诗、词、曲、文中现成的句子拼成的对联。这是从集句诗借来的手法。用这种手法作对联，就是直接或间接地用一人一处或几人几处的成句，来表达与原句相同或不同的意思。欣赏这种对联，尤其是创作这种对联，都必须博览群书，背诵、掌握大量的古人名篇名句，有较深厚的文学素养，方能根据需要来灵活安排。当代学者刘叶秋先生说："这必须腹笥渊博，记诵功深，才能信手拈来，雍容自然，有如己作。"

如清代彭玉麟题泰山万仙楼的一副对联：

我本楚狂人，五岳寻仙不辞远

地犹邹氏邑，万方多难此登临

上联两句出自李白的《庐山谣寄卢侍御虚舟》诗："我本楚狂人，凤歌笑孔丘。手持绿玉杖，朝别黄鹤楼。五岳寻仙不辞远，一生好入名山游。"下联第一句，出自唐玄宗李隆基《经邹鲁祭孔子而叹之》诗："地犹邹氏邑，宅即鲁王宫。"后一句出自杜甫的《登楼》诗："花近高楼伤客心，万方多难此登临。"对联既符合彭的身份（湘军将领；湖南衡阳人，湖南旧时属楚国），又切合泰山的地域特征（邹氏邑），还紧切时代特色（清末，"万方多难"；最后一句正是杜甫在"安史之乱"后所写的感怀伤时之作）。刘叶秋先生称之为"佳对天成，胜于自撰，为大家所赞赏"。

再如 1983 年春节，中央电视台文化生活组、中华书局《文史知识》编辑部和共青团北京市委文体部联合举办的迎春征联活动中，有一个出句（作下联，征上联）：

每逢佳节倍思亲

这是唐代诗人、画家王维《九月九日忆山东兄弟》中的句子。当年评出的佳对（上联），是由北京韩瑾等四十四人（真是英雄所见！）所对的唐代诗人戴叔伦《塞上曲之二》一诗中的句子：

愿得此身长报国

吴小如先生赏析说："这句上联和下联相对，平仄很谐调。但有人会认为，'愿'和'每'，'此'和'佳'，词类不同，是否够工整呢？的确，'愿'是动词，'每'是副词，'此'是指代词，'佳'是形容词，看上去仿佛不一致。但是，'愿'在这儿是动词作助动词用，跟'每'字同样是虚词；'此'是指代词作形容词用，是'身'的定语，跟形容词'佳'做'节'的定语，其性质是一样的。这种对仗，在古典诗词或对联中，是允许的。特别是以'长报国'对'倍思亲'，不但工整，而且贴切。尤其是'长'和'倍'，'长'表长度，'倍'表数量，性质相同；这里又都作副词用，真是工整而巧妙。应征的同志把戴叔伦这句诗做为上联，同下联相配，格外体现出海外炎黄子孙爱国的思想感情是如此的爽朗而真挚。这就比用一般流连光景或者及时行乐的句子来刘仗，显得健康多了。如果我们把上下联连起来读，上联慷慨豪放，有一泻千里之势；下联低回含蓄，留有余不尽之音。这不仅有字句两两相对的优点，从意境和风格上，也形成刚柔相济的鲜明对照。可以说这也是一副浑然天成的佳联了。"这一段话，条分缕析，具体生动，非常适合初学者去体会、揣摩。

　　创作这种集句对联要注意的是：第一，如果原诗本身就有上、下联，那是不允许照搬的。照搬的就不是集句，而是"摘句"。第二，内容上，要考虑上、下联内在的联系；形式上，当然要考虑上、下联的词性、结构、平仄都合适。

　　清末王荦题杭州岳王庙楹联：

天下太平，文官不爱钱，武官不惜死
乾坤正气，在下为河岳，在上为日星

上联出自岳飞的名言："文官不爱钱，武官不惜死，不患天下不太平。""天下太平"出自《吕氏春秋·大乐》："天下太平，万物安宁。"下联引自文天祥的《正气歌》："天地有正气，杂然赋流形。下则为河岳，上则为日星。"

　　暗引，是化用前人诗词、文章中的句子，用于对联中。如1936年庆祝粤汉铁路通车的一副贺联：

>   花事年年，为问岭表白云，寒梅开未
>   车尘历历，指顾汉阳红树，流水依然

上联把重点放在本次竣工路段的南端，以梅花著称的梅岭就在这一带。其中的"寒梅开未"，化用了唐代诗人王维《杂诗三首》之二："君自故乡来，应知故乡事。来日绮窗前，寒梅著花未？"下联把目光投向粤汉铁路的北端终点武汉，化用了唐代诗人崔颢的《黄鹤楼》诗句："晴川历历汉阳树，芳草萋萋鹦鹉洲。"文字典雅，对仗工稳，写得极有特色。

再如湖南岳阳楼有清代周元鼎的一副对联：

>   后乐先忧，范希文庶几知道
>   昔闻今上，杜少陵始可言诗

上联"后乐先忧"，出自范仲淹的《岳阳楼记》："先天下之忧而忧，后天下之乐而乐。"下联"昔闻今上"，出自杜甫的《登岳阳楼》诗："昔闻洞庭水，今上岳阳楼。"用于岳阳楼，当然十分恰切。

仿　拟

仿拟是一种有意模仿特定的已有的词语、句子、篇章，尤其是名篇、名句的结构形式，而以全新的内容来表情达意的修辞格。陈望道说，这是"为了滑稽嘲弄而故意"为之的。

用仿拟手法创作对联，一般有拟句和仿调两种形式。

第九讲　对联的修辞手法（三）

拟句对联，是仿拟已有的词语、句法而新创作的对联。如梁章钜《楹联丛话》收录南京燕子矶旁永济寺的一副对联：

松声竹声钟磬声，声声自应
山色水色烟雾色，色色皆空

生动地描写了寺院及其周围的各种声音、各种颜色，又紧切佛教的主旨。不难看出，这是仿拟明朝东林党领袖顾宪成为无锡东林书院所撰的一副名联：

风声雨声读书声，声声入耳
家事国事天下事，事事关心

顾在无锡创办东林书院，讲学之余，常常评议时政。上联将读书声和风雨声融为一体，既有诗意，又有深意；下联则蕴涵着"修身齐家治国平天下"的雄心壮志。

清代湖北宜昌人、曾五任南阳知府的顾嘉蘅为南阳卧龙岗武侯祠题写有一副名联：

心在朝廷，原无论先主后主
名高天下，何必辨襄阳南阳

上联的意思是：诸葛亮一心为蜀汉朝廷，无论是对先主刘备，还是对后主刘禅，一样的忠心耿耿，鞠躬尽瘁，死而后已。下联的意思是：既然诸葛亮已经是名高天下了，至于他当年隐居躬耕之地，就没有必要去辨别到底是在襄阳还是在南阳了。河南、湖北两省为诸葛亮当年故居的具体处所争执不休,一说在今河南南阳卧龙岗,一说在今湖北襄樊古隆中。顾嘉蘅既不想开罪南阳,又担心承当出卖桑梓之名,便撰此妙联,既高度赞扬诸葛亮,又力争平息双方论战,可谓公允,立论高远,又煞费苦心。

1959年,时任团中央书记的胡耀邦到河南南阳武侯祠,看了上面的对联后,改写一联:

心在人民,原无论大事小事
利归天下,何必争多得少得

其全新的意境,以及所表达的阔大襟怀,当然不是一位封建官吏所能望其项背的。

再如近代四川人刘师亮于民国十九年(1930年)"双十节"题写的一副对联:

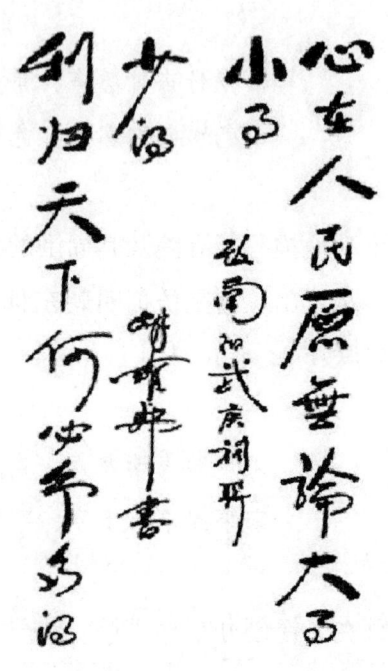

胡耀邦改南阳武侯祠对联手迹

大伟人穿衣、吃饭、睡觉、拿钱,四名主义
小百姓杂税、苛捐、预征、借垫,一样问题

孙中山先生提出"三民主义"(民族主义、民权主义、民生主义)作为中国资产阶级民主革命的纲领。但是,孙中山逝世后,以蒋介石为首的国民党及国民政府,背叛了这个纲领,倒行逆施,却仍然以"三民主义"相标榜。此联巧借"民"与"名"的谐音,仿拟了个"四名主义",对"大伟人"予以无情的揭露和辛辣的嘲讽。这是借已有的词语进行的

第九讲 对联的修辞手法（三）

仿拟。

仿调对联，是仿拟已有对联的原来腔调、基本格局，创作新的对联。如云南昆明大观楼长联，名满天下，有"天下第一名联"之誉，被称为对联发展史上里程碑式的作品。从古至今，有不少人仿拟这副作品。

如清代江受先仿昆明大观楼长联讽科举的对联：

> 五百里蓉城，奔来眼底。心中有数，喜洋洋录出遗才！便东游牛市，南谒羊宫，西到满城，北观昭觉。假充豪杰，借此宿柳眠花。便水榭茶亭，商量就拈香换帖；更酒楼烟馆，贪恋着过瘾传杯。莫辜负威仪小帽、履秦朝鞋、义和虾仁、月兴酢肉

> 数千人蒿目，惨上心头。榜下无名，怒轰轰怨著主考！想文揣时风，诗遵官韵，策操纂要，经习短篇。废寝忘餐，尚望步蟾折桂。奈邮传报语，叫不应解元老爷；及爱女娇妻，做不成夫人小姐。只剩得半幅号帘、三场题纸、两枚残烛、一个提筐

上联描写考中后的得意忘形，下联则表现落榜者的凄惨下场，将这两种人的心态形神兼备地呈现在读者面前，揭露深刻，讽刺有力。

比较著名的，还有一副仿昆明大观楼长联嘲讽吸鸦片烟者的对联：

> 五百两烟泥，赊来手里。价廉货净，喜洋洋兴气无穷！看粤夸黑土，楚重红瓤，黔尚青山，滇重白水。估成辨色，不仿清客闲评。趁火旺炉燃，煮就了鱼泡蟹眼；正更长夜永，安排些雪藕冰桃。莫辜负四棱响斗、万字香盘、九节老枪、三银

玉嘴

　　数十年家业，忘却心头，瘾发神疲，叹滚滚钱财何用？想品类巴菰，膏珍福寿，种传罂粟，花号芙蓉。横枕开灯，足尽平生乐事。为朝吹暮吸，哪怕他日烈风寒；纵妻怨儿啼，全装作天聋地哑。只剩下几寸囚毛、半袖肩膀、两行清涕、一副枯骸

上联重点写其"喜"，下联则主要写其悲，形象生动逼真。台湾的《楹联丛编》评论说："描写嗜鸦片者，形容尽致，虽画不如也。"

　　此外，还有今人仿昆明大观楼长联讽刺"官倒"的、讽刺经济犯罪的、讽刺贪杯者的，甚至讽刺高考的、讽刺高校食堂的、讽刺网络的，不一而足，各见巧妙。

第十讲　对联的修辞手法（四）

连　及

连及又称连文、连言等，陈望道称"拈连"，是在行文时为凑音节而在一个词的前面或后面连上一个与其意义相类或相反的词的修辞手法。连及后组成的词语，意义只偏向一个词，另一个词只起到陪衬的作用。对联中运用连及的修辞手法，主要是协调音节，有利于对仗。

根据连及的词语词义的不同，一般有同义连及、反义连及两种类型。

同义连及，就是使用一个词时，在它前面或后面连及一个和它并列的同义词。连及的词并不具有实际意义，只是为了对仗起到陪衬作用。如左宗棠题湖南岳阳君山柳毅井的一副对联：

　　海国旧传书，是英雄自怜儿女
　　湖山今入画，有忠信可涉风波

柳毅井，位于洞庭湖中君山岛龙舌根部。相传是柳毅传书处。唐代李朝威的《柳毅传》记载：仪凤年间，儒生柳毅应举落第，还乡途中遇到了远嫁泾川龙王次子又备受虐待的洞庭龙君小女。柳毅受托，为龙女传家书至洞庭龙宫。后龙女得救，几经磨难两人结为夫妻。其中的"儿女"，自然是指洞庭龙王之女，所以"儿"字并没有实际意义。

再如近代书法家周琪题南京某海味店的一副对联：

萃列珍馐，为商品战
奇探山海，作利市谋

海味，顾名思义，应该和"海"有关，而与"山"无涉。显然，这里的"山"字是连及。

反义连及，就是使用一个词时，在它前面或后面连及一个和它并列的反义词。连及的词并不具有实际意义，只是为了对仗起到陪衬作用。和同义连及相比，在实际运用中，反义连及更为常见。如江苏无锡蠡园项羽祠的对联：

但以诗书教子弟
莫将成败论英雄

下联的"成败"，应该只是说项羽的"败"，而"成"字属于连及的词，以"成败"和"诗书"相对。

梁恭辰《楹联四话》载："道光辛丑，侯官林文忠公奉命至镇海军营。比遣戍新疆，居恒常讲'苟利国家生死以，岂因祸福避趋之'二语不置云。此可制以为联，不知是公自作抑古人成句也。然忠义之忱可想见矣。"这是林则徐《赴戍登程口占示家人》一诗中的句子,全诗表明了林在禁烟抗英问题上不顾个人安危的态度,虽遭革职充军也无悔意。梁氏所引用的两句,完全可以作为独立的对联:

苟利国家生死以
岂因祸福避趋之

此对联大意是,假如对国家有利,我可以把生命交付出来;难道可以有祸就逃避,有福就迎受吗?其中的"生死",显然只取"死"的意思,而"生"属于连及的词。上联的典故,出自《左传·昭公四年》:"郑子产作丘赋,国人谤之……子产曰:'何害?苟利社稷,死生以之。'"郑国执政大夫子产,因"作丘赋"遭到诽谤,他说:只要对国家有利,我早已将生死置之度外,还怕诽谤吗?

列 锦

列锦也称列品,是用名词或名词性短语,经过选择组合,巧妙地排列在一起的一种修辞手法。用列锦手法创作的对联,有利于构成生动的图像,用以烘托气氛,创造意境,表达情感。

一般情况下,有全部列锦的对联和部分列锦的对联两种形式。

全部列锦的对联,如梁恭辰《楹联四话》记载了这样一个故事。有位官员是南海人,说话多有方言土语,见宾客常说"系系"。原来,他的方言中,"是"说成"系"。有人戏题对联道:

江淮河汉
　　日月星辰

这位官员大喜,殊不知此联是用歇后语写成的。上联的意思是"水系",下联的意思是"星系"。

再如颜料店的对联:

　　鹅黄鸭绿鸡冠紫
　　鹭白鸦青鹤顶红

上、下联一共排列了六种常用的颜料,表明本店的颜料品种齐全。尤其巧妙的是,这六种颜料名称都含有动物名,更见巧思。

浙江省旅游胜地莫干山开辟了石雕十二生肖公园,公园进口处是一座石牌坊,左右立柱上刻着一副这样的对联:

　　子丑寅卯辰巳午未申酉戌亥
　　鼠牛虎兔龙蛇马羊猴鸡狗猪

上联排列了十二地支,下联排列了十二生肖,非常别致。

部分列锦的对联更为常见。如明代天启年间曾流寓北京的陆绍珩的长联:

　　沧海日,赤城霞,峨眉雪,巫峡云,洞庭月,彭蠡烟,潇湘雨,武夷峰,庐山瀑布。合宇宙奇观,绘吾斋壁
　　少陵诗,摩诘画,左传文,马迁史,薛涛笺,右军帖,南

华经，相如赋，屈子离骚。收古今绝艺，置我山窗

上联列举了中华大地的九种奇异景致，称其为"宇宙奇观"；下联列举了中国历史上的九种优秀文化遗产，称其为"古今绝艺"。此联内容选择得当，文字华丽，对仗、平仄十分讲究，读来铿锵有力，有很强的节奏感，确是难得一见的长联佳作。清代著名书法家、金石学家、篆刻家邓石如所书写的此联，与陆的原作有个别字词的出入。

山东曲阜孔庙大成殿，有这么一副对联：

气备四时，与天地鬼神日月合其德
教垂万世，继尧舜禹汤文武作之师

上联排列了"天、地、鬼、神、日、月"六种事物，下联排列了"尧、舜、禹、汤、文、武"六位历史人物。因为历史人物本身有逻辑次序，这里就是按时间先后排列的。

再如无产阶级革命家、中国工农红军第十军的创建人方志敏的一副名联：

心有三爱：奇书、骏马、佳山水
园栽四物：青松、翠竹、白梅兰

上联列举了他所爱的"奇书、骏马、佳山水"，下联列举了园中栽种的"青松、翠竹、白梅兰"，生动地表现了他热爱祖国、追求真理的精神，以及坚贞高尚的情操。

著名教育家陶行知为南京晓庄师范题写有这样一副对联：

跟我学对联

　　　　和马牛羊鸡犬豕做朋友
　　　　对稻粱粟麦黍稷下功夫

上联列举"马、牛、羊、鸡、犬、豕"六种家畜家禽，下联列举"稻、粱、粟、麦、黍、稷"六种粮食作物。

第十一讲 对联的修辞手法（五）

偏　旁

这是利用汉字的字形特点，经过精心构思，将偏旁相同的字组织成对联的对联修辞手法。就是构成对联句子的字全部或有一部分是同一偏旁，所以人们常称之为"同旁"。这种修辞手法，很能体现出汉字的奇妙特点。

偏旁对大约有四种情况：

一是"全同"，即上、下联的所有字都是同一偏旁。如一副传统车联：

　　远近通达道
　　进退游（遊）逍遥

上、下联的所有字，都是走之。再如：

荷花茎藕莲蓬萼
芙蓉芍药芬芳芯

上、下联的所有字，都是草字头。张伯驹《素月楼联语》收录有作者贺人结婚的一副对联：

缔缘绾结红丝缕
纳彩（綵）缠绵绿绮弦（絃）

上、下联的所有字，都是绞丝旁。2002 年春节，中央电视台"佳联趣对贺新春"节目有个出句，全由三点水的字组成：

江河湖海浪淘沙，波涛汹涌

北京董军的对句获得一等奖，也是全由三点水的字组成：

汀浦滨滩潮漫浒，洲渚沉浮

再如：

湛江港清波滚滚
渤海湾浊浪滔滔

二是句内偏旁全同，而上、下联不同。如：

松柏枝横杨柳树

第十一讲　对联的修辞手法（五）

汾河浪激泗洲滩

上联全是木字旁，下联则全是三点水。再如，2005年中央电视台春节联欢晚会上，各省、市、区用对联的形式向观众拜年。其中青海、甘肃两省的对联是：

水泽源流江河湖海（青海）
金银铜铁铬镍铅锌（甘肃）

上联全是带三点水的字，下联则全是带金字旁的字，生动地概括了两省的特点。

　　三是句内偏旁部分相同，上、下联不同。如：

大木森森，松柏梧桐杨柳
细水淼淼，江河湖海溪流

上联除"大"字外，全含"木"字；下联除"细"字外，全含"水"字。再如，明代冯梦龙《古今笑》、清代褚人获《坚瓠集》都记载有明代正德年间状元唐皋的一个故事。唐皋以翰林的身份奉命出使朝鲜。朝鲜国王出句让唐来对：

琴瑟琵琶八大王，一般头面

唐皋对道：

魑魅魍魉四小鬼，各自肚肠

出句的"琴瑟琵琶",以"珏"字同旁,上部完全一样,所以说"一般头面"。对句的"魑魅魍魉",则以"鬼"字同旁,而里面的部分各不相同,所以说"各自肚肠"。其中的"头面"和"肚肠",属于小类工对。1991年,全国楹联界纪念中国共产党成立70周年征联中的一副获奖联:

  钢铁铸锤镰,开天辟地(出句)
  峰峦崇嵩岱,揽月摘星(黄思正对句)

出句前面五个字全是金字旁,对句前面五个字全是山字旁。一写当年,一写今天。语意顺畅,意蕴丰厚。

  四是上、下联相对应的字偏旁逐一相同。最为著名的是相传题广东虎门的一副短联:

  烟锁池塘柳
  炮镇海城楼

上、下联相对应的字分别都是火字旁、金字旁、三点水、土字旁、木字旁。一写自然景色,一写海防。这个上联,出自明代广东南海人陈子升的《中洲草堂遗集》中的诗句:"烟锁池塘柳,灯垂锦槛波。回波初试舞,折柳即闻歌。"清人《清稗类钞》所载对句为:

  灯深村寺钟

此对句也分别含"五行"的偏旁,但不是一一照应。另有传说,在开封延庆观里有个玉皇阁,地下九米处埋着一块石碑,石碑的中间则刻有一幅画，画的是对联的意境。石碑的两旁是一副对联：

烟锁池塘柳
桃燃锦江堤

据说，延庆观中的道士认为，这才是无可替代的绝对对法。开封邓焕亭先生的一篇文章记载了后续的事。据说，一灯道长见到《大河报》的报道后指出，那副对联其实应该是这样的：

烟锁池塘柳
桃燃锦汴城

他还说，可惜的是，元末刘福通的红巾军攻陷开封后，将当时"广袤七里，气压诸方"的重阳观及观内的千余株桃树都付之一炬，"桃燃锦汴城"自此盛景不再。但现在延庆观南仍有"烟锁池塘柳"的包公湖景观。

数 字

在文学作品中，数字具有多种修辞的妙用，成为刻画人物、写景状物、点染诗情画意和表达各种思想感情的重要手段，具有极强的表现力。对联中巧妙地运用数字，不仅可以艺术地表现客观事物的数量，更可以使对联形象生动，活泼有趣。

对联中数字的运用，大约有以下几种形式：

一是全用数字。这类对联比较少见，如传说某穷书生的春联：

二三四五
　　六七八九

并有横额"南北"。上联隐去了"一",下联隐去了"十",横额隐去了"东西"。巧用缺如、谐音、转品等手法,曲折含蓄表达了他"缺衣少食,没有东西"的艰难生活。

　　二是部分用数字,这应该是数字对联中的绝大部分。其中,又有明用数字和暗用数字两种情况。

　　明用数字,如明代沈德符《万历野获编》收录了一副大臣袁炜为嘉靖皇帝斋醮(道教仪式)题写的对联:

　　洛水元龟初献瑞,阴数九,阳数九,九九八十一数,数通乎道,道合元始天尊,一诚有感
　　岐山丹凤两呈祥,雄鸣六,雌鸣六,六六三十六声,声闻于天,天生嘉靖皇帝,万寿无疆

巧用数字,极尽拍马之能事。

　　再如庐山虎溪"三笑亭"联:

　　桥跨虎溪,三教三源流,三人三笑语
　　莲开僧舍,一花一世界,一叶一如来

东晋高僧慧远,交游广泛,与很多名士都有往来。相传他曾住在庐山西北山麓的东林寺中,潜心研究佛法,为表示决心,就以寺前的虎溪为界,立一誓约:"影不出户,迹不入俗,送客不过虎溪桥。"不过,有一次诗

人陶渊明和道士陆修静过访，三人谈得极为投契，不觉天色已晚。慧远送出山门，怎奈谈兴正浓，依依不舍，于是边走边谈，送出一程又一程，忽听山崖密林中虎啸风生，悚然间发现，早已越过虎溪界限了。三人相视大笑，执礼作别。后人在他们分手处修建"三笑亭"，以示纪念。此联上联叠用"三"字，概述陶渊明、慧远、陆修静三人分别属于儒、释、道三教；下联叠用"一"字，描述佛教故事。工整独到，境界优美，有巧夺天工之妙。

清末爱国诗人、政治家、外交家黄遵宪题故乡梅州人境庐联：

　　有三分水、四分竹，添七分明月
　　从五步楼、十步阁，望百步大江

以"三分水、四分竹"，描述人境庐的景致；"五步楼"和"十步阁"当是黄遵宪从唐代诗人杜牧《阿房宫赋》"五步一楼，十步一阁"借来的；"百步大江"则是指离人境庐不远的梅江。运用数字，十分巧妙。

梁章钜《楹联丛话》记载了一个故事。乾隆五旬寿诞时，京师经坛有联：

　　四万里皇图，伊古以来，从无一朝一统四万里
　　五十年圣寿，自兹以往，尚有九千九百五十年

气象高阔，设想奇特，对仗也新颖而工整。相传是纪昀所撰，否则一定是彭元瑞，他人则无此手笔。

还有按顺序嵌入自然数的。如旧时的一副婚联：

　　一阳初动，二姓克谐，庆三多、具四美，五世其昌征凤卜

> 六礼既成，七贤毕集，奏八音、歌九如，十全无缺羡鸾和

此联暗含了十个典故。"一阳"，古人以为天地间有阴、阳二气，每年冬至开端，阴气尽而阳气回生，叫"一阳来复"。这里是指结婚的时间，当在冬至后。"二姓"典出《礼记·昏义》："昏（婚）礼者，将合二姓之好。""三多"，典出《庄子·天地》的"多福多寿多男子"，这里有祝愿、祝贺之意。"四美"，语出谢灵运《拟魏太子邺中集诗八首并序》："天下良辰、美景、赏心、乐事四者难并。""五世其昌"，典出《左传·庄公二十二年》：春秋时，陈国公子出奔齐国，齐大夫懿仲想把女儿嫁给他，其妻占卜得"吉"，卜辞中有"五世其昌"的句子。"六礼"，典出《仪礼·士昏礼》，指的是旧时婚事从开始到办成，必须要经由六道程序，即纳采（送礼求婚）、问名（男方家请媒人问女方的名字和出生年月日）、纳吉（男方将女子的名字、八字取回后，在祖庙占卜）、纳徵（男方家以聘礼送给女方家）、请期（男家择定婚期，备礼告知女方家，求其同意）、亲迎（新郎亲至女家迎娶）。"七贤"，指魏晋间的嵇康、阮籍、山涛、向秀、阮咸、王戎、刘伶七人"相与友善，游于竹林，号为七贤"。这里是指举行婚礼这天，男女双方的亲朋挚友全到了。"八音"是古代乐器的统称，指金、石、土、革、丝、木、竹、匏这八类乐器。这里是对婚事热烈场面的描述。"九如"，典出《诗经·小雅·天保》："如山如阜，如冈如陵、如川之方至，以莫不增……如月之恒，如日之升，如南山之寿，不骞不崩，如松柏之茂，无不尔或承。"这里寓福寿延绵，一切美满之意。"十全"，典出《周礼·天官·医师》，这里是说婚事顺畅，圆圆满满。

又如马萧萧、顾平旦、常江、曾保泉先生题北京保温瓶厂的一副对联：

第十一讲 对联的修辞手法（五）

一口能吞二泉三江四海五湖水
孤胆敢入十方百姓千家万户门

此联巧用拟人手法和数字，自然天成，耐人玩味。

还有运用数字计算的。相传清代乾隆年间的一次千叟宴，有一位一百四十一岁的老翁。乾隆皇帝就此出句：

花甲重逢，外加三七岁月

"花甲"是六十岁，"重逢"就是两个花甲（一百二十岁），"三七"是二十一，合计为一百四十一岁。纪昀对道：

古稀双庆，更多一度春秋

"古稀"是七十岁，"双庆"就是两个古稀（一百四十岁），再加一，合计为一百四十一岁。

再如：

七鸭浮江，数数三双多一只
尺蛇出洞，量量九寸零十分

"三双"是六，"多一只"，合计为七；"九寸"加"十分"，合计为一尺，也非常巧妙。

暗用数字，就是在对联中用有数字的意思但又不是数字的词语。如湖南湘潭雨湖双女墓一联：

青冢芳魂留片石
　　白波明月照双娥

上联"片"，有"一"的意思，"片石"指一通石碑；下联"双"，有"二"的意思。虽然不见数字，但数量的意思很明显。

　　再如，南京燕子矶武庙，至清末仅存一勒马横刀偶像。某人入庙见了而得上联：

　　孤山独庙，一将军横刀匹马

但苦于没有对句。后来，一位赶考的书生系船于江边时，见两渔翁对钓，终于有了下联：

　　两岸夹河，二渔叟对钩双钓

联语之巧在于暗用数字。上联的数全为"一"，而用"孤"、"独"、"一"、"匹"；下联的数全为"二"，而用"两"、"夹"、"对"、"双"。足见汉字的巧妙。

第十二讲　对联的修辞手法（六）

比　拟

比拟是把物拟作人，或把人拟作物的一种修辞手法，即把甲事物当作乙事物（或把乙事物当作甲事物）来描写。一般包括拟人、拟物、拟人兼拟物三种情况。

拟人，就是把事物人格化，将事物赋予人的形象、人的感情，从而增强对联的表达效果。有的是以有生之物拟人。如清代文学家郑燮（板桥）应常书民之请为常氏花园写的一副对联：

　　怜莺舌嫩由他骂
　　爱柳腰柔任尔狂

以"莺"和"柳"拟人，巧妙地揭示了生活中常见的现象所蕴涵的哲理。常书民非常喜欢这副对联，遂将自己喜爱的一个童仆送给郑板桥做

"报酬",这童仆一直在郑板桥身边服侍多年。

台湾台北著名风景区阳明山,有陈定山题写的一副对联:

水清鱼读月
花静鸟谈天

以"鱼"和"鸟"拟人,又巧用衬托手法,以动衬静、动静结合,充满了诗情画意。

有的是以无生之物拟人。郑燮还有一名联:

春风放胆来梳柳
夜雨瞒人去润花

以"春风"、"夜雨"拟人,形象地描绘了春天春风拂柳、细雨润物的景象。

梁章钜的《巧对录》中记载了这样一个故事。沈义甫八岁时,其师命对云:

绿水本无忧,因风皱面

沈对云:

青山原不老,为雪白头

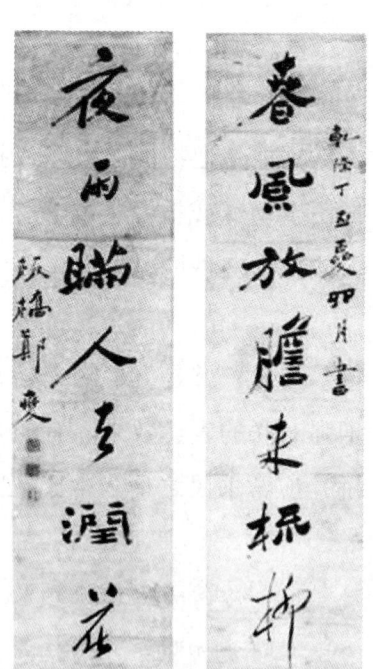

郑板桥对联

对联的意思是,水本来是没有什么烦愁的,但当风吹过的时候就起了波澜,就像人的面上起了皱纹;山原来是不会老的，但因为山顶的白雪而显得好像白了头一样。意境十分美妙，形象生动。

旧时元宵节的一副巧联：

烛谓灯云：靠汝遮光作门面
鼓对锣曰：亏侬空腹受拳头

类似于一则寓言，将"烛"、"灯"、"鼓"、"锣"人格化，语含双关，含蓄生动，揭露了当时社会中有人趋炎附势、有人受尽欺侮的现实。

拟物包括把人当作物来写、把一物当作另一物来写两种情况。前者是以某物最明显的特征，来更生动地表现人的活动或感情；后者常常是以有生命的物来拟无生命的物，以特点、形象鲜明的物，来拟特点、形象不太鲜明的物。

把人当作物来写的。北宋词人晏殊有两个朋友，一个叫张亢，一个叫王琪。这两位的长相都不怎么样：张亢是个大胖子，王琪就总叫他"肥牛"；而王琪骨瘦如柴，张亢反过来叫他"瘦猴"。两个人关系很好，却又不分场合互相取笑。有一次，晏殊请客，大家喝得正在兴头儿上，王琪放下筷子，伸出两手的食指向两边撇着，笑嘻嘻地说：

张亢触墙成八字

牛脑袋撞上墙，两只犄角向两边分开成"八"字的样子。张亢也不示弱，立刻想到郦道元《水经注·三峡》中引用的渔者之歌"巴东三峡巫峡长，猿鸣三声泪沾裳"，便反唇相讥道：

王琪望月叫三声

以上两句,都是以人拟物,生动形象。

再如周恩来总理1960年春在海南赠华南热带作物学院、研究院师生员工的一副短联:

　　儋州立业
　　宝岛生根

其中的"生根"就是把人当作物来写的。语言简练,形象、深刻地表达了国家对知识分子的厚望,要他们在那里安心工作,并且持久地扎下"根"。

旧时有一副祝贺人生孙子的对联:

　　瓜瓞诗赓绵世泽
　　梧桐春到长孙枝

此联以"瓜瓞"和"梧桐"拟人。上联出自《诗经·大雅·绵绵瓜瓞》,下联化用唐代白居易的《谈氏外孙生三日》诗句"梧桐老去长孙枝"。还有,贺人新婚的对联常用"鸾凤"、"鸳鸯鸟"、"连理枝"等词语。

把物当作物来写(把甲物当作乙物来写)的,如春联:

　　时雨点红桃万树
　　春风吹绿柳千枝

把"时雨"和"春风"这两种事物当作了染色的颜料("点"和"吹"都是染的意思),非常形象生动。

再如旧时讽刺吸食鸦片的一副对联:

第十二讲 对联的修辞手法（六）

竹枪一支，打得妻离子散，未闻炮声震地
铜灯半盏，烧尽田地房廊，不见烟火冲天

把烟枪比拟为能杀人的真枪，把烟灯比拟为烧尽家财的大火，形象地描述了鸦片给人带来的巨大危害。

拟人兼拟物，就是在一副对联中，交错使用拟人、拟物两种修辞手法。如明代状元顾鼎臣的一副巧联：

柳线莺梭，织就江南三月景
云笺雁字，传来塞北九秋书

上联拟物，下联拟人。

一般情况下，上、下联都用比拟的手法，才会使对联更加工整，但有时也有只在上联或下联使用比拟的。如于右任题河南新安汉函谷关的一副短联：

送千年客去
移一个关来

上联"送客"，显然是以人的行为写物（关）；下联则只是写实，说西汉时为了满足楼船将军杨仆"耻为关外民"的愿望，将秦函谷关从灵宝移到新安。

夸 张

夸张，是为了启发读者的想象力和加强所说的话的力量，用夸大的词句来形容事物,使要表达的事物更强烈地突出其本质特征的一种修辞手段。用夸张手法创作的对联,可以更好地渲染所描绘事物的艺术形象,突出强调其本质,有极强的表现力。

通常所见的有扩大夸张、缩小夸张两种形式。

扩大夸张就是对事物的形象、特征、作用等方面加以扩大,尽量往上处说,往高处说,往重处说。如峨眉山千佛禅院的一副对联:

一粒米中藏世界
半边锅里煮乾坤

这是极言"米"、"锅"之大,说佛教的生活虽然清苦,但法力无边。

再如书画店的对联:

片纸能含天下意
一毫可绘古今情

这是极言书画的容量之大,"天下意"、"古今情",无不可以容纳。

泰山南天门联:

门辟九霄,仰步三天胜迹
阶崇万级,俯临千嶂奇观

"九霄"、"万级",是极言泰山之高。

昆明西山龙门的对联:

仰笑宛离天尺五
凭临却在水中央

"离天尺五",显然也是极言其高。

四川绵竹"天益老号"、山西汾阳杏花村都有这么一副写酒的对联:

酒气冲天,飞鸟闻香化凤
糟粕落水,游鱼得味成龙

"飞鸟"闻到酒香就能化为凤凰,游鱼得到酒糟就能变成龙,这是极言酒的味道之浓。

缩小夸张则是对事物的形象、特征、作用等方面尽量往小处、弱处说。如北京颐和园谐趣园涵远堂联:

西岭烟霞生袖底
东洲云海落樽前

极言"烟霞"、"云海"之小。

再如昆明西山达天洞联:

乾坤浮一镜
日月跳双丸

此对联将"乾坤"说成是一面镜子,将"日月"说成是跳动的两个丸子,极言其小。

民国年间，曾有一副嘲讽对联：

　　国祚不长，八十几天袁皇帝
　　封疆何窄，两三条巷汪政权

下联以"两三条"巷子，极言当时汪伪政权之小。
　　还有虚实结合的夸张。如昆明大观楼有清代宋湘的一副对联：

　　千秋怀抱三杯酒
　　万里云山一水楼

上联的"千秋怀抱"为虚，下联的"万里云山"为实。
　　还有上、下联分别用扩大夸张、缩小夸张的。如张文端题陕西华山陈抟洞的一副对联：

　　天下太平无一事
　　山中高卧有千秋

上联"一事"是缩小夸张，下联"千秋"则是扩大夸张。
　　对联运用夸张手法，要做到"夸而有节，饰而不诬"，就是应该以现实生活为基础，要有分寸。"夸过其理，则名实两乖"（刘勰《文心雕龙·夸饰》），是说如果夸张过了头，名、实都会不相符的。

第十三讲　对联的修辞手法（七）

反　语

反语是用与本意相反的话语来表达本意，即说反话。这种修辞格常用来嘲弄讽刺。在对联作品中，恰当地使用反语，可使作品含蓄有味，增强讽刺性和幽默感，往往会收到入木三分的效果。

清末徐珂《清稗类钞》记载有这样一个故事：光绪时候，有个叫朱惠之的人，千方百计请托关系，得到了湖北省负责"膏捐"的差事，专司抽鸦片烟税。可他到任之后，巧立名目，大肆聚敛，搜刮民财，在膏捐以外假借筹饷的名义，增加门面税及烟酒糖各税，民愤极大。朱死的时候，有人为他写了副挽联：

　　门面有税，膏捐有税，烟酒糖有税，画策无遗，求也可使致富
　　左右曰贤，国人曰贤，诸大夫曰贤，盖棺论定，今之所谓良臣

《论语·雍也》有"求也可使从政也与"一句，问子路是否可以担当治理

国家的事务。挽联作者将其中的"从政"改为"致富",讽刺朱某聚敛有术。《孟子·告子下》有"今之所谓良臣,古之所谓民贼也"一句,挽联作者采用了前半句,隐去了"民贼"一词。这个"良臣",显然是反语。

再如民国年间的一副对联:

许多豪杰
如此江山

上联"豪杰",当然不是指救国救民的英雄,而是指当时祸国殃民、混战不已的军阀;下联"江山",也不是在歌颂我们雄伟壮丽的国土,而是在揭露山河破碎的惨象。

抗日战争胜利后,四川成都盲聋哑学校曾贴有这样一副对联:

熟视无睹,诸君尽管贪污作弊
有口难言,我辈何须民主自由

这副对联针对当时的社会现实,又紧切盲人"熟视无睹"、哑人"有口难言"的特点,对国民政府的腐败(经济上的中饱私囊,政治上的压制民主)予以辛辣的讽刺和揭露。全用反语,形象刻画栩栩如生,其力量、其作用,显然要比用正话来说大得多。

设 问

设问是无疑而问,或提出问题却不作回答,让读者去思考;或有问有答(自问自答),以示强调。对联有上、下联的外在形式,很适合用设问的修辞手段。

设问一般分为有问有答、有问无答两种情况。

有问有答的设问，如清代与纪晓岚同有"才子"之称的彭元瑞（官至吏部尚书、协办大学士）的一副自题联：

何物动人？二月杏花八月桂
有谁催我？三更灯火五更鸡

这是一副励志勤学的格言联。上联先提出设问，什么东西最为动人呢？接着回答"二月杏花八月桂"，以四季中最为动人的景色来代美好的时光，有珍惜光阴之意，又暗含春、秋两次考试的时间。明、清两代，正常情况下三年一次乡试，在子、卯、午、酉年秋，称秋闱；乡试次年会试，即礼部试，在丑、辰、未、戌年春，称春闱。会试的放榜日期在四月十五日，正值杏花开放，所以叫杏榜。下联回答"催我"的是"三更灯火五更鸡"，更为具体地写出应如何勤勉奋发，又化用东晋祖逖、刘琨"闻鸡起舞"的典故，对仗工整而又催人奋进。

再如毛泽东1938年3月在纪念孙中山逝世十三周年暨追悼抗日阵亡将士大会上写的一副对联：

国共合作的基础如何？孙先生云：共产主义是三民主义的好朋友
抗日胜利的原因安在？国人皆曰：侵略阵线是和平阵线的死对头

语言通俗，观点鲜明，用设问形式，新颖活泼。

山东淄博蒲松龄故居，有著名画家吴作人的一副对联：

> 岂有真鬼狐？前贤形此箴世
> 安得装妖冶？后代剥它画皮

此联通过设问，充分肯定了名著《聊斋志异》的价值。

有问无答的设问，当以明代书法家董其昌为杭州西湖冷泉亭所题的对联最为著名：

> 泉自几时冷起
> 峰从何处飞来

此联问得突兀、奇妙，令人叫绝。正因为以问句构联，据说引来不少答对。有人答道：

> 泉自源头冷起
> 峰从天外飞来

清代学者俞樾（曲园）在《春在堂随笔》中记载了一件趣事。他曾与夫人姚氏来这里游览，在亭上小坐，读了这副对联。夫人说，此"语甚俊，请作答语"。他答道：

> 泉自有时冷起
> 峰从无处飞来

夫人说，不如这样：

> 泉自冷时冷起
> 峰从飞处飞来

二人"相与大笑"。几天后，他的次女绣孙来谈及此事，俞樾让她也作答语。"女思久之"，笑着说：

> 泉自禹时冷起
> 峰从项处飞来

俞樾惊问："项字指什么呢？"绣孙说："如果不是项羽将此山拔起，怎么飞得来？"俞樾听了，大笑不止。他正在喝茶，"不禁襟袖之淋漓也"，竟然泼了一身茶水！其中的"禹"指治水的夏禹；"项"则指项羽，出自项羽的"力拔山兮气盖世"。——可以说，回答得一个比一个空灵。

梁章钜《楹联续话》记载了一个故事。相传有一理发店，向某狂士求对联。这狂士大书道：

> 磨砺以须，问天下头颅几许
> 及锋而试，看老夫手段如何

磨砺以须，意思是磨快刀子等待。比喻做好准备，等待时机。出自《左传·昭公十二年》："摩以厉须，王出，吾刃将斩矣。"

1925年孙中山先生逝世时，在北大读书的台湾学生洪炎秋代北大台湾学生会写一副挽联：

> 三百万台湾刚醒同胞，微先生何人领导
> 四十年祖国未竟事业，舍我辈其谁分担

这副对联道出了台湾同胞痛悼伟人的真情告白，也表达了台湾同胞救国图强的赤子之心。

也有的设问对联仅在上联或下联发问。如许昌市西灞陵桥关帝庙联：

> 亦知吾故主尚存乎？从今朝遍逐天涯，且休道万钟千驷
> 曾许汝立功乃去耳！倘他日相逢歧路，又肯忘樽酒绨袍

这是仅在上联发问。仅在下联发问的，如北京杨继盛祠有清代大臣桂萼的一副对联：

> 燕市宅依然，三疏共传公有胆
> 钤山堂尚在，十年不出彼何心

杨继盛，字仲芳，号椒山，直隶容城（今河北容城）人。嘉靖年间进士，官兵部员外郎。蒙古首领俺答汗数次带兵入侵北部边境，奸臣严嵩的死党、大将军仇鸾请开马市以求和。杨继盛上书《请罢马市疏》，指斥仇鸾的举动有"十不可五谬"。严嵩庇护仇鸾，杨继盛被贬狄道（今甘肃临洮县）典史。一年后，俺答汗依然扰边，马市全遭破坏。杨继盛被再度起用，至兵部武选司员外郎。三次上疏，弹劾权相严嵩十大罪状，被处死。上联紧切杨继盛，"有胆"，指严嵩把杨下狱并指使狱卒毒打致伤后，又假惺惺地派人送来蚺蛇胆让他疗伤。杨说："椒山自有胆！"下联则紧切严嵩。"钤山堂"，为严嵩的堂名。"十年不出"，指严嵩于弘治间中进士后，由编修归里，在钤山隐居读书十年。对联问：你这样做，到底是何居心？

第十四讲 对联的修辞手法（八）

析　字

析字，就是利用汉字字形的结构特点，通过对汉字的或拆或合或置换，将比较复杂的汉字的各个部分拆离开，使之成为另外的字，或将比较简单的汉字组合成另外的字，从而依据字意，赋予其新的意义，构成对联。有的还借此说明某种道理，表达某种思想。这属于文字离合的方法。其他形式的文学艺术作品好像极少用这种修辞，应是对联独具一格的技巧，这大概是最能体现汉字具有无穷妙趣的一种手法了。

用析字手法创作的对联，大约有以下几种：先拆后合，先合后拆，部件置换，分析字形。

先拆后合的，如清代梁章钜《巧对录》卷三据《金台集》记载的一个故事。金章宗与李妃在瀛岛妆楼曾有个对句：

二人土上坐

一月日边明

上联以"土"上"二人"合为"坐"字,下联以"日"边"一月"合为"明"字。

电影《三笑》中有这么一副对联:

十口心思,思国思君思社稷
八目尚赏,赏风赏月赏秋香

上联用"十"、"口"、"心"合成"思"字,又用"思"字组句,表达了关心君主、国家的思想。下联用"八"、"目"、"尚"合成"赏"字,又用"赏"字组句,表达了唐伯虎对秋香的爱慕。对联极具巧思。

再如流传很广的一副巧对:

此木为柴山山出
因火成烟夕夕多

上联以"此木"合为"柴"字,以"山山"合为"出"字;下联以"因火"合为"烟"字,以"夕夕"合为"多"字。工稳而巧妙。

还有:

八刀分米粉
千里重金锺

上联以"八刀分"合为"粉"字,下联以"千里重"合为"锺"("钟"的繁体字)字。

第十四讲 对联的修辞手法（八）

先合后拆的，如梁章钜《巧对录》卷四引用《挑灯集异》的一个故事。明代长洲人蒋焘，幼年聪慧。一次，他父亲的一位客人因雨中久坐，出句道：

　　冻雨洒窗，东二点、西三点

蒋焘对：

　　切瓜分客，横七刀、竖八刀

出句将"冻"字和"洒"字拆为"东二点、西三点"，对句则将"切"字和"分"字拆为"横七刀、竖八刀"。上、下联都极为巧妙。

杭州西湖天竺顶有一座庵寺，叫竺仙庵，庵边有个泉眼，泉水极其清冽。相传有两个静心修道的人，经常在庵中用泉水煮茶品尝。有一联悬于庵门：

　　品泉茶三口白水
　　竹仙桥两个山人

上联将"品"字拆为"三口"，将"泉"字拆为"白水"；下联将"竹"字拆为"两个"，将"仙"字拆为"山人"。

再如：

　　鸿是江边鸟
　　蚕为天下虫

上联将"鸿"字拆为"江"字和"鸟"字,下联将"蚕"字拆为"天"字和"虫"字。

还有的先合后拆、先拆后合一并出现在巧对中。清末梁恭辰《巧对续录》载有一倪姓人家出联句为女择婿的故事,出句是:

妙人兒倪家少女

有人对道:

故言者诸子古文

出句先将"妙"字拆为"少女",又以"人兒"合为"倪"字;对句则先将"故"字拆为"古文",又以"言者"合为"诸"字。

部件置换的,如传说明英宗时,皇室宁王朱宸濠曾把某书生囚禁在花园的一个铁笼里。一天,宁王想在花园掘一池塘,出句道:

地中取土,加点水以成池

但他身边的随从无人能对,那书生在笼中听到后,对了一句:

囚内出人,进一王而得国

"地"去"土"加"水",就成了"池"字,"囚"去"人"加"王",就成了"国"字。由于对得十分工整,又合宁王胃口,这书生因此被释放。

辛亥革命后，袁世凯窃国时，倒行逆施，恢复帝制。有人写了一副巧联：

或入圜中，拖出老袁还我國
余行道上，不堪回首问前途

上联的意思是，应该有人将"老袁"（袁世凯）从皇帝的宝座上"拖出"来，"还我"共和体制；下联仿袁氏口吻，说"余"（我）走在"道上"，回想往事，"不堪回首"，"问前途"在哪里。对联的妙处，在于巧借汉字的特点，将"或"字置入"圜"字中，将"袁"字从中"拖出"，便是"國"字；将"余"字放到"道"字上，再回避去"首"字，便是"途"字。安徽联家白启寰先生说："很像化学中的'置换反应'，因此亦有人称此类对联叫'置换联'。这类对联，在汉字中不可多得。"

分析字形的，如《解人颐》的一个故事；明代大臣杨溥小时候，地方官令其父服役，杨溥请求父亲免役。地方官出一上联要他来对：

四口同圖，内口皆从外口管

上联巧妙地分析"圖"（"图"的繁体字）字，共有四个"口"字，而里面的"口"都被包围在外面的大"口"中。言下之意，杨溥的父亲既是他管辖下的百姓，此地方官就有权令杨溥之父服役。杨溥立即对道：

五人共傘，小人全仗大人遮

下联巧妙地分析"伞"("傘"的繁体字)字，共含五个"人"字，下面的四个小"人"字，都在上面的一个大"人"字的遮蔽之下。言下之意，请求父母官法外施恩，多加照顾。据说此官见杨溥小小年纪，有如此才学，还真的免了他父亲的差役。

再如梁章钜《巧对录》所载的一个故事。吴文泰使人买木，归来迟了。丁逊学令四工人合造一件器具，出对云：

二人抬木归来晚，人短木长

吴文泰对道：

四口兴工造器成，口多工少

出句分析"來"字为"二人抬木"，其中的"人"字短而"木"字长；对句分析"器"字，为"四口兴工"，含四个"口"字，而只有一个"工"字，所以说"口多工少"。

飞　白

陈望道先生在《修辞学发凡》中说："明知其错故意仿效的，名叫飞白。"所谓"白"，就是"别"，读错或写错的意思。飞白手法运用于对联，就是明知其错而故意仿效，或者将错就错，再用适当的词语组合成联。常用于戏谑、嘲讽等场合。

梁章钜《巧对录》有个故事：清初长洲人韩慕庐，曾考四等，后为状元，所以他家有写着"四等秀才，一甲进士"字样的门灯。他未第的时候，曾在一家教授蒙馆，而馆主人识字不多，却喜欢卖弄，常常干预教学，有时还替韩慕庐上课，以炫耀自己的学问。韩偶尔和他争论，他就挖苦说："你是四等秀才，懂得什么呀？"韩也只有忍受而已。一天，生徒读《曲礼》"临财毋苟得，临难毋苟免"，"毋"字误读作"母"字。有位名士路过，听到后窃笑不止。他不知道是馆主人所授，并非先生之意，便高声作七字联讥讽道：

  曲礼一篇无母狗

并让韩慕庐作对语。韩应声道：

  春秋三传有公羊

名士将错就错，用"母狗"直接取代"毋苟"，就是飞白。韩慕庐对以"公羊"，可谓工巧天然，妙语惊人。《春秋》是一部编年史，解释《春秋》的有《左传》、《榖梁传》和《公羊传》，合称"三传"。

  还有个人，平日里不学无术，连某些常用字也混淆不分。但因为他父亲在朝中做官，也就混上个秀才。次年岁考，考官换了人，而这个秀才却毫无长进，在考卷中竟将"豺狼"写成"才郎"，"权也"写成"犬也"。结果，不知其背景的考官将他评为六等，还将他狠狠地训斥一顿。消息传出，自然成了人们的笑谈。秀才那位才貌双全的妻子羞愧得无地自容，竟上吊自杀了。后来，考官得知这秀才的父亲是京官，于是匆忙将其成绩改为一等。为此，有人在秀才的家门口贴了这么一副对联：

  权门生犬子
  才女嫁豺狼

横批是："六一居士"。

对联将秀才的权贵出身，妻子的"英烈"行为和他所写的错别字，以及"权"和"犬"、"才"和"豺"两对谐音字，巧妙地组合在一起，讽刺得入木三分。又借用北宋文学家欧阳修的号"六一居士"，揭露他从六等跃升为一等，更为幽默。

清代某科顺天府乡试，由礼部尚书姚文田（字秋农）主持。有考生在试卷中用了"率循大卞"一语，姚批道："'大卞'二字，疑'天下'之误。"其实，这句话出自《尚书·顾命》，"大卞"的意思是大法度。也是这一科，参加校卷的侍御史蒋秋吟，见一考生的试卷中有"不率大戛"一语，批道："'大戛'二字不典。"就是说，这是生造词。其实，这句话出自《尚书·康诰》，"大戛"的意思是大常礼、大常法。当时，有人以这两个错误批语，又嵌入两位考官的姓、名、字，写了一副对联，以嘲讽他们：

蒋径荒芜，大戛含冤呼大卞
姚墟榛莽，秋农一笑对秋吟

上联的"蒋径"，即蒋生径，典出《三辅决录》卷一。东汉蒋诩，字元卿，哀帝时曾任兖州刺史，有廉洁正直之声。王莽摄政时，称病辞职，隐居于杜陵。舍前竹下辟三径，只有故人羊仲、求仲和他往来。这里是借来切蒋秋吟的姓。"荒芜"，则指蒋氏的学问荒疏。"姚墟"是地名，在今河南东北部范县一带，据说是舜的出生地。这里是借来切姚的姓。"榛莽"，为杂乱生长的草木，也泛指荒原，这里指姚某学问荒废。两位考官，一位以"大卞"为"天下"之误，一位以"'大戛'二字不典"，那么，"大卞"和"大戛"只得互相"含冤"而呼了。两人的学识是半斤八两，只能相互一笑了之。一位字秋农，一位名秋吟，两个"大"字恰巧可与两个"秋"字匹对。恰如时人梁绍壬之评："语妙绝伦。"

梁恭辰《楹联四话》记载了这样一个故事。清代甘肃有位县令，家中资财丰厚，但仅仅粗识文墨，而好与文人交往。凡是举人进京应试者，他多有馈赠。所以，当地考中举人的，纷纷送上名片，自称"门人"。一天，有客人拜访，问他："见您门前泥金满壁，令人肃然起敬。先生家的桃李为何如此茂盛啊？"县令沉思一会，答道："我家园中只有梅花多株，并无处可种桃李树。是不是您误记了？"又一天请客，有叔侄二人因事来不了，友人代为转达说："某某竹林，家中有事。"后来，县令见其侄，竟称以"竹林"，以为人家的号是"竹林"，而不知道这是叔侄的美称。因为魏晋间"竹林七贤"中有阮籍、阮咸叔侄二人。于是，有人写了副对联嘲讽他：

　　自惭无地栽桃李
　　到处逢人说竹林

这是将错就错的飞白。这位县令还拿对联出示给同僚看，人们无不喷饭。

清末宣统时候，国人称从外国留学归来的学生为"洋翰林"。其中有的人国学基础极差，识字不多，却以"洋"而趾高气扬。有位留日学生，曾写信给某省巡抚胡秋辇，讨论宪法研究会之事。短短几句话，竟将"辇"字写成了"辈"，将"究"字写成了"宄"。于是，有人写了副对联来讽刺他：

　　辇辈并车，夫夫竟作非非想
　　究宄同盖，九九还将八八除

联语从字形的相似和差别上入手辨析:"辇"和"辈"两字都含"车"字,但一个的上面是两个"夫"字,而另一个的上面是一个"非"字。"作非非想",巧借成语"想入非非",已含批评的意思。"究"和"宄"两字同含宝盖头(当然,"究"字的偏旁应是穴字头),又都含"九"字,而将"究"字错写为"宄"字,恰好丢掉了其中的"八"字,即"八八除"。"九九还将八八除",还不是一笔糊涂账?讽刺之辛辣、巧妙,令人叫绝。近代楹联家吴恭亨在《对联话》卷十四中评论此联说:"用拆字法夹攻,神妙欲到,心灵之巧,真不可阶。"

民国初年,四川第三镇镇将孔兆鸾文墨不通,却喜欢假装斯文,对士兵训话时,误将成语"马革裹尸"说成"马革裏('里'的繁体字)尸";斥人妄杀无辜,误将成语"草菅人命"说成"草管人命"。有人戏以为联嘲讽道:

　　山管人丁人管财,草管人命
　　皮裏袍子布裏裤,马革裹尸

有人对他解释:"山管人丁水管财",是西晋末东晋初学者郭璞提出的,大意是在山区地带人丁兴旺,在靠水的地方生意兴隆。"草管人命"、"马革裹尸",则是您的教导。这位草包军阀听了,竟然十分高兴!

还是在民国初期,税制税种混乱繁杂,苛捐杂税多如牛毛。除全部保留了清王朝的税捐外,又先后增加了印花税、烟酒牌照税、验契税、契税加征等,名目繁多,成倍增长,而且任意征敛,毫无限制。至于地方财政,则更加混乱。在旧税目外大量增加所谓的"附加税"或其他新税。征收的税种也匪夷所思,不仅对妓女征税,对粪水也要征收粪水捐税。当时就有一副讽刺对联:"自古未闻屎有税,而今只剩屁无捐。"

某年春节,四川著名的奇才子、被称为幽默大师的刘师亮,看到一些军阀门口贴着"民国万岁，天下太平"的对联，非常气愤，便在家门口贴出这样一副对联：

民国万税
天下太贫

此对联将"岁"改为"税"，将"平"改为"贫"，音相近而意义迥别。经这么一飞白，将国民党政府横征暴敛、广大人民陷于贫困的现实，揭露得淋漓尽致。此联一出，很快就在全国流传，为人称道。

"文化大革命"期间，有一个半文盲被派到某图书馆担任驻馆代表，领导学习《反杜林论》。人们在批判时，常有"杜林胡说什么"一句话，可这位驻馆代表听不懂，误以为"杜林胡"是中国的什么人，便大声说："杜林胡反马克思主义毛泽东思想，应该拉出去枪毙！"因为"录"的繁体字是"錄"，此人又将清人李汝珍的小说《镜花缘》读为"镜花录"，留下笑柄。于是，有人以此为题，写了这样一副对联：

一代奇书镜花录
千秋名士杜林胡

这副对联先录其错读，再录其错断，讽刺之意，跃然纸上，而其修辞手法正是飞白。

还有个"文化大革命"时期的故事。安徽白启寰先生《"史革"奇闻"硅"变"蛙"》说，"文化大革命"期间，宣传队进驻了白先生所在的中学，许多经验丰富的教师被打成"牛鬼蛇神"，剥夺了上课的资格。学校又要"复课闹革命"，宣传队只好自己上台。一个仅小学文化程度的宣传队员去上初三的化学课，竟然把"二氧化硅"读成了"二氧化蛙"，

于是几个班级里传出"蛙"声一片。白先生躺在"牛棚"里颇有感触,默默地"诌"出了这样一副对联:

二氧能化蛙,请问如何待蝌蚪
一虫忽易石,不知怎样结姻缘

白先生在校内被监督劳动,一连几天,"蛙"声不绝于耳,于是又"诌"出一副对联:

二氧已化蛙,蝌蚪这厢全打倒
一虫真易石,人妖哪里可分清

打倒"四人帮"以后,白先生被调到另一所中学,也被分去教化学课。当他摊开书本时,想到祖国大地又重放光明,不禁喜极神来,于是又在备课本上写下这样一联:

二氧仍化硅,蝌蚪青蛙全解放
一虫难易石,妖魔白骨尽除光

这三副对联,始终抓住"硅"、"蛙"两个字做文章,将错就错,既含幽默更有讽刺。

第十五讲　对联的修辞手法（九）

镶　嵌

镶嵌的修辞手法，包括镶字和嵌字。

陈望道先生在《修辞学发凡》中说："有时为要话说得舒缓些或者郑重些，故意用几个无关紧要的字来拖长紧要的字，我们可以称为镶字。"

对联中的镶字，以镶入虚词和数字最为常见。

镶入虚词的，如湖北武汉归元寺弥勒佛堂的对联：

　　大肚能容，容天下难容之事
　　慈颜常笑，笑世间可笑之人

其中的"之"，就是镶字。

再如广东新会市崖门三忠祠联：

臣事君以忠，其三人斯仁至矣
　　士见危受命，虽百世有宋存焉

南宋末，文天祥于广东潮安兵败被俘，张世杰于崖门兵败溺死，陆秀夫背负小皇帝赵昺在崖山投海殉国。此联运用古汉语中的虚语，加强语气，来表彰"三忠"的忠烈，巧妙自然，极具特色。

贵州炉山县城隍庙有一副对联：

　　德之不修，吾以汝为死矣
　　过而不改，子亦来见我乎

模仿阎王对死者的发问，风趣幽默。上联第一句出自《论语·述尔》："德之不修，闻义不能徙，不善不能改，是吾忧也。"第二句出自《论语·先进》："子畏于匡，颜渊后。子曰：'吾以汝为死矣。'"下联第一句出自《论语·卫灵公》："过而不改，是谓过矣。"第二句出自《孟子·离娄上》："乐正子见孟子。孟子曰：'子亦来见我乎？'"

镶入数字的，如明代朱柏庐《夫子治家格言》中的一副对联：

　　一粥一饭，当思来之不易
　　半丝半缕，恒念物力维艰

再如一副传统婚联：

　　乾八卦，坤八卦，八八六十四卦，卦卦乾坤已定
　　鸾九声，凤九声，九九八十一声，声声鸾凤和鸣

有人为鸭舍写了这么一副春联：

　　四平八稳，走富裕路
　　绿水青山，建幸福家

这副春联巧妙地写出了鸭子的特点，以及家庭的环境，表达了美好的祝愿。

　　关于嵌字，陈望道先生在《修辞学发凡》中说："是故意用几个特定的字来嵌入话中。"对联中的嵌字，就是把有关的人名、地名或物名（如花名、药名、戏名、书刊名、词牌名、商店名、颜色名、方位名、岁时名、食品名、动物名、植物名等）嵌入对联中的一种修辞手法。从表面上看，对联本身文从字顺、意义通达，但实际上却含有嵌字，使要表达的意思更加鲜明突出。嵌字与联意融为一体，贴切自然，不见斧凿痕迹者，方为上乘。近代湖南吴恭亨说："对联嵌字似少落下乘，然亦有二佳点：一，甲题不能移用乙题；二，悬一鹄嵌字，思路易入，不至于泛滥失归。"

　　嵌字对联，大约有整嵌、分嵌两种。
　　整嵌，就是把要嵌入对联中的内容（人名、地名或物名等）整体嵌入。如现代作家姚克与美国友人斯诺联名挽鲁迅的一副对联：

　　译著尚未成书，惊闻殒星，中国何人领呐喊
　　先生已经作古，痛忆旧雨，文坛从此感彷徨

这副对联巧妙地将鲁迅先生的两部作品——《呐喊》、《彷徨》嵌入对联中，语含双关，耐人寻味，而且显然是把鲁迅当成了中国文学的领军人物，但也并非过誉之词。上联的"译著"，指鲁迅翻译的俄国作家果戈里的小说《死魂灵》，当时还没有印出来。其中的"星"与"雨"之对，应是小类工对。

再如郭沫若1959年8月题济南李清照纪念堂的一副对联：

姚克与美国友人斯诺联名挽鲁迅联

大明湖畔、趵突泉边，
故居在垂杨深处
漱玉集中、金石录里，
文采有后主遗风

上联嵌入"大明湖"、"趵突泉"两个济南的地名，下联嵌入"漱玉集"（李清照的作品集）、"金石录"（李清照的丈夫赵明诚编纂，附李清照《后序》）两部书名。"畔"、"边"、"中"、"里"几个方位词，非常准确而讲究。

当代学者吴小如为茅盾纪念馆题写有一副对联：

一代文章辉子夜
满腔心血化春蚕

上联嵌入"子夜"，下联嵌入"春蚕"，分别为茅盾著名的长篇小说和短篇小说。

分嵌，就是把要嵌入对联中的内容分开来安排。在常见的嵌字联中，这种形式比较多见，所谓"嵌字格"也较多，有人甚至还分为"正格"和"别格"。这里介绍一部分。

鹤顶格，又称凤顶格、凤冠格、并头格、藏头格等。它要求将两个字（平仄不拘）分别嵌在上、下联的首字。如我于1995年12月题洛阳明花洗涤剂公司的对联：

明珠耀古都，世上邪污应尽洗
花事闻天下，人间俊美靠精妆

再如2000年元月，中国楹联学会和中央电视台《商界名家》栏目组共同组织的春节特别节目"高朋满座"征联，北京张振国嵌"方正"的作品：

方写华章辞旧岁
正磨宝剑出新锋

燕颔格，又称叶底格、凫颈格，要求将两个字（须一平一仄）嵌在上、下联第二个字的位置。如台湾台北指南宫联：

屈指神仙谁进士
终南山水属先生

再如安徽九华山华严洞联：

清华真佛地
庄严古洞天

鸢肩格，又称鸳肩格、鹿颈格、合欢格，要求将两个字（平仄不拘）嵌在上、下联第三个字的位置。如挽秋瑾的一副短联：

　　悲哉秋之为气
　　惨矣瑾其可怀

上联出自战国宋玉的《九辩》："悲哉！秋之为气也。萧瑟兮，草木摇落而变衰。"

　　蜂腰格，又称合欢格，要求将两个字（一平一仄）嵌在上、下联中间的位置。即五言联嵌在第三字，七言联嵌在第四字，九言联嵌在第五字。如甲辰年春联：

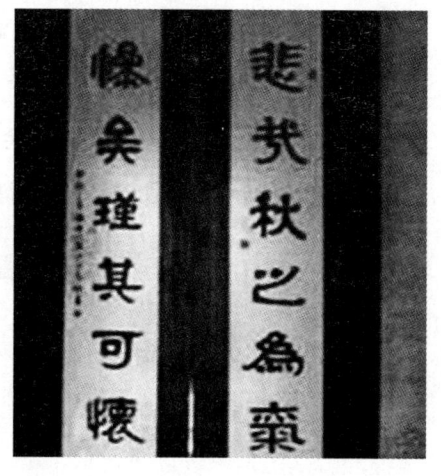

挽秋瑾联（秋瑾故居）

　　莫因卸甲蹉岁月
　　恰是逢辰写历程

再如民国初年蔡锷赠小凤仙的一副对联：

　　此地之凤毛麟角
　　其人如仙露明珠

鹤膝格，又称合肘格，要求将两个字（平仄不拘）嵌在七言联第五个字的位置。如郭沫若赠张重肩的一副对联：

道义能担肩似铁

精神不动重如山

凫胫格，又称长胫格、雁领格，要求将两个字（一平一仄）嵌在七言联第六个字的位置。如今人刘振威先生嵌"陶"、"陆"两姓联：

篱边菊艳娱陶令

岭上梅开赏陆翁

雁足格，又称燕足格、藏尾格、凤尾格、并蒂格，要求将两个字（一平一仄）嵌在上、下联末一字的位置。上联所嵌的字一般应是仄声字，下联所嵌的字一般应是平声字。如云南石屏秀山联：

西南诸峰此独秀

东北一览小众山

清末县里的教官，虽然负责一县的教育，但在当时属于"冷宦"，职位低下，俸禄微薄。梁恭辰《楹联四话》载，有个叫傅芝堂的教官，自撰一联：

百无一事可言教

十有九分不像官

可谓确切生动，妙语自嘲，"脍炙人口矣"。

魁斗格，要求将两个字分别嵌在上联第一字（平仄不拘）的位置和下联末字（一般应是平声字）的位置。如冯玉祥题四川青城山上清宫联：

上德无为，行不言之教
大成若缺，天得一以清

上联出自老子《道德经》第二章："是以圣人处无为之事，行不言之教。"下联出自《道德经》第四十五章："大成若缺，其用不弊；大盈若冲，其用不穷。"第三十九章："天得一以清；地得一以宁。"

再如某人题宝山一联：

宝剑赠君且浮海
新诗题壁试登山

蝉联格，要求将两个字分别嵌在上联末字（一般应是仄声字）的位置和下联第一个字（平仄不拘）的位置。如今人于海洲题《红楼梦》人物探春联：

风雨苍黄难测探
春秋代序枉追寻

辘轳格，要求将两个字分别嵌在上联第一字、下联第二字的位置（一二辘轳），或上联第二字、下联第三字的位置（二三辘轳），或上联第三字、下联第四字的位置（三四辘轳）等。取辘轳汲水两桶一上一下、高低错落之形，故名。此类对联以三四辘轳为多。如某人题西湖联：

应怜西子容颜美

第十五讲　对联的修辞手法（九）

堪羡澄湖山雨奇

鼎峙格，又称鸿爪格，要求将三个字分别嵌在上、下联（上联一个、下联两个，或上联两个、下联一个），呈鼎足之势，既不能相对，又不能相连。鼎峙又可分为大鼎峙和小鼎峙。大鼎峙，一字嵌上联第四字的位置，两字嵌下联第一字和末字的位置。如：

园静有梅独啸傲
兰幽伴竹共芬芳

联中嵌入"梅兰芳"三字，所嵌之处形成"品"字形，故又称品字格。再如今人刘振威先生题长沙岳麓山爱晚亭联：

秋凉最爱来枫峡
晚景尤宜赏此亭

小鼎峙，有上二下一型（即上联嵌两个字，下联嵌一个字）、上一下二型（即上联嵌一个字，下联嵌两个字）两种，位置不固定，但总要形成三角形，成鼎足之势。如某人题天孙锦的一副对联：

书读天章孙尉阁
记传昼锦魏公堂

再如某人题白云山的一副对联：

郁郁山青云出岫

滔滔浪白水连天

勾股格，所嵌的三个字连线后形状如直角三角形，因为成网开一面的样子，又叫汤网格。如今人张过赠辛建斌的一副对联：

辛勤做事功勋建
光彩照人文质斌

碎锦格，要求所嵌若干字分散在上、下联中，位置不限。如我于1995年8月赠书法家张海龙联（套用五代陈抟"开张天岸马/奇异人中龙"联）：

开张游瀚海
奇异走神龙

再如获1992年"金利来"杯征联乙种一等奖的作品：

金装银饰领新潮，风流独揽（出句）
玉带锦衣驰美誉，义利同来（黄飞对句）

双钩格，又称冠履格，要求将四个字分别嵌在上、下联的开头和结尾，即鹤顶格和燕足格并用。如民国年间嘲讽"设计委员"的一副对联：

设无此席，何以为计
委不出去，聊备一员

再如广东潮州韩江酒楼联：

> 韩愈送穷，刘伶醉酒
> 江淹作赋，王粲登楼

这副对联连用四个典故，既切韩江，又切酒楼，形式别出心裁，绝妙而又典雅。韩愈写过《送穷文》，刘伶嗜酒如命，江淹的《恨赋》、《别赋》多次写到酒，王粲的《登楼赋》被誉为杰作。

1992年10月，我应邀为某地天阳酒楼题写一联：

> 天步方隆，共进小康同祝酒
> 阳灵正暖，欣逢大治喜登楼

还有整嵌、分嵌结合的嵌字（混嵌），如著名剧作家、戏剧活动家、诗人田汉赠京剧表演艺术家盖叫天（本名张英杰）的一副对联：

> 英名盖世三叉口
> 杰作惊人十字坡

此联既分嵌其名"英杰"，又整嵌其代表剧目《三叉口》、《十字坡》。

还有的分别把相关的名词有规则地插入对联中，有人叫插嵌。如清代大臣徐赓臣贺道光皇帝联，将咸丰以前清代皇帝年号按顺序插入对联：

> 顺天康民雍然乾坤嘉王道
> 治世熙务正是隆春庆诏光

一个名称，按一定规律上联分开嵌一部分，下联又分开嵌一部分，有人叫递嵌。如民国三年（1914年），名士王闿运受袁世凯之聘入国史馆任馆长，编修国史。据说，他在袁世凯陪同下游历中南海时，一时心血来潮，就信口开河地对袁说，总统府旁边就是清宫，总统府应该挂一块匾，题上"旁观者清"。有匾就应该有楹联：

民犹是也，国犹是也
总而言之，统而言之

此联分嵌了"民国总统"四字。民国时袁世凯内阁成员名单公布后，段祺瑞名列陆军总长，而大家看好的蔡锷未能掌控实权，南北一片哗然。后来，上海的一家报纸刊出一副对联：

民犹是也，国犹是也，何分南北
总而言之，统而言之，不是东西

合起来就是"民国总统，不是东西"。

此外，还有卷帘格、重台格、押尾格、折枝格、杂俎格、寄生格、脱瓣格等。

嵌字联最应注意的是，往往为了嵌字组词而导致语言生涩，或者对得不工。近代江苏无锡孙肇圻《箫心剑气楼联语》说："对联嵌字不易工稳。即工稳矣，不免雕琢。"广东戚德恩有文章说，嵌名联"一要切人切事，不可不着边际"；"二要自然顺畅，不留斧凿痕迹"；"三要恰如其分，慎用溢美之词"。这些都是很有必要的提醒。网络中有哈哈儿提出嵌名联的几点意见：以镶嵌自然为优，生硬为劣；以切人切事为优，泛指为劣；以全面评价人物为优，片面为劣；嵌名以同时嵌姓为优，不嵌姓次之。

也有的对联同时运用镶字、嵌字手法。

新疆伊犁过复亭，是清代为贬谪的官员所设，供他们休息、听候发落的地方。清人刘凤诰曾题写一副对联：

过也如日月之食焉
复其见天地之心乎

上联出自《论语·子张》："子贡曰：'君子之过也，如日月之食焉。'"意思是品德高尚的人犯了错误，就如同日食月食一样，人人都看得见；改了，人们仍然会尊敬他。下联出自《易·复卦》，意思是，当你改正错误后获赦而归，甚至复官而去，重新经过此地时，不是可以深深感到天地之心是多么公正吗？几个虚词，是镶字；上、下联开头的"过"、"复"，是嵌字。至于集句，更是天造地设，绝妙之极。

复 叠

陈望道先生《修辞学发凡》说："复叠是把同一的字接二连三地用在一起的辞格。"大约有两种形式：一是复辞，二是叠字。对联中也常常用复叠的修辞手法。

复辞又称复字、重字、重言，是在一副对联的上、下联中，分别有规律地多次使用同一个字（或词语）的手法。这种对联，在音节上、语意上都有独特的表达效果。此类对联要求在上联不同的位置上多次使用一个字（或词语），下联要在与上联复字相同的位置上多次使用另外一个字（或词语）。就是说，上、下联复字的次数和位置都应该相同。如清代汪处庐题杭州西湖仙乐酒家的一副对联：

　　翘首仰仙踪，白也仙，林也仙，苏也仙，我今买醉湖山里，非仙也仙
　　及时行乐地，春亦乐，夏亦乐，秋亦乐，冬来寻诗风雪中，不乐亦乐

对联中的"白"指唐代诗人白居易，"林"指北宋诗人林逋，"苏"指北宋文学家、书画家苏轼。上联的"仙"字重复了六次，下联在相同的位置重复了六次"乐"字。此联同时还运用了嵌字手法。

再如浙江天台山方广寺联：

　　风声水声虫声鸟声梵呗声，总合三百六十击钟鼓声，无声不寂
　　月色山色草色树色云霞色，更兼四万八千丈峰峦色，有色皆空

上联重复出现七个"声"字，下联则重复出现七个"色"字。有人评论此联极"画工"之微、尽"化工"之神，自然之美、哲理之玄，具在醇厚的韵味之中。

又如关帝庙联：

　　赤面秉赤心，骑赤兔追风，驰驱时无忘赤帝
　　青灯观青史，仗青龙偃月，隐微处不愧青天

对联紧紧抓住关羽的相貌、坐骑、兵器以及对刘备的忠心,巧用颜色词,上联的"赤"字重复了四次,下联的"青"字在相同的位置也重复了四次。不但工稳,更见奇妙。

再看四川乐山凌云寺山门的一副对联:

笑古笑今,笑东笑西,笑南笑北,笑来笑去,笑自己原本无知无识

观事观物,观天观地,观日观月,观上观下,观他人总是有高有低

其中的"笑"和"观"分别九重,"无"和"有"分别两重。

除了单个字的复辞以外,还有两个字及两个字以上的复辞。如安徽楹联家白启寰先生所做的一副谜联:

黑不是,白不是,红黄更不是,和狐狼猫狗仿佛,既非家畜,又非野兽

诗也有,词也有,论语上也有,对东西南北模糊,虽属短品,却属妙文

谜底是"猜谜"。上联的"不是"重复了三次,下联的"也有"在相同的位置也重复了三次;上联的"非"字重复了两次,下联的"属"字在相同位置也重复了两次。

再如湖南桃花源桃花观有蔡绍襄的一副对联:

无怪倏焉而秦,倏焉而汉,但与君谈笑,移时便成旦暮

> 看来何必有洞，何必有花，得此地栖迟，毕世即是神仙

上联"倏焉而"两次出现，下联"何必有"两次出现。

叠字又称叠词、叠音，就是将相同的字（词）重叠起来运用，可以增加语言的节奏感和旋律美，造成重叠反复的艺术效果。叠字是我国古典诗词中常用的表现手法，如《诗经》中的"关关雎鸠"、"采采卷耳"、"习习谷风"、"行道迟迟"等，李清照《声声慢》中"寻寻觅觅，冷冷清清，凄凄惨惨戚戚"达到极致，历来为人称道。用叠字手法创作对联，也是很常见的。

叠字对联有全部叠字和部分叠字之分。

全部叠字的，如杭州西湖天下景亭联：

> 水水山山处处明明秀秀
> 晴晴雨雨时时好好奇奇

这还是一副回文联，上、下联分别倒读，又是一副对联。此外，此联还可巧妙断句，变化出多副对联。

苏州网师园也有一副全叠字对联：

> 风风雨雨暖暖寒寒处处寻寻觅觅
> 燕燕莺莺花花叶叶卿卿暮暮朝朝

上、下联各连续用了七个叠字，恰如一幅重彩浓墨的江南春景图。梁章钜在《楹联丛话》中评此联道："语涉纤巧，而状艳冶之景如在目前，固自妙丽无匹也。"

第十五讲 对联的修辞手法（九）

1991年，湖南浏阳国际烟花节有一副叠字长联：

噼噼啪啪，哗哗啦啦，轰轰隆隆，热热闹闹，女女男男，老老少少，人人欢欢喜喜

闪闪亮亮，红红绿绿，扬扬纷纷，光光明明，街街巷巷，户户村村，处处辉辉煌煌

上、下联分别一口气用了十五组叠字，极力渲染燃放烟花的场面和人们的感受。

清末贵州刘韫良《陈氏迻园》，有一副九十八言长联：

曲曲弯弯，高高下下，奇奇巧巧，大大方方，间间厦厦，厅厅处处，亭亭院院，前前后后，接接连连。年年暑暑寒寒、春春夏夏，行行走走，耍耍游游，看看瞧瞧，寻寻找找。莺莺燕燕，款款娇娇，柳柳花花，婷婷袅袅。面面山山水水，叠叠重重，番番雨雨风风，和和暖暖

宽宽窄窄，密密疏疏，整整齐齐，精精致致，架架屏屏，障障层层，户户窗窗，静静清清，幽幽雅雅。个个亲亲旧旧、友友朋朋，往往来来，眠眠坐坐，潇潇洒洒，稳稳闲闲。画画诗诗，抄抄写写，茶茶酒酒，笑笑谈谈。般般调调腔腔，吹吹唱唱，卷卷经经史史，论论评评

这是我所见到的最长的叠字对联了。作品描绘了美妙无比的自然风景，抒发了悠闲雅致的个人情怀。这是一个小桥流水、曲径通幽、花香鸟语的私家大花园。四面环山，亭台厅院错落有致；无论是春秋寒暑，抑或是细雨和风，都可以信步游观；良辰美景，令人赏心悦目。这里还是一

个窗明几净、环境清幽的书香门第，亲朋故旧来此聚会，或饮酒品茶，高谈阔论；或吟诗作画，研读经史；或吹拉弹唱，曼舞轻歌，好不潇洒自在！

更为奇妙的是，一副卖豆芽的叠字对联，只用一个字：

长长长长长长长长
长长长长长长长长

此联还有横额"长长长长"。

可以这么读：

cháng zhǎng cháng zhǎng cháng cháng zhǎng
zhǎng cháng zhǎng cháng zhǎng zhǎng cháng

横额是：cháng zhǎng zhǎng cháng

部分用叠字的，如福建闽侯崇圣禅寺（也叫雪峰寺）的一副短联：

冷冷清清雪
茫茫渺渺峰

此联简练而生动地描绘了当地的雪景和山景。此联还运用了嵌字手法，在结尾嵌入寺名"雪峰"。

再如山海关孟姜女庙联：

海水朝朝朝朝朝朝朝落
浮云长长长长长长长消

这副对联因断句、一字多音的不同，可以读出多副对联来：

第十五讲　对联的修辞手法（九）

海水潮，朝朝潮，朝潮朝落
浮云涨，长长涨，长涨长消

海水朝潮、朝潮，朝潮朝落
浮云长涨、长涨，长涨长消

海水朝朝潮，朝潮朝朝落
浮云长长涨，长涨长长消

此联巧用古文通假，及一字多音、一字多意的特点，描写了山海关和孟姜女庙一带的自然风光，还表达了一种自然观、宇宙观，说世间的万事万物，就和海水、浮云一样，朝潮朝落，常涨常消，并无常态。

山海关孟姜女庙对联

第十六讲　对联的修辞手法（十）

转　品

陈望道先生《修辞学发凡》说："把某一类品词（词类）移转作别一类品词来用的，名叫转品。"因为要转变词类，所以又称转类。就是在构句时，改变词汇原来惯用的词性，譬如将形容词或名词转成动词来使用。转品是实现平常词语艺术化的重要手段之一。在对联中，也常常运用这种修辞手法。

如传说金圣叹所做的一副对联：

  天上月圆，人间月半，月月月圆逢月半
  今夜年尾，明日年头，年年年尾接年头

据说上联写于中秋，下联写于除夕。其中的"月月月"和"年年年"就是转品："月月月"中的前两个"月"、"年年年"中的前两个"年"，都是数量词，表示每一月、每一年，而第三个"月"和第三个"年"则是名词，表示月亮和历法中的年。通过转品使词性发生了变化，从而使全联别具一番风味。

再如清初雍正年间的一次顺天乡试，正副主考分别是工部侍郎顾镇、翰林学士戴瀚。有个叫许秉智的秀才，为书吏之子，用人情和贿赂手段打通关节，得中解元，引起人们的愤慨。有一才子针对这事，撰写一副对联讥讽他们：

> 顾司空顾人情，不顾脸面
> 戴学士戴关节，未戴眼睛

第一个"顾"和第一个"戴"，都是指姓氏，为名词；第二个、第三个"顾"和"戴"，则都是动词。

还有一副传统对联：

> 解衣衣我，推食食我
> 春风风人，夏雨雨人

上联"解衣衣我"中第一个"衣"是名词，第二个"衣"是动词，读去声。解，脱下；衣我，给我穿。"推食食我"中，第一个"食"是名词，第二个"食"是动词，读 sì。推，让；食我，给我吃。这句的意思是把穿着的衣服脱下给别人穿，把正在吃的食物让别人吃，形容对人热情关怀。下联"春风风人"中第一个"风"是名词，第二个"风"是动词，读去声，意思是像春风一样吹拂着人。"夏雨雨人"中，第一个"雨"是名词，第二个"雨"是动词，读去声，意思是像夏雨一样滋润着人。此外，这还是一副集句联。上联出自《史记·淮阴侯列传》，下联出自《说苑·贵德》。

再如《评释古今巧对》所载明代祝允明和唐寅的一副巧联：

水车车水，水随车，车停水止（祝允明）
风扇扇风，风出扇，扇动风生（唐寅）

其中上联第三字"车"为动词，其他都是名词；下联第三字"扇"为动词，其他都是名词。同时，还运用了复辞、顶针等手法，十分巧妙。

清末时候，大臣徐琪被派到广州府当考官。有个姓方的大财主为了让儿子考上，在考试前千方百计打通关系，携着厚礼带儿子去拜见他。徐琪要方公子即席写字来看看，方公子就提笔写了"一品当朝"四字。徐琪受到如此恭维自然十分高兴，加上已接受贿赂，自然就录取了方姓考生。不料，虽然这位方公子容貌俊秀，但胸无点墨，所以放榜后考生们一片哗然。那些受了十年寒窗之苦却榜上无名的考生更是愤愤不平，有人在试榜的旁边贴了一副对联：

不嫌文丑
惟爱颜良

"文丑"和"颜良"，是《三国演义》中的人物，当然是名词。但作者借这两个名字，其实还另有含义："文丑"就是文章丑陋，"颜良"就是容颜美丽，显然变成主谓结构的词组了。

1945年8月，日本帝国主义宣布无条件投降。消息传来，饱受八年战乱之苦的中国人民无不欣喜若狂。当时，成都某报集三个国家名"中国"、"捷克"、"日本"为出句征对。征对的"启事"见报后，应征者如云，其中以三个中国城市名"南京"、"重庆"、"成都"为对句者拔得头筹。

第十六讲 对联的修辞手法（十）

> 中国捷克日本
> 南京重庆成都

出句巧妙地化"捷克"为战胜（胜利克敌）之意，以示庆贺。短短几个字，凝聚了奋力抗战八年的中国人民多少血泪！对句则巧妙地化"重庆"为重新庆祝之意，"成都"则有成为首都的意思。1937年，日本侵略军进逼国民政府都城南京，使远在大西南的重庆成为战时的陪都。如今抗日战争胜利了，"国将不国"的局面终于该结束了，中国人民扬眉吐气的日子终于来了。喜庆、欢快，溢于字里行间。一副六言联，全部由国名、地名串组而成，不加一个闲字，构思之精巧，表达之准确，令人称奇。

缺 如

缺如又称阙如、隐字、缺隐等，就是在创作对联时，利用现成的诗文名句，或成语、俗语，根据需要有意隐去一些字词，而真正要表达的意思，正在隐去的字词上。用这种手法创作的对联，可以达到言外有意、弦外有音的奇妙效果，出其不意，曲折含蓄。

根据对联隐字的位置，一般有藏头、缩脚和其他几种形式。

藏头的缺如，就是隐去句子开头的字、词。如梁章钜《楹联丛话》记载的一个故事。大臣董诰有族人某在京城居住，客厅悬挂一副对联：

> 贤者亦乐此
> 卓尔末由从

其字很是不凡，他家作为宝贝收藏了二十多年。一天，纪昀偶然来访，见了对联，惊诧地说："此联千万不可挂！"那人问其故，纪昀说："上联开头是'贤'字，下联开头是'卓'字，难道是您家的祖先？"那人听了，急忙撤去。原来，这上联出自《孟子》中梁惠王的话："孟子见梁惠王，王立于沼上，顾鸿雁麋鹿，曰：'贤者亦乐此乎？'"意思是，有道德的人也喜欢这些（指游乐）吗？下联出自《论语》中颜渊的话："既竭吾才，如有所立卓尔。虽欲从之，末由也已。"意思是，已经用尽我的才力，而夫子的道仍卓然立在我的面前，我想再追从上去，但总感到无路可追。

巧的是，这对联挂在董家，而董贤、董卓，都是历史上的董姓名人。董贤是西汉著名美男子，汉哀帝被他的仪貌所吸引，与董贤同辇而坐、同车而乘、同睡龙榻，还拜他为大司马。成语"断袖之癖"就源于此。董贤的家人也获任官职，甚至董贤家的僮仆也受到哀帝赏赐。丞相王嘉认为董贤应该"千人所指，无病而死"。哀帝死后，王莽掌权，董贤失势，自杀而死。董卓是东汉末年少帝、献帝时的权臣，掌控朝中大权。他为人残忍嗜杀，倒行逆施，招致群雄联合讨伐，后被其亲信吕布所杀。

纪昀说这副对联的开头隐去了"董"字，而恰巧董贤、董卓又都是历史上的反面人物，不得善终。所以，董家才急急忙忙撤去这对联。

缩脚的缺如，就是隐去句子结尾的字、词，这种缺如的对联更为常见。明代戏曲家、文学家冯梦龙在《古今谭概》中讲有一个故事。某士家贫，为友人祝寿无钱买酒，只好以水称觞，说：

君子之交淡如

上联用《庄子·山木》"君子之交淡若水"一句话，专门略去最后一个字"水"，意在说明真正的朋友应重情义而不在酒肉，同时暗示自己是以水代酒为敬。因穷迫不便直言，又引书摘句找借口、找根据，非常巧妙。好在主人也不是势利小人，十分理解这位朋友的处境，答道：

　　醉翁之意不在

下联引用欧阳修散文名篇《醉翁亭记》中的话"醉翁之意不在酒"作答，又故意隐去最后一个字"酒"，意思是，我并不在乎是水还是酒，所看重的是朋友之间的情义。同样引书摘句，既解了友人之窘，又表达了自己的情怀。

　　再如，聊斋故事中，有一篇名为《三朝元老》的文章。说的是某中堂，做过明朝的相国，曾降于流寇，常常遭到人们的非议。后来老归林下，享堂（祭堂，供奉祖宗牌位或神鬼偶像的地方）落成时，几个人在里面值夜。天明后，见堂上悬挂一匾："三朝元老。"门前还有一副对联：

　　一二三四五六七
　　孝悌忠信礼义廉

匾额和对联，都不知何时何人所悬挂。时人看了内容，又不解其中的含义。原来，上联隐去了"八"，意思是"亡八"。下联隐去了"耻"，意思是"无耻"。旧时，孝、悌、忠、信、礼、义、廉、耻，被认为是"君子八德"。

　　清朝宗室双富，字士卿，曾经做过道员，因贪污被革职。当时，有人集句为短联来嘲讽他：

士为知己
　　卿本佳人

这是一副嵌字联,以鹤顶格嵌入双富的字"士卿",确切不移。此联又运用了缩脚的缺如手法。上联出自《史记·刺客列传》,春秋末晋国大夫智伯的家臣豫让,在智伯被赵襄子所灭后,"逃遁山中,曰:'士为知己者死,女为说(悦)己者容。今智伯知我,我必为报仇而死,以报智伯。'"这里隐去了"死"字,意思是双富该死。下联出自《北史》:"卿本佳人(贤人),何为做贼?"这里隐去了"贼"字,意思是双富为贼人。"知己"和"佳人",本来都是褒义词,但恰恰是联语要隐去的部分。上联诅咒,下联嘲讽。短短一副四言联,能有如此丰厚的内涵,足见作者的匠心。

　　从前,有人嘲讽一个叫吉生的庸医,为他写了一副对联:

　　未必逢凶化
　　何曾起死回

这里巧妙地用两个成语"逢凶化吉"、"起死回生",开头又用"未必"、"何曾"来加以否定。更妙的是所隐去的两个字恰巧是这庸医的名"吉生"。这是针对当时的郎中往往以"妙手回春"、"起死回生"等语来自吹自擂的现象,辛辣地予以讽刺。

　　有的缺如只在上联或下联缺字,有人称单缺,但不多见,也比较奇特。相传明代文学家、"茶陵诗派"首领李东阳小时候有一天与几个小伙伴放风筝玩。一小孩的风筝断了线,掉进了附近某员外的花园里,李东阳翻墙进去,代为讨取。员外说:对上我的对子,就还给你。李东阳点头同意。员外出句道:

第十六讲 对联的修辞手法（十）

童子六七人，独汝狡

李东阳对道：

员外二千石，惟公□

此对句有意空出一个字，李东阳还说："您如果还我们的风筝，就'惟公廉'；不还，就'惟公贪'。"

还有的缺如对联，更为奇特。杭州西湖黄龙洞大门边，有这么一副短联：

黄泽不竭
老子其犹

上联表面上说的是黄龙洞的泉水长流不绝，暗喻的是我国传统的道教自黄帝以来，延续四千余年而不绝。下联"老子其犹"，表面看起来也不缺字，实际上用的是《史记·老子韩非列传》的典故。孔子在洛阳见到老子后回鲁国对人说："吾今日见老子，其犹龙邪！"这里故意把"龙"字隐去，正要游人给补出来，全联的重心"黄龙"二字就非常突出了。

其他形式的缺如，如传说某穷书生的春联：

二三四五
六七八九

并有横额"南北"。上联开头隐去了"一",下联结尾隐去了"十",横额隐去了"东西"。用谐音、转品的手法,表达了他"缺衣少食,没有东西"的艰难生活。

再如,相传明代才子解缙出生前,其父曾于某年春节写一副春联:

甲乙丙□
□丑寅卯

上联结尾隐去天干中的"丁"字,下联开头隐去地支中的"子"字。原来,他是在向人们巧妙地诉说家中"缺丁""少子"(即没有儿子)的难言苦衷啊!

抗日战争时期的某年春节,有人写了这样一副春联:

感时□溅泪
恨别□惊心

显然,这副春联出自杜甫《春望》的诗句:"感时花溅泪,恨别鸟惊心。"而有意隐去了"花"、"鸟"二字。邻居见了,问他怎么漏掉了两个字,作者沉痛地回答:"安史之乱时,杜甫逃难,还到处可见花鸟,而今日本鬼子狂轰滥炸,连花鸟也看不到了,叫我怎么写得出来呢?"隐去这两个字,无字胜有字,无声胜有声,是对日本侵略造成我们国家"国已不国"现状的愤怒控诉。

第十七讲 对联的修辞手法（十一）

绕　口

绕口联由绕口令而来。绕口令又称急口令、拗口令、吃口令，是一种融知识性、趣味性于一体的民间语言游戏。其特点是将声母、韵母或声调极易混同的字，组成反复、重叠、绕口的句子，要求一口气急促地念出来，是一种极有特色的修辞手法。绕口联就是利用这种修辞手法，将声母、韵母或声调极易混同的字组织成联，具有绕口谐趣的奇特效果。

绕口联大约有以下几种形式。

用同音字或近音字绕口。如近代吴恭亨《对联话》记载的一个故事：湖南石门人黄碧川在陕西任知县时，一次到郊外验尸，他所骑的马跑到麻田吃了秧苗。田主老太太见了大骂。黄听了，不但没生气，反倒掩口笑了起来。大家正感到奇怪，他解释了原因。原来黄碧川少年读书时，曾见小孩用锄头打青蛙，青蛙躲进瓦片下，又被挖出来，当时有一奇句：

娃挖蛙出瓦

谁知一晃二十多年过去了,也没找到对句,今天听到老太太骂人,终于凑上了:

妈骂马吃麻

出句的"娃"、"挖"、"蛙"、"瓦"几个字的读音极其相近,对句的"妈"、"骂"、"马"、"麻"几个字的读音同样极其相近,就造成了绕口的奇趣。

相传,从前有甲、乙两位秀才同在院里赏月。甲以两人搬动椅子靠在桐树上的动作出句:

移椅倚桐同赏月

句中的前三个字"移椅倚"读音相同(音调有别),"椅倚"二字部分相同,"桐同"二字部分相同、读音更相同(都在上平声一东韵部)。乙秀才苦思良久也不得对句。夜阑人静后,他们回到室内,在等书童取灯时,乙的灵感来了:

等灯登阁各攻书

句中的前三个字"等灯登"读音相同(音调有别),"灯(燈)登"二字部分相同,"阁各"二字部分相同、读音更相同(都在入声十药部)。此联不但创造的意境十分优美,尤其读起来妙趣无穷。

再如以下两个巧对:

第十七讲　对联的修辞手法（十一）

饥鸡盗稻童筒打
暑鼠凉梁客咳惊

妈妈骑马，马慢，妈妈骂马
妞妞放牛，牛拗，妞妞扭牛

其中的"饥"和"鸡"、"盗"和"稻"、"童"和"筒"，读音相同或相近；"暑"和"鼠"、"凉"和"梁"、"客"和"咳"，读音相同或相近。"妈"、"马"、"骂"三字的读音极为相近；"妞"、"牛"、"扭"三字的读音也极为相近。

用同韵的字绕口，就是组成巧对的字、词，部分或全部韵母相同。明代祝枝山的《猥谈》记载一个故事。明代江阴人徐晞作府吏时，随知府在庭院中漫步，见一只小鹿伏在地上。知府出句道：

屋北鹿独宿

句中的"北"字在《佩文诗韵》入声的"十三职"部，其余的四个字全在入声的"一屋"部，都是仄声字。由于这个出句太巧了，知府苦苦思索也不得对句。最后，徐晞代他对道：

溪西鸡齐啼

五个字全在《佩文诗韵》上平声"八齐"部，都是平声字，且对得很工。不过上、下联的韵母不同。

清代褚人获《坚瓠集》记载了一个故事。有个叫边贡的尚书，身边多侍姬，他的续弦胡氏因此曾与之反目。一天，边贡在家里设宴招待同僚，有人出句让他对：

　　讨小老嫂恼

边贡看了，苦不得对句，大窘。胡氏也饱读诗书，这时在里屋写了张纸条，让丫鬟悄悄送过去：

　　想娘狂郎忙

这个对子更为巧妙，生动别致又趣味盎然，令人不得不佩服作者的奇思妙想。

梁章钜《巧对录》记载了这样一个故事。清代乾隆年间，某地有父子二人，恰巧都是在戊子年考中进士，有人据此出句：

　　父戊子，子戊子，父子戊子

其中"父"和"戊"两字的韵母相同，"子"字又是重字；全句有三个"戊子"、两个"父子"，极巧。那人便以此为难纪昀。恰巧，当时有师生二人先后在户部任司徒，纪昀以此对了出来：

　　师司徒，徒司徒，师徒司徒

其中"师"和"司"两字的韵母相同，"徒"字也是重字；全句含三个"司徒"、两个"师徒"，对得非常工整。而"师"和"司"的声母又极

第十七讲 对联的修辞手法（十一）

为相近，甚至比出句更为巧妙。

据说，1889年成都望江楼建成不久后，一位隐士根据眼前之景要写副对联。他想好了上联，可惜死活对不出下联来了，只好作罢，就让上联孤孤单单挂了许多年：

望江楼，望江流，望江楼上望江流，江楼千古，江流千古

此联巧在"楼"和"流"读音相近，又用了复辞、反复等手法，所以，虽然好多人都想试一试，但一直没有合适的对句。20世纪30年代，有个叫李吉玉的什邡人，发现城外珠市坝有一口水井，旁边还立有清代嘉庆年间所立石碑一通，上书"古印月井"四个大字。于是，由景生情，他得了这样一个对句：

印月井，印月影，印月井中印月影，月井万年，月影万年

巧在"井"和"影"读音相近，其他方面也都能满足出句的特点，所以，不论从哪方面说都堪称绝妙。就是因为读音相近的两个字交错重复的次数更多，尤其是读快了，"楼"字和"流"字、"井"字和"影"字，更容易搅扰，因此也更为有趣。

因为这个出句太有名了，许多年来，不少人跃跃欲试，对出了很多巧妙的句子。这里举出几例，供各位欣赏：

瞻海阁，瞻海角，瞻海阁前瞻海角，海阁万年，海角万年

滴水洞，滴水动，滴水洞中滴水动，水洞万秋，水动万秋

观海洞，观海动，观海洞中观海动，海洞万年，海动万年

风波亭，风波停，风波亭前风波停，波亭一时，波停一时

闻墨坊，闻墨芳，闻墨坊内闻墨芳，墨坊万年，墨芳万年

点将台，点将才，点将台下点将才，将台八方，将才八方

反 复

反复是根据表达的需要，用同一的语句，重复申说，以表现强烈的情思的一种修辞手段。常见的用反复修辞手法的对联，有连续反复和隔离反复两种形式。

连续反复，是不间断地多次以同一个词语或短句入联。如明末清初著名的戏曲家、小说家袁于令，原名晋，字韫玉，又字令昭、于令，号凫公，又号幔亭、白宾、吉衣道人，晚年号铎庵，吴县（今江苏苏州市）人。明末膺岁贡，入国子监读书。入清，任工部虞衡司主事、营缮司员外郎等职，曾为苏州士绅代写降表进呈，因此于顺治年间任荆州知府，五年后，因顶撞上司被弹劾罢官，退隐苏州。他出身书香门第，世代皆操举业。袁于令少年聪慧，但生性风流，为人狷狂，才华又高，颇有桃花运道。因为跟同乡阔少沈同和争妓之事，被剥夺了科举的资格。19岁作名曲《西楼记》，一时天下传唱，才名远扬。还写有传奇小说《隋史遗文》、《剑啸阁批评两汉演义》、《盛明杂剧·双莺传》等。袁于令被罢官后，流落金陵（今南京），落魄而不得意，为自己写了副门联：

第十七讲　对联的修辞手法（十一）

　　佛言不可说，不可说
　　子曰如之何，如之何

上联出自《金刚般若波罗蜜经》："如来所说法，皆不可取，不可说。"上联是说法性本空，所以不可取，不可说；又指佛法无浅无深，深亦可浅，直无浅深次第可说。下联出自《论语·卫灵公》："子曰：不曰'如之何，如之何'者，吾未如之何也已矣。"意思是对于那些遇事不想想"怎么办，怎么办"的人，我也不知道对他们该怎么办。这里，当然是仅仅取其字面的意思，表达对自己的遭遇无可奈何的心情。此联用语，出自经典，妙在庄重中有调侃，不言中有牢骚，充满了辛酸和无奈。其中的"不可说"和"如之何"，均是连续反复，起到了加强语气的作用。

　　再如，清代河北清苑人某任安徽泾县县令，十分贪酷。一天夜里，有人悄悄在县衙门口贴了副对联：

　　彼哉，彼哉，北方之学者，何足算也
　　戒之，戒之，南人有言曰，其无后乎

这是一副集句联，分别出自《春秋公羊传·定公八年》、《孟子·滕文公上》、《论语·子路》、《孟子·梁惠王下》、《孟子·梁惠王上》，既讽且骂，可谓痛快淋漓。其中的"彼哉"和"戒之"都是连续反复。

　　民国时候，四川有"幽默大师"之誉的刘师亮，贺友人金子如新婚，有副别致的对联：

　　子兮子兮，今夕何夕
　　如此如此，君知我知

上联描述新郎新娘洞房相会的场景。"子兮子兮"和"今夕何夕",出自《诗经·绸缪》,本来就是写洞房的诗,第一段是:"绸缪束薪,三星在天。今夕何夕,见此良人?子兮子兮,如此良人何?"对联省略了"见此良人"和"如此良人何",对新娘是一种含而不露的调笑,而"今夕何夕"还直接点出了这是新婚之夜。新婚夫妇在洞房之内的男女之情、鱼水之乐,只有他们二人"君知我知",不足为外人道。"君知我知"是对东汉著名清官杨震的话稍稍改动了一下。据《后汉书·杨震传》记载,杨震赴任路过昌邑,昌邑令王密是他以前举荐过的,乘夜送了杨震"金十斤"。面对杨震的拒绝,王密说:"暮夜无知者。"杨震说:"天知,神知,我知,子知。何谓无知!"这里,作者把原本义正词严的拒绝送礼的话用到这里来,可谓别出心裁。此联以经对史,却幽默诙谐,格调高雅而不流于粗俗,又嵌入新郎金子如的名字,对得也非常工整。"子兮"和"如此",也是连续反复。

某地望佛台观音阁有这么一副对联:

望佛台,望佛台,望佛台上望佛来,望年望月
观音阁,观音阁,观音阁里观音坐,观水观山

上联的"望佛台",下联的"观音阁",都是连续反复。

隔离反复,就是在反复的词语或句子中间,有其他词语或句子与反复的部分间隔。传说清代乾隆皇帝下江南时,路过一个叫通州的地方,他联想到北京附近也有一个通州,便随口吟道:

南通州,北通州,南北通州通南北

第十七讲 对联的修辞手法（十一）

一个随从根据通州街上店铺的特点，答对道：

  东当铺，西当铺，东西当铺当东西

此对句对得工稳而又巧妙。其中的"通州"和"当铺"就属于隔离反复。

  再如清代诗人周渔璜衣锦还乡时，宴请其当年的先生。即席有一副巧对：

  鼻孔子，眼珠子，珠子高于孔子
  眉先生，胡后生，后生长过先生

出句以"珠子"谐音"朱子（朱熹）"，意为宋代哲学家、教育家朱熹虽晚于春秋时教育家、思想家孔子，但其成就要比孔子高。周渔璜的对句，以"先生"和"后生"的一词多义，含有"青出于蓝而胜于蓝"的意思。其中的"孔子"和"珠子"、"先生"和"后生"，都是隔离反复。

  梁章钜《楹联丛话》记载了这样一个故事。大臣刘统勋的夫人（大臣刘墉的母亲）九十寿辰时，嘉庆皇帝及朝中官员为她祝寿，阮元撰写了一副寿联：

  帝祝期颐，卿士祝期颐，合三朝之门下，亦共祝期颐，海内九旬真寿母
  夫为宰相，哲嗣为宰相，总百官之文孙，又将为宰相，江南八座太夫人

上联说，皇帝、群臣和刘家三代人的门生都祝福老太太长命百岁，这位九十岁的老太太真是天下难得的老寿星啊。"期颐"，指百岁，典出《礼记·曲礼》。下联既描述了这位老太太的丈夫、儿子都是宰相，又预祝她目前已经当了吏部尚书的孙子刘镮也要当宰相。其中的"祝期颐"和"为宰相"，也都是隔离反复。

第十八讲　对联的修辞手法（十二）

排　比

陈望道先生《修辞学发凡》说："同范围同性质的事象用了结构相似的句法逐一表出的，名叫排比。"就是用一连串内容相关、结构类似的句子成分或句子来表示强调和一层层深入的修辞手段。用排比来说理，可收到条理分明的效果；用排比来抒情，节奏和谐，显得感情洋溢；用排比来叙事写景，可收到层次清楚、描写细腻、形象生动之效。

用这种手法创作的对联，有着句式整齐匀称、节奏和谐铿锵的特点，可突出对联的旋律美和音韵美，加强语势，增强表达效果。

有的对联全部用排比，多数用排比的对联则仅在局部使用。

全部用排比的，如梁恭辰《巧对续录》据《侯鲭录》和《东坡志林》记载的一个故事。苏轼在黄州时，曾书写过几句话，梁并说"亦可作对"：

守分以养福，宽胃以养气，省费以养财
无事以当贵，早寝以当富，安步以当车

全用排比，表达了苏轼的养生观。

再如1913年黄兴挽宋教仁联：

前年杀吴禄贞，去年杀张振武，今年杀宋教仁
你说是应桂馨，他说是洪述祖，我说是袁世凯

上联列举了三年中（1911年、1912年、1913年）连续有三位民主人士被杀的事实，下联则列举了三个反面人物。全用排比的修辞手法，揭露和谴责了以袁世凯为首的反动派倒行逆施的罪恶行径。

部分用排比修辞的对联，在实际运用中更为常见。如杭州灵隐寺联：

宝坊阅千载常新，楼阁喜重开，依旧前台花发，清夜钟闻，东涧水流，南山云起
胜境数西湖第一，林泉称极美，试看驼岘风高，鹫峰石峙，龙泓月印，猿洞苔斑

上联的"前台花发，清夜钟闻，东涧水流，南山云起"，下联的"驼岘风高，鹫峰石峙，龙泓月印，猿洞苔斑"，都是用排比的修辞手法。此联生动地描绘了杭州灵隐的美妙风光。

因为用排比手法撰联，要以一连串的句子或句子成分组成，所以在长联中多用这种手法，尤其是名胜联，有的甚至用两套排比。如清代窦垿撰（书法家何绍基书）的湖南岳阳楼一联：

第十八讲 对联的修辞手法（十二）

　　一楼何奇？杜少陵五言绝唱，范希文两字关情，滕子京百废俱兴，吕纯阳三过必醉。诗耶？儒耶？吏耶？仙耶？前不见古人，使我怆然涕下

　　诸君试看！洞庭湖南极潇湘，扬子江北通巫峡，巴陵山西来爽气，岳州城东道岩疆。潴者！流者！峙者！镇者！此中有真意，问谁领会得来

上联写与岳阳楼有关的历史名人及传说人物：杜甫曾写下著名的五律《登岳阳楼》（"昔闻洞庭水，今上岳阳楼。吴楚东南坼，乾坤日夜浮……"）；范仲淹在其散文名篇中有"先天下之忧而忧，后天下之乐而乐"的名句；滕子京治巴陵，重修岳阳楼；传说吕洞宾三过岳阳楼，都是大醉。下联写岳阳楼周围的景物。其中的"杜少陵……三过必醉"、"洞庭湖……东道岩疆"各是一套排比；"诗耶……仙耶"、"潴者……镇者"又各是一套排比。

再如广西桂林小广寒王力先生联：

　　甲天下名不虚传：奇似黄山，幽如青岛，雅同赤壁，佳似紫金，高若鹫峰，穆方牯岭，妙逾雁荡，古比虎丘。激动着倜傥豪情，志奋鲲鹏，思存霄汉，目空培塿，胸涤尘埃，心旷神怡消垒块

　　冠环球人皆向往：振衣独秀，探隐七星，寄傲伏波，放歌叠彩，泛舟象鼻，品茗月牙，赏雨花桥，赋诗芦笛。引起了联翩遐想，农甘陇亩，士乐缥缃，工展鸿图，商操胜算，河清海宴庆升平

上联写桂林之胜景，以黄山、青岛、赤壁、紫金、鹫峰、牯岭、雁荡、虎丘对比、衬托，表现这里无与伦比的风光；下联叙桂林的名胜，点出独秀、七星、伏波、叠彩、象鼻、月牙、花桥、芦笛，令人向往，引人入胜。全联如数家珍，借景抒情，颂今怀古，对仗工整，文采斐然。上、下联分别用两组排比，第一组连用八个四字句，第二组连用五个四字句，条理清晰，气势贯通。

还有句式参差、字数不等的排比。如清代著名文学家、诗人、剧作家、藏书家李调元题北京四川会馆的长联：

此地可停骖，剪烛西窗，偶话故乡风景，剑阁雄、峨眉秀、巴江曲、锦水清涟，不尽名山大川，都来眼底

入京思献策，扬鞭北道，难望先哲典型，相如赋、太白诗、东坡文、升庵科第，行见佳人才子，又到长安

上联描绘四川山水之雄之秀，下联历数四川人文之盛之优，主题鲜明，用词典雅，浓郁的乡情，非凡的抱负，堪称才子之笔。李调元当年到京城参加会试，适逢四川会馆落成，悬奖征联，于是作此联一举夺标。上联的"剑阁雄、峨眉秀、巴江曲、锦水清涟"，下联的"相如赋、太白诗、东坡文、升庵科第"，都属于句式参差的排比。

再如郭沫若1938年挽音乐家张曙、张达真父女联：

黄自死于病，聂耳死于海，张曙死于敌机轰炸，重责寄我辈肩头，风云继起

抗敌歌在前，大路歌在后，洪波歌在圣战时期，壮声破敌奴肝胆，豪杰其兴

上联排列几位音乐家的死,下联则排列几首著名的抗战歌曲,感情悲壮。上、下联前面三个分句,就是句式参差的排比。

常江先生在《对联知识手册》中指出:"创作和欣赏排比联时,要注意各项排列的顺序,找到它们内在和外在的规律性来。"并举出湖南桃源县桃花源桃花观清末民初罗润章的一副对联:

卅六洞别有一天。渊明记、辋川行、太白序、昌黎歌。渔耶,樵耶,隐耶,仙耶,都是名山知己
五百年问今何世?鹿亡秦、蛇兴汉、鼎争魏、瓜分晋。颂者,讴者,悲者,泣者,未免桃花笑人

其中上联陶渊明的《桃花源记》、王维的《桃源行》、李白的《奉饯十七翁卅四翁寻桃源洞序》、韩愈的《桃花源》诗,下联的秦、汉、魏、晋四个朝代,都是按时间顺序排列的。

再如咸丰年间状元、清末大臣孙家鼐为安徽凤阳朱元璋坐像(现存朱元璋展览馆)题写的一副对联:

生于沛,学于泗,长于濠,凤阳昔钟天子气
始为僧,继为王,终为帝,龙兴今仰圣人容

此联用很简单的三十二个字高度概括了朱元璋的一生:朱元璋出生在凤阳府古沛;出家当过和尚,学习的地方应该是在寺庙之内,"泗"字谐音"寺";濠州是凤阳的古称,并说凤阳过去汇集了天子之气。朱元璋十七岁出家做和尚,三十七岁称吴王,四十岁成就帝业。上联、下联也完全是按时间顺序安排的。

对 比

对比是把两种不同的事物，或者一个事物的两个方面作对照，互相比较。经过对比，可以反映出作者对人、对事物或褒或贬的思想感情，以及对某事的态度。用这种方法写出来的对联，可以使思想感情表达得更加鲜明、更加突出。

对比一般表现为两种形式：一是两种事物之间的对比，一是一个事物中两个方面的对比。

两种事物之间的对比，如杭州西湖岳飞庙徐氏女的一副名联：

青山有幸埋忠骨
白铁无辜铸佞臣

此联通过对比，热情地歌颂了民族英雄，无情地鞭挞了奸佞。并且"青山"与"白铁"、"有幸"与"无辜"的对仗，非常工稳而巧妙。

再如明代学者胡居仁的一副自勉联：

杭州岳飞庙对联

苟有恒，何必三更眠五更起
最无益，莫过一日曝十日寒

这副对联用对比手法，既从正面总结了自己的治学经验，又从反面批评了"一曝十寒"的懒散作风。毛泽东当年在湖南长沙第一师范求学时，曾书此联用来自勉，今天仍然可以作为我们的座右铭。

清代文学家郑燮（板桥）有一副很出名的对联：

搔痒不着赞何益
入木三分骂亦精

此联用两个成语生动地说明了他对文艺批评的看法：宁愿要"入木三分"的"骂"，也不要"搔痒不着"的"赞"。对比鲜明，言简意赅。

浙江绍兴天姥山上，有动石夫人庙。传说金兵进攻南宋时，赶到天姥山下，山上古庙中的娘娘大显威灵，忽然两手一挥，瞬时地动山摇，巨石滚滚而下，金兵被砸死无数，余兵不敢前进。后人把庙里的娘娘称为动石夫人，并修庙塑像，以彰民族精神。1906年，近代民主革命家秋瑾为反对日本取缔留学生而归国。一天，登上天姥山，面对动石夫人塑像，不禁感叹，写了一副对联，以抒胸臆：

如斯巾帼女儿，有志复仇能动石
多少须眉男子，无人倡议敢排金

此联表达了作者"志在反清，恢复中华"的坚定决心。对联把动石夫人的抗金事迹与清末许多男子不敢排满的事情加以对比，使这样的"巾帼女儿"更加令人崇敬，而如此"须眉男子"则更加显得可怜。关于此联，吴恭亨《对联话》引《玄庵联话》做评论："巍巍肝胆女儿……衮衮须眉男子……"

一个事物中两个方面的对比，如清末词人、学者文廷式在《闻尘偶记》中记载的一个故事。1904年，中日和谈成功，台湾割让给了日本国。时值慈禧七十寿辰，她不但不图雪国耻，反而一味粉饰太平，大庆万寿。当时有人在城门上贴了一副对联：

　　万寿无疆，普天同庆
　　三军败绩，割地求和

上、下联同是写慈禧，上联描述她大肆庆寿，下联揭露她卖国求荣，从两个方面进行了辛辣的讽刺，深刻地揭露了西太后的奢侈生活和卖国行径。

某秀才家中贫困，向亲友们借贷，均被拒绝。不料中举以后，亲友们纷纷前来巴结，趋之若鹜。书生感慨万千，在门口贴了这样一副对联：

　　回忆去岁，饥荒五六七月间，柴米尽焦枯，贫无一寸铁，赊不得、欠不得，虽有近亲远戚，谁肯雪中送炭
　　侥幸今年，科举头二三场内，文章皆合适，中了五经魁，名也香、姓也香，不拘张三李四，都来锦上添花

同是一个人，中举前后亲友对自己的态度却截然不同：想"去岁"，"谁肯雪中送炭"？看"今年"，"都来锦上添花"。此联生动刻画了亲友们前倨后恭的形象，强烈讽刺了炎凉的世态。

鲁迅曾摘《自嘲》诗中的两句书为一联，也很能说明这个问题：

第十八讲　对联的修辞手法（十二）

横眉冷对千夫指
俯首甘为孺子牛

这两句诗以鲜明的对比，表明了自己对敌人、对人民的两种完全不同的态度。

用对比手法，要注意与衬托手法的区别。衬托的双方，为一主一次；而对比的双方，基本是对等的。

第十九讲　对联的修辞手法（十三）

顶　针

顶针又称顶真、连珠，是用前一句结尾的字、词，作为下一句的起头的一种修辞手段。其特点是上递下接，前后蝉联。这种对联，结构特殊，语言贯通，读起来有连环层递的效果。

顶针对联一般有句中顶针和句间顶针两种情况。还有人又分出 句句顶针、单环相连、双环相连、多环相连等。

句中顶针，即在对联中不断句的情况下的顶针。如比较著名的湖南长沙城南回龙山下白沙古井对联：

常德德山山有德
长沙沙水水无沙

上联的"德"、"山"都是顶针，下联的"沙"、"水"也都是顶针，但并

第十九讲 对联的修辞手法(十三)

不断句。

再如安徽的一副地名巧联:

金马门门中无马
铁牛巷巷内有牛

金马门在芜湖市内,传说当年建门时,有金马从中跑过,一纵即逝,故并无金马;铁牛巷在宣州市水阳江边,有过去为镇水而铸造的几尊大铁牛,巷名就因此得来。其中上联的"门"、下联的"巷",都顶针,也没有断句。

全国好几个地方都有双忠祠,祠中所祭祀的人物也各不相同。其中多有这么一副名联:

国士无双双国士
忠臣不二二忠臣

上联"国士",指国中杰出的人物,一国独一无二的人才。此典故出自《史记·淮阴侯列传》:"诸将易得耳,至如信(指韩信)者,国士无双。"

清末梁章钜《楹联续话·杂缀》中记载了一个小故事。某徽商好女色,曾制一张极为华丽的床,在床的一侧悬一单联(摘句):

卿须怜我我怜卿

又在大门外悬赏:"有能属对者予千金。"有人对道:

　　　　色即是空空是色

此对句不但工切，又含箴规之意。故梁章钜说："千金非幸（侥幸）获也。"其中的"我"、"空"都是句中顶针。

　　句间顶针，就是在上、下联的各个分句间（断句处）相顶针。如各地都可以见到的佛寺弥勒殿对联：

　　　　大肚能容，容天下难容之事
　　　　开口便笑，笑世间可笑之人

上联的"容"，下联的"笑"，都属于句间顶针。
　　又如某商人为岳父写的寿联：

　　　　大尊翁，尊翁在上，上至三千里云霄，云霄盖高楼，楼上
　　为您祝寿，寿山寿海寿百年，百年永康健
　　　　小晚婿，晚婿在下，下到十八层地狱，地狱挖深井，深井
　　让我掏泥，泥鬼泥人泥一世，一世不出头

这是一副句句都顶针，多环相扣、一扣到底的长联。上联把岳父尊得很高很高，下联则把自己贬得很低很低，极尽夸张之能事，为的是讨岳父开心。
　　还有的对联，同时运用了句中顶针、句间顶针两种形式。

　　　　刘戡戡内乱，内乱未戡身先死
　　　　徐保保宝鸡，宝鸡不保人已亡

第十九讲　对联的修辞手法（十三）

"戡乱"就是平定内乱，为蒋介石发动内战的借口。刘戡为原国民党二十九军军长，徐保为原国民党整编师师长，二人均在替蒋介石打内战中被我人民解放军击毙。有人在胡宗南为他们开追悼会时戏题了这副对联。上联"戡"字，下联"保"字，属于句中顶针；"内乱"和"宝鸡"则属于句间顶针。同时，此联还运用了复辞、转品等修辞手法。

改　易

改易，就是改字、换字。在原有句子的基础上，根据需要改换部分字、词，可以用来表达与原作品不同的思想感情。作为与人们日常生活关系最为密切的独特的文学艺术形式，对联也常常运用这种修辞手法，往往可以起到出其不意的艺术效果。

用改易手法创作对联，贵在一个"巧"字、一个"精"字，一般所换的字不宜多，但重在翻出新意，更好的则要有点石成金之笔。

梁章钜《楹联续话》记载有一个故事。清代学者、文学家纪昀府中屡屡为庸医所误，他对此恨之入骨。一天，正好有人为某医家求他题写匾额，他当即书写了"明远堂"三个大字。有朋友私下里问他为什么这么写，他引用《论语·颜渊》的话回答："不行焉，可谓明也已矣；不行焉，可谓远也已矣。此医只当祝其不行，便是无量功德耳。"此匾额的意思是：这样的医生，只要祝愿他"不行"（不行医），就功德无量了！朋友又问："万一他再来求题写对联，又将拿什么应付他呢？"纪昀答，我早就预备下了五言、七言两副对联了，其中的五言联是：

不明才主弃

多故病人疏

这两句出自唐代诗人孟浩然《岁暮归南山》诗："不才明主弃，多病故人疏。"纪昀仅仅调换了其中两个字的顺序，就辛辣地讽刺了庸医因"不明"才被人抛弃，因"多故"而使病人疏远的尴尬。

　　从前，有两位穷书生在某县衙门前看到一副短联：

　　眼前皆赤子
　　头上有青天

上联的"赤子"，指纯洁善良的人，这里应该是对老百姓的爱称。下联，则是县令在标榜自己办案执法如"青天"。其实，完全不是这回事。书生略加商议，把那对联改成了：

　　眼前皆赤地
　　头上有黑天

上、下联仅分别改动了一个字，就生动地揭露了老百姓面临的赤贫之地，以及暗无天日的生活。"赤地"，是讽刺县太爷在当地大肆搜刮；"黑天"，形容当地被贪官搅得乌烟瘴气。此联以"赤地"对"黑天"，比原联对仗还要讲究呢！

　　山西的雁门关有一副对联：

　　莫愁前路无知己
　　西出阳关多故人

第十九讲 对联的修辞手法（十三）

这首先是一副集句联。上联出自唐代诗人高适《别董大二首》："千里黄云白日曛，北风吹雁雪纷纷。莫愁前路无知己，天下谁人不识君。"下联出自唐代诗人、画家王维的《渭城曲》："渭城朝雨浥轻尘，客舍青青柳色新。劝君更进一杯酒，西出阳关无故人。"全联总共仅换了一个字，就是下联将原来句子的"无故人"改为"多故人"，但简直有化腐朽为神奇之功：王维原句格调低沉哀伤，改易后则令人为之一振，情调高昂乐观。

旧时有某大户人家，父子俩先后都中了进士，当然婆媳俩都成了"夫人"。一年春节，他家贴了这么一副春联：

父进士、子进士，父子进士
婆夫人、媳夫人，婆媳夫人

因为这家人平时横行乡里，无恶不作，人们提起他家都咬牙切齿。一天夜里，有人悄悄把那副对联改为：

父进土、子进土，父子进土
婆失夫、媳失夫，婆媳失夫

这副易字联更为巧妙：上联仅仅将"士"字的最后一笔加长一些，下联仅仅在"夫"字上加一短撇、将"人"字改为"夫"字，就成了诅咒的话。此联同时还运用了反复、复辞等修辞手法，十分巧妙。

第二十讲　对联的修辞手法（十四）

增　益

增益就是在原有句子的基础上，根据表达的需要，增添一些词语，从而变成新的作品的修辞手法，也是对联常用的一种文字技巧。

这种手法用于对联，常江先生称为"续填"，还有人称为续展、添字联等，就是在原有对联的词句上增加若干字、词、句，成为新的对联。

传说过去一个穷秀才，平时不注意节俭，过年时候，别人家里都置办了丰富的年货，他则两手空空。为了掩饰自己的窘迫，他在门上写了副短联：

　　行节俭事
　　过淡泊年

村里有人知道他的底细，悄悄在他的春联的上、下联各加了一个字：

第二十讲　对联的修辞手法（十四）

　　早行节俭事
　　不过淡泊年

仅仅两个字，就使联意全变，成了一副流水对、讽刺联，并且富有哲理。
　　梁章钜《楹联丛话》卷十二"杂缀"载有一个故事。从前有个县令在其衙署门外题写一副对联：

　　爱民若子
　　执法如山

其实他并非良吏。一天夜里，有人为他的对联续道：

　　爱民若子，牛羊父母、仓廪父母，供为子职而已矣
　　执法如山，宝藏兴焉、货财殖焉，是岂山之性也哉

上联由"子"联想，所续"牛羊父母、仓廪父母"，出自《孟子·万章上》，意思是将牛羊、仓廪都送给父母。此县令既然当老百姓为子，自然是要笑纳牛羊和仓廪了，老百姓只有尽"子职"的义务了。下联则由"山"联想，所续"宝藏兴焉、货财殖焉"，出自《礼记·中庸》，原意是山中能兴宝藏，水中能殖货财。这里是说该县令既然以"法"为"山"，那自然可以得"宝藏"和"货财"了。最后以反问句说，这就是"山之性"吗？
　　明末江苏常熟人钱谦益，是当时著名的诗人、学者、文坛领袖。在明朝崇祯帝时，他的官做到礼部侍郎；当明朝政府被李自成推翻，南明弘光政权在南京建立时，他又被任命为礼部尚书；在清军南下，南京的弘光政权瓦解时，钱谦益既不抵抗，也不逃亡，更不自杀殉国，而是选

择了"迎降",被清政府任命为礼部侍郎管秘书院事,后又兼明史馆副总裁。他曾在自家门前贴了这么一副对联:

> 君恩深似海
> 臣节重如山

但是,他的所作所为,人们都十分清楚。有人就在他的对联下面各加了一个字,成了这个样子:

> 君恩深似海矣
> 臣节重如山乎

仅仅在末尾各加了一个语气助词"矣"和"乎",就使全联彻底改变了原来的意思,成了一副入木三分的讽刺联。此联分明是在质问钱谦益:明朝的皇帝对你已经是"恩深似海"了,你的气节"重如山"了吗?如此小的改动,却收到如此大的讽刺效果,这手法实在是太高明了。

据近代作家黄协埙《锄经书舍零墨》载,有个相士(旧时以谈命相为职业的人),爱说大话,曾经写了一副对联,自吹自擂:

> 几卷书谈名谈利
> 一双眼知吉知凶

对联贴出去后,有位好事者见这相士吹牛太离谱,乘着黑夜,就在对联上加了几个字,成了这个样子:

> 几卷破书,也敢谈名谈利

一双瞎眼,那能知吉知凶

此联被改后,意思完全相反了,见者无不绝倒。

《笑林广记》记载有这样一个故事。过去,一个喜欢饮酒且常撒酒疯的私塾先生与学生的对句:

先生:雨
学生:风

先生:催花雨
学生:撒酒风

先生:阵阵催花雨
学生:常常撒酒风

先生:园中阵阵催花雨
学生:席上常常撒酒风

这些对句简直令人捧腹。

有的在增添的同时又有改换。如传说乾隆皇帝与纪晓岚的一番巧对:

乾　隆:豆
纪晓岚:油

乾　隆:两碟豆
纪晓岚:一瓯油

乾　　隆：林间两蝶斗
纪晓岚：水上一鸥游

乾　　隆：万寿山林间两蝶斗
纪晓岚：永定河水上一鸥游

由一个字增至八个字；又巧借谐音，改"豆"、"油"为"斗"、"游"，改"两碟豆"、"一瓯油"为"两蝶斗"、"一鸥游"，简直极尽巧思。

我们在学习、欣赏对联的过程中不难发现，很多对联作品，尤其是名联，往往综合运用了多种修辞手法，这在前面的介绍中也略有提及。

某地两兄弟双合门面开了一家铺子，兄长经营纸伞，小弟经营老酒。商店开张营业那天，兄弟俩特意请当地名流写了一副对联：

问生意如何？打得开，收得拢
看世情怎样？醒的少，醉的多

上联以"打得开，收得拢"惟妙惟肖地描绘了雨伞的形状，又诙谐地展望了店里的生意行情；下联用"醒的少，醉的多"绘声绘色地摹写了酒馆的热闹场面，又劝谕人们保持清醒头脑，又有相当的寓意。此联既用了设问，又用了双关。

请再看著名的昆明大观楼长联：

五百里滇池，奔来眼底。披襟岸帻，喜茫茫空阔无边！看东骧神骏，西翥灵仪，北走蜿蜒，南翔缟素。高人韵士，何妨选胜登临。趁蟹屿螺洲,梳裹就风鬟雾鬓;更苹天苇地,点缀些翠羽丹霞。莫孤负四围香稻,万顷晴沙,九夏芙蓉,三春杨柳。

数千年往事,注到心头。把酒凌虚,叹滚滚英雄谁在?想汉习楼船,唐标铁柱,宋挥玉斧,元跨革囊。伟烈丰功,费尽移山心力。尽珠帘画栋,卷不及暮雨朝云;便断碣残碑,都付与苍烟落照。只赢得几杵疏钟,半江渔火,两行秋雁,一枕清霜。

此联更是综合运用了多种修辞手法。如"五百里滇池,奔来眼底"和"数千年往事,注到心头",是拟人;"蟹屿螺洲"和"风鬟雾鬓",是比喻;"东骧神骏,西翥灵仪,北走蜿蜒,南翔缟素","四围香稻,万顷晴沙,九夏芙蓉,三春杨柳","汉习楼船,唐标铁柱,宋挥玉斧,元跨革囊","几杵疏钟,半江渔火,两行秋雁,一枕清霜",是排比;"万顷晴沙","费尽移山心力",是夸张。

所以,我们在欣赏对联作品时,应该注意修辞手法;在创作对联时,也可以适当综合运用多种修辞手法,以增强表现力。

第二十一讲　对联的对仗形式（一）

工对与宽对

工对，有人又称严对，就是词性相同、结构相同、节奏相同的对仗。其中，对词性的要求更为严格。古人尤其提出要"小类工对"，就是我们前面说过的天文对天文、地理对地理、衣饰对衣饰等。就我的体会，以下这些词语易于形成工对：一是方位词（东、西、南、北等），二是颜色词（红、黄、蓝、白等），三是形体词（肝胆、心胸、眉、首等），四是数字（包括独、半、双等），五是动物和植物，六是联绵字。其中联绵字当中又分为名词性的（如鸳鸯、鹦鹉）、形容词性的（如透迤、磅礴）和动词性的（如踌躇、叮咛）。不同词性的联绵字，一般也不能相对。这几类词，是自古以来的楹联家都非常重视的。初学写对联，不妨有意多用这些词语。正如前面所引王力先生强调的，这几类词很少跟别的词相对。就我学对联的体会，在创作中，可以有意地使用这几类词，因为它们容易对得工整。

但是，还要注意的是，在实际应用中，有的词虽然不属于所谓同一

"小类",但也常常并列而成工对,如"天"(天文)与"地"(地理)、"诗"(文学)与"酒"(饮食)、"大陆"(地理)与"长空"(天文)、"烟楼"(宫室)与"雪洞"(地理)等。如云南昆明黑龙潭有清朝人硕庆的一副对联:

万树梅花一潭水
四时烟雨半山云

其中"万"与"四"、"一"与"半",是数词相对;"潭"与"山"是地理相对;"梅花"与"烟雨"则是草木对天文;"水"与"云"是地理对天文;至于"树"与"时"之对,就差得更远了(草木对时令)。若根据"小类工对",此联只有三组词对得好。但是,联语能抓住黑龙潭的独特景物("梅花"与"水"),用中国画的泼墨方法,描摹其形象,生动活泼,应该是名胜联中的名联。

再如明代解缙的一副名联:

墙上芦苇,头重脚轻根底浅
山间竹笋,嘴尖皮厚腹中空

毛泽东在延安整风运动期间写了《改造我们的学习》一文,其中在批评"主观主义"时说:"许多人是做研究工作的,但是他们对于研究今天的中国和昨天的中国一概无兴趣,只把兴趣放在脱离实际的空洞的'理论'研究上。许多人是做实际工作的,他们也不注意客观情况的研究,往往单凭热情,把感想当政策。这两种人都凭主观,忽视客观实际事物的存在。或做演讲,则甲乙丙丁、一二三四的一大串;或作文章,则夸夸其谈的一大篇。无实事求是之意,有哗众取宠之心。华而不实,脆而不坚。

自以为是，老子天下第一，'钦差大臣'满天飞。这就是我们队伍中若干同志的作风。"在批评这样的工作作风时，就举出这副对联为例。这是将"芦苇"和"竹笋"人格化，讽喻了那些徒具虚名而没有真才实学的浮滑之人，非常生动，能给人以深刻的印象。其中的"芦苇"和"竹笋"为植物相对，"墙上"和"山间"、"根底"和"腹中"为方位词相对，"头""脚"和"嘴""皮"为形体相对，十分工整。

清代诗人张向莱贺著名学者梁同书夫妇九十寿联：

人近百年犹赤子
天留二老看玄孙

其中"百"与"二"是数词相对，"赤"与"玄"是颜色相对，"子"与"孙"是人伦相对，其他则都不属于同一小类了。但联语以"人近百年"紧切九十寿，以"天留二老"紧切夫妇双寿，句句扣题，平中见奇，不失为名联。

近代民主革命家宋教仁先生于1912年为南社社员冯平先生题赠有一副很有名的对联：

白眼观天下
丹心报国家

宋教仁赠南社社员冯平的一副对联

冯平，字心侠，江苏省太仓人。早年留学日本时参加同盟会，回国后加入进步文学团体南社,他是宋先生的一位知心朋友。上联之"白眼",语出《晋书·阮籍传》:"籍又能为青白眼,见凡俗之士,以白眼对之。"冯平有眼疾,人称"冯白眼",以"白眼"巧切受赠者,其语意双关,颇有趣味。所以,这里既是写实,又是用典。下联之"丹心",就是赤胆忠心。此联既是一副题赠联,也是一副自励联。对联高屋建瓴,言简意赅,大气非凡。从联语的字里行间,我们分明可以领略到宋先生心忧天下、忠心报国的博大胸怀。其中"白"和"丹"是颜色词相对,"眼"和"心"是形体词相对,"观"和"报"是动词相对,"天下"和"国家"是地理名词相对,可谓无一字不工。

我有一副题开封朱仙镇岳庙的对联:

铁骑万千声,百姓伤心南渡日
金牌十二道,三军怒目北招时

其中"铁"与"金"是金属相对,"万千"与"十二"、"百"与"三"是数字相对,"心"与"目"是形体词相对,"南"与"北"是方位词相对,"日"与"时"是时令名词相对,自以为还算比较工。此联既切岳飞,更切朱仙镇。

可见,所谓工对,也多是相对而言的。如果片面追求"无一字不工",恐怕会落到以词害义的地步。古时候有个传说,说某塾师出句让学生对:"门前绿水流将去。"学生为了字字求工,死抠了这么一句:"屋里青山跳出来。"工是工了,但其语意岂不令人捧腹!

还有个过分追求工对的例子。宋代邢居实《拊掌录》记载,当时有个叫李廷彦的人,写了一首百韵排律自述其志,呈给他的上司请教。上司读到里面一联"舍弟江南殁,家兄塞北亡",上司深表同情,说:"不意君家凶祸重并如此!"李廷彦忙恭敬地回答:"实无此事,但图属对亲切耳。"上司听了哭笑不得。后来，又有人嘲笑李廷彦，既然是作诗，何必把兄弟全搭上，为什么不写"爱妾眠僧舍，娇妻宿道房"？

当然，也有以工而特别巧妙的。传说清代文学家蒲松龄少年时与一位石姓乡绅有这样一故事。石乡绅有意要难为蒲松龄，见一只小鸡儿死在砖墙后，便琢磨了个句子让他对："细羽家禽砖后死。"蒲松龄假装初学对句，慢条斯理地一字一字对道："'细'对'粗'，'羽'对'毛'，'家禽'对'野兽'，'砖'对'石'，'后'对'先'，'死'对'生'。"对句合起来就是"粗毛野兽石先生"，工整而又奇妙，堪称无可挑剔，既不卑不亢，又绵里藏针地反击了对方。此联妙就妙在过分工整上了。

所以，我们说不可片面或过分地追求所谓的工对，因为从流传下来的古代名联，到今人的对联佳作，真正字字工整者并不多。

宽对，是与工对相对而言的，就是在词性、结构、节奏等方面较之工对放宽一些。如，上、下联相同位置的词只要同是名词，就可以相对，并不强调非同属于一个"小类"的词（天文对天文、地理对地理等）不可。这样，在创作对联时，就可以相对地放开手脚，根据自己对生活的观察、体验，选择那些最能够表达自己的构思和思想感情的语言来遣词造句，而不必受所谓"小类"词汇的束缚。

如杭州龙井的一副对联：

诗写梅花月
茶煎谷雨春

其中"诗"为文学类，"茶"却是饮食类；"梅花"是草木类，"谷雨"却是时令类；"月"是天文类，"春"却是时令类。但此联仍很好地描绘了龙井茶的特点及其与诗的关系。

再如清代郑板桥赠焦山长老的一副对联：

> 花开花落僧贫富
> 云去云来客往还

其中的"花"为草木类，而"云"是天文类，可以说并不"工"。联语紧扣僧人的特点，为读者创造了一个清新自然而又饶有趣味的意境，已成为传诵久远的名联。所以说，工对不一定就是佳作，而宽对也不一定就是次品。

常江先生在《对联知识手册》中，还详细地介绍了宽对在对仗诸方面的表现。如结构上的要求放宽了，节奏上的要求放宽了，词性的对仗放宽了等。

需要说明的是，所谓宽对只是相对而言的，但这个"宽"还是有一定限度的。如果超出了对联格律的基本要求，可以说就已经不是对联了。这一点还要特别注意。

邻对与借对

邻对是指对联中名词相对时，不是用同一小类中的词相对，而是以相邻的小类的词相对。对仗上，比工对可以宽一些，比宽对却又严一些。王力先生说："邻对比工对略逊一筹，也还算是近于工整的一方面的。一般的邻对，大约可分为二十类：第一，天文与时令；第二，天文与地理；第三，地理与宫室；第四，宫室与器物；第五，器物与衣饰；第六，器物与文具；第七，衣饰与饮食；第八，文具与文学；第九，草木花卉与鸟兽虫鱼；第十，形体与人事；十一，人伦与代名；十二，疑问代词及'自''相'等字与副词；十三，方位与数目；十四，数目与颜色；十五，人名与地名；十六，同义与反义；十七，同义与连绵；十八，反义与连绵；十九，副词与连词、介词；二十，连词、介词与助词。"而在实际运用中，邻对的范围比这些还要大。

如湖南衡山南天门的一副对联：

门可通天，仰观碧落星辰近
路承绝顶，俯瞰翠微峦屿低

其中"门"属宫室类，"路"则属地理类；"星辰"属天文类，"峦屿"则属地理类。

再如河南新安千唐志斋国民党元老张静江（张人杰）所题的对联：

松柏有本性
园林无俗情

上联出自汉末刘桢《赠从弟（其二）》，下联出自东晋陶渊明《辛丑岁七月赴假还江陵夜行涂口》。"松柏"是草木类，而"园林"则是宫室类。

借对，清末梁恭辰在《巧对续录》卷上中说："盖古人三十四格内之假对也。"这是指在对仗中因为某种情况（或特殊表达的需要），以致不能形成工对时，便借用某个字的另外一个意义（或读音、字形）来相对。汉语所独具的一字多音、一字多义、多字一音的特点，为借对提供了可能和方便的条件。在文中运用借对，可以使语言含蓄蕴藉，别有情趣。

借对有以下几种情况：

一是借义。这是利用汉语中的一个词有几个义项的特点来对仗。如这么一副巧对：

　　南通州北通州，南北通州通南北
　　东当铺西当铺，东西当铺当东西

下联最后两个字"东西"，在联语中的意思是物件，恰巧借它作为方位词的意义来与上联的"南北"相对。

　　再如周瑜墓的一副楹联：

　　青春南国乔初嫁
　　赤壁东风亮助威

上联用苏轼《念奴娇·赤壁怀古》词意："遥想公瑾当年，小乔初嫁了，雄姿英发。"下联说的是周瑜在赤壁之战中，由诸葛亮借来东风"助威"，才获得了大胜。联语中的"青春"，本指年龄，但在此是借其表颜色的"青"，来与下联的"赤"相对。

　　江西赣州城东北有八境台，北宋文学家苏轼有《咏八境台》诗八首并后序，有许丹丞题写的一副对联：

　　云影拥苍茫，八境画图开北岭
　　古今成俯仰，三年宦迹问东坡

此对联借"苏东坡"中的"东"字与方位词"北"来对，借"坡"字与地理类名词"岭"来对，很是漂亮。

　　还有海南苏公祠有近代朱为潮的一副对联：

此地能开眼界
何人可配眉山

眉山为地名，苏轼的家乡，这里是借代苏轼。此对联巧妙地以眉毛的意思与"眼"相对。

二是借音。这是利用汉字多字一音的特点，以某字服从内容的需要，再借用与其同音的字来对仗的方法。

如成都杜甫草堂清代顾复初联：

海南苏公祠对联

异代不同时，问如此江山，龙蜷虎卧几诗客
先生亦流寓，有长留天地，月白风清一草堂

联中"清"是借其同音字"青"来与前面的"白"相对（当句自对）。

再如兰州河神庙的一副对联：

曾经沧海千重浪
又上黄河一道桥

上联"沧"，是借其读音，实际上是以"苍"与下联的"黄"相对。

一般情况下，借对仅仅在上联或下联中出现者居多，而上、下联都"借"的情况也时有所见。如嘉兴南湖杉青闸小园酒仙祠联：

诗酒到今怀李白
园亭依旧访杉青

"李白"与"杉青"都是专用名词，但"李"、"杉"均可借为树木，"白"、"青"均可借为颜色。所以，吴恭亨《对联话》卷二评论说"可云嘉耦天成矣"。

清代诗人张向莱贺著名学者梁同书夫妇九十大寿的对联：

人近百年犹赤子
天留二老看玄孙

下联的"玄"字，为"玄孙"之"玄"，据《尔雅·释亲》："孙之子为曾孙，曾孙之子为玄孙。"郭璞的注释为："玄者，言亲属微昧也。"微昧，就是不明、模糊不清的意思。但这里借"玄"色（即黑色）之玄，和上联的"赤"字相对。

借对的目的是为了联语对仗得更工整。如陆伟廉先生所说，借对为"对仗提供了一条宽工转化之途径，可将不能相对之词语变成能相对者，甚至变成极精工之对仗，从而使撰写人获得更多的自由"。

第二十二讲　对联的对仗形式（二）

正对与反对

正对与反对的概念是南朝梁文学理论批评家刘勰在《文心雕龙》中最早提出来的。

正对就是上、下联所写的内容虽不同，但其主旨是一致的（即"事异义同"）对句。就逻辑关系来说，上、下联所写的内容是并列的。

以正对形式写的对联，往往是抓住同一个事物的两个不同侧面，或叙述，或议论。像名胜联中的景物描写，赠联、挽联中人物性格、特长或经历的描述等。

如河南荥阳虎牢关一联：

南连嵩岳、北接武山，天险扼西东，势压两河鹰猎地
汉拒楚兵、晋阻石众，征战历唐宋，古来三字虎牢关

上联写此地"天险"之地势，下联写虎牢关"征战"的历史。此联可让

读者、游客对这里有个比较全面的了解。

再如南社（辛亥革命前后的革命文学团体）诗人高燮赠现代作家郑逸梅的一副短联：

  人淡如菊
  品逸于梅

上、下联分别以"菊"、"梅"喻郑逸梅的人品；且郑本姓"鞠"（为"菊"的古字），又生于九秋之菊月，生性爱梅成癖；还巧妙地嵌入人名"逸梅"——堪称贴切、自然，浑然天成。

相对来说，正对的对联创作起来比较容易，但要注意，上、下联所选取的事物的侧面、角度及用词要避免重复、雷同，否则，就易于合掌，成了毛病。

如这么一副春联：

  节到千家传喜讯
  春来万户报佳音

词性、对仗及平仄都没有问题，且非常工整，但上、下联所说的内容完全一样，就是合掌了。创作对联者一定要注意避免出现这种情况。刘勰说"正对为劣"，大抵就是指写作正对时，稍不注意，就会用同义词组联，犯了合掌之忌。

反对是相对于正对而言的，是上、下联内容相反或相对的对仗方式（即"理殊趣合"），用相反或相对的词组联，使联语的主旨从正、反两方面相辅相成、相得益彰。这要比正对显得变化强烈，对比鲜明，更具有表现力，所以，刘勰说"反对为优"。

如革命前辈徐特立1939年赠湖南湘潭青年店员王汉秋的对联：

> 有关家国书常读
> 无益身心事莫为

其中"有"与"无"、"常"与"莫"，都是相反的。这里的意思很明白："有关家国"之书会教你走路、教你做人，而"无益身心"之事则会使人两眼迷乱、误入歧途。此联对年轻人来说，不啻暮鼓晨钟，教导年轻人什么事应该做、什么事不应该做，言简意赅，意味深长，现在仍可作为年轻人的座右铭。

再如一副格言联：

> 多言即少味
> 无欲斯有为

"多言"与"无欲"、"少味"与"有为"两组词，从字面到语意，都是相反、相对的。

又如成都武侯祠清末赵藩的名联：

> 能攻心则反侧自消，从古知兵非好战
> 不审势即宽严皆误，后来治蜀要深思

其中"能"与"不"、"非"与"要"都是相反的词。这是从正、反两方面来说明道理的。

虽然说"反对为优"，但在实际应用中，以反对形式创作的对联数目比例却很少。就是说，对联水平、质量的高低，其实与正对和反对关系不大。常江先生有篇文章写道："如果我们只记得刘勰《文心雕龙》中'反对为优'的话，也难均衡，因为百分之九十以上的对联（包括名联）都是正对。所以，还要有一条，叫作'正对为主'。一个为优，一个为主，矛盾才好解决。否则，将优劣绝对化，让联家一辈子只作反对，追求最优，非逼出人命不可。"

刘勰认为"反对为优，正对为劣"，有一定的道理，但今天看来，似乎不够全面。正对、反对各有其修辞效果，而扬此抑彼，恐怕不大妥当。

言对与事对

言对是注重语言、文字方面的对偶。这种对联要求在语言表述形式、字面相对程度等方面都做到属对工整。与其他种类的对联比较，它更讲究文字的相对技巧。

如开封古吹台禹王殿的一副对联：

　　泽遍九州，德参天地
　　恩覃四海，功配山河

其中的"泽"与"恩"、"九州"与"四海"、"德"与"功"、"天地"与"山河"等词，堪称无一字不工。

再如这么一副方位词巧对：

　　北雁南飞，双翅东西分上下
　　前车后辙，两轮左右分高低

包含了东西南北、前后左右、高低上下共十二个方位词,十分工整。

刘勰在《文心雕龙》中说,"言对为易","言对为美,贵在精巧"。其实,要运用言对的形式对好一副对联佳作,也并不能说是轻而易举的事。言对尤其讲究"精巧"。

事对是相对于言对而言的,它注重用事实、实例来构成对偶。上联用了一个或几个事例,那么下联也要用一个或几个事例与之匹配。事对要以事对事,不可以事对空,或以空对事,或以空对空。正因为如此,这种对联多数都用典。

如开封信陵君祠有清末河督许振祎的一副对联:

> 黄金白璧竞纵横,食客虽豪,问谁如毛薛劝忠、侯朱救难
> 麦秀黍离同慨叹,奉祠弗替,固差胜宋室泯灭、明社沦胥

上联写信陵君。"毛薛劝忠",说的是信陵君救赵以后,十年不回魏国。秦国乘机发兵伐魏。魏王派人至赵国请他,他仍不归。赵国的毛公、薛公劝他说:"公子所以名闻诸侯,就因为有魏。现在秦攻魏,如果破了大梁,踏平先王之宗庙,您当有何面目立于天下呢?"信陵君这才急忙回国,接受上将军印。"侯朱救难",说的是秦国攻打赵国时,信陵君的姐姐(赵惠文王弟平原君夫人)数次请求魏王及信陵君救赵。但魏王慑于秦国的强兵,令将军晋鄙率军十万驻于邺。大梁夷门监侯嬴设计,使信陵君求魏王爱妃如姬窃得兵符,由勇士朱亥杀掉晋鄙,信陵君率军,解了邯郸之围。下联写其祠,意思是虽然朝代更替,但信陵君祠的香火不断。

再如河南灵宝函谷关联:

第二十二讲 对联的对仗形式（二）

未许田文轻策马
愿逢老子再骑牛

上、下联分别写了与函谷关有关的两个著名人物及其故事。上联"田文"，即战国时齐国贵族，号孟尝君。秦昭王时，被秦国请去任相。因秦昭王听信谗言，将他关押起来，要杀他。孟尝君使门客以白狐裘买通昭王的宠姬，得以脱身，连夜策马东奔函谷关。因天尚未亮，关门不开，其门客又学鸡叫，骗开关门而逃（鸡鸣狗盗）。下联"老子"，即春秋时思想家、道家创始人李耳。一天，函谷关令尹喜一早登上关楼，见天空有一团紫气从东方而来，便知道有贵人要过关。不久，果然见老子骑着青牛来到关前。喜就请他住下，老子就是在这里写下了《道德经》（即《老子》）。其中"未许"与"愿逢"属反对，"田文"与"老子"是人名对，"马"与"牛"之对，更是妙手天成。

刘勰在《文心雕龙》中说，"事对为难"，"事对所先，务在允当"。意思是与言对相比较，事对要难写一些。而事对特别要注意的是，相对的几件事应轻重相当，恰切而又巧妙。

第二十三讲 对联的对仗形式（三）

当句对与隔句对

当句对又叫互成对、当句自对、各自为对，是指上、下联中的字、词或分句分别在句中相对，有的在上、下联之间又构成对偶，故又称双偶对。

王力先生说："对联（喜联、挽联、楹联、春联）在原则上须用工对（包括借对和'诗''酒'一类的对立语），不大可以用邻对，更不能用宽对。但如果上联句中自对，则下联也只需句中自对，上、下联之间不必求工……甚至上联和下联之间几乎完全不像对仗，只要句中自对是一种工对，全联也可以认为工对了。"

宋代洪迈《容斋诗话》卷二说：唐人诗文或于一句中自成对偶，谓之当句对。盖起于《楚辞》"蕙蒸兰藉"，"桂酒椒浆"（《楚辞·九歌·东皇太一》："蕙肴蒸兮兰藉，奠桂酒兮椒浆。"蕙肴蒸，用蕙草蒸肉；兰藉，用兰作垫）；"桂櫂兰枻"，"斲（zhuó）冰积雪"（《九歌·湘君》："桂櫂兮兰枻，斲冰兮积雪。"桂櫂，用桂树做成的桨；兰枻（yì），用木兰做成的

第二十三讲 对联的对仗形式（三）

船舷；斲，砍）。自齐梁以来，江文通、庾子山诸人亦如此。如杜诗"小院回廊春寂寂，浴凫飞鹭晚悠悠"，"清江锦石伤心丽，嫩蕊浓花满目斑"，"书签药裹封蛛网，野店山桥送马蹄"，"戎马不如归马逸，千家今有百家存"。这大约是最早论述当句对的文字。

钱钟书《谈艺录》说：此体（当句对）创于少陵，而名定于义山。少陵《闻官军收两河》云："即从巴峡穿巫峡，便下襄阳向洛阳。"《曲江对酒》云："桃花细逐杨花落，黄鸟时兼白鸟飞。"《白帝》云："戎马不如归马逸，千家今有百家存。"义山《杜工部蜀中离席》云："座中醉客延醒客，江上晴云杂雨云。"《春日寄怀》云："纵使有花兼有月，可堪无酒又无人。"又七律一首，题曰"当句有对"，中一联云："池光不定花光乱，日气初涵露气干。"

这种情况，在对联作品中大量存在，尤其是字数较多的长联，百分之九十以上都用当句对。

当句对可以是在一句中一字与一字对（唐代日僧遍照金刚《文镜秘府论》中称之为互成对），也可以多字与多字对。如春联：

九天日月开新景
万里笙歌唱好春

上联的"日"与"月"相对，下联的"笙"与"歌"相对，堪称小类工对。而"日月"与"笙歌"又可作为名词相对（宽对）。再如春联：

北国南疆，八方锦绣
春兰秋菊，四季芬芳

上联的"北国"与"南疆"相对，下联的"春兰"与"秋菊"相对。此联对仗非常工整。

　　长联中的当句自对现象非常普遍。有些当句对已不再考虑上、下联的对仗，几乎完全是当句自对，于上、下联的对仗却不那么严格。如浙江天台山国清寺的一副对联：

　　　　三度入天台，挹寒山袖、拍拾得肩，是佛是仙，追往事都成梦幻
　　　　半生充隐吏，餐赤城霞、饮皖江水，一官一邑，待何年克遂皈依

这大约是一位羡慕佛教的地方官所写。上联"挹寒山袖"与"拍拾得肩"，下联"餐赤城霞"与"饮皖江水"，对得极工；但上、下联之对却只能算是宽对了。上联"是佛"与"是仙"，下联"一官"与"一邑"，也对得非常好；但上、下联之间，就无法对仗。

　　再如清代名臣陶澍题汉口长沙会馆的一副对联：

　　　　隔秋水一湖耳，看岸花送客、樯燕留人，此境原非异土
　　　　共明月千里兮，记夜醉长沙、晓浮湘水，相逢好话家山

此联抓住了汉口与长沙同属两湖地区、风景不殊这个特点，同时大量化用前人诗词成句，立意高远，格调不凡。上联的"岸花送客、樯燕留人"，下联的"夜醉长沙、晓浮湘水"，分别为当句自对，但上、下联之间，也无法对仗。

　　开封龙亭有康有为的一副对联：

　　　　中天台观高寒，但见白日悠悠、黄河滚滚

第二十三讲 对联的对仗形式（三）

东京梦华销尽，徒叹城郭犹是、人民已非

上联写站在龙亭这高台上所看到的景物，既有抬头所见的高处之景"白日悠悠"，又有放眼所见的远处之景"黄河滚滚"；下联写此时此地胸中的感慨，有叙述，又有议论。上联的"白日"与"黄河"之对、"悠悠"与"滚滚"之对，下联的"城郭"与"人民"之对、"犹是"与"已非"之对，都很工整；但上、下联之间却根本对不上。"白日"与"黄河"分别是偏正结构，而"城郭"与"人民"却是并列结构；"悠悠"、"滚滚"都是叠字，而"犹是"、"已非"却不是叠字。可以说，康有为此联，把当句自对的形式发展到了极致。

又如昆明五华书院的长联：

本修齐治平之道，成己成人。登斯楼也，坐而言、起而行，昆水华山，可直接鹅湖鹿洞

萃经史子集之篇，有原有委。诵其书者，博以文、约以礼，牙签玉轴，岂徒供饰句寻章

上联"成己"与"成人"、"坐而言"与"起而行"、"昆水"与"华山"、"鹅湖"与"鹿洞"分别为当句自对，下联"有原"与"有委"、"博以文"与"约以礼"、"牙签"与"玉轴"、"饰句"与"寻章"分别为当句自对。如果说上、下联之间的"成己成人"与"有原有委"还能成对的话，那么"坐而言、起而行"与"博以文、约以礼"、"鹅湖鹿洞"与"饰句寻章"的词性和结构都是不一致的。

类似的例子很多。再如湖南南岳古镇牌坊的一副对联：

居艮位而践离躔，溥雷池风穴之功，柱镇天南、斗横地北

列三公以配四岳，标月馆露台诸胜，帆随湘转、雁到峰回

上联"艮位"与"离躔"、"柱镇天南"与"斗横地北"，下联"三公"与"四岳"、"帆随湘转"与"雁到峰回"分别是当句自对。其中"艮"与"离"是表方位的名词，"三"与"四"却是数词；"南"和"北"是方位词，而"转"和"回"却是动词，正常情况下是不能相对的。

　　河南辉县百泉邵夫子祠，有清光绪年间知县康曾定撰写的一副对联：

　　河出图，洛出书，观象玩占，明乎理亦达乎数
　　冬不炉，夏不扇，覃思刻励，经其地如见其人

仔细读来，可以发现，此联几乎全是当句自对：上联"河出图"对"洛出书"，"观象"对"玩占"，"明乎理"对"达乎数"；下联"冬不炉"对"夏不扇"，"覃思"对"刻励"，"经其地"对"见其人"。

　　当句自对这种对仗方式能使联语作者放开手脚，可根据自己的构思大胆组句，句式也显得非常活泼，能更好地表达主旨，所以历来为联家所喜爱。

　　有的对联，联内自对以后，还可以上下联彼此相对。如明初大将徐达题南京瞻园的花园楹联：

　　大江东去，浪淘尽千古英雄。问楼外青山，山外白云，何处是唐宫汉阙
　　小苑春回，莺唤起一庭佳丽。看池边绿树，树边红雨，此间有舜日尧天

内容上，上联悼古，下联颂今。风格上，上联粗犷豪放，下联细腻婉约。

其中的"楼外青山、山外白云"和"池边绿树、树边红雨",不仅是当句自对,上、下联之间的对仗也十分工整。

再如解缙"墙上芦苇,头重脚轻根底浅;山间竹笋,嘴尖皮厚腹中空"这副对联,上联的"头重"与"脚轻"相对,下联的"嘴尖"与"皮厚"相对,都是自对;而"头重脚轻"与"嘴尖皮厚"又上下相对。联内自对以后又可以上下联相对的,就显得特别工整。

通过以上的例子,我们还可以发现:对联的当句自对,甚至可以像词的对仗一样,不避重字。如浙江天台山国清寺联的"是佛"与"是仙","一官"与"一邑";昆明五华书院联的"成己"与"成人","有原"与"有委";河南辉县百泉邵夫子祠联的"河出图"对"洛出书","冬不炉"对"夏不扇"等。

谷向阳、刘太品先生《对联入门》将当句自对看得极高:说各自为对是没有限制的,可以全联自对,也可以局部自对;可以单字自对、复字自对,也可以多字自对;参与自对的可以是字,可以是词,可以是词组,也可以是句子……所以,自对大大拓宽了楹联对仗的空间。自对挣脱了关于对仗的一些束缚,而"享受"到一些很实惠的"政策"。自对突破了一般楹联对仗的范围,突破了词性和结构相同的限制,使楹联创作之路变得更加宽阔。自对大大扩充了对仗的材料来源,为楹联创作带来更多的自由和灵活。自对可以强化楹联的整齐美、层次美,让人体会到那种自由表达、挥洒无羁、纵横对仗、旁逸斜出的妙趣。

隔句对又称扇对、扇面对,顾名思义,就是隔句对偶。这也是从旧体诗的格式用语借来的。律诗中说的是第一句与第三句相对,第二句与第四句相对。如杜甫《哭台州郑司户苏少监诗》:"得罪台州去,时危弃硕儒。移官蓬阁后,谷归殁潜夫。"郑谷《寄裴晤员外》:"昔年共照松溪影,松折碑荒僧已无。今日还思锦城亭,雪销花谢梦何如?"

对联中的隔句对，大概有两种情况：一是出现于上、下联各有两个分句的作品中。这类对联仿照律诗的形式，即就全联来说，第一句与第三句相对，第二句与第四句相对（就是上联的第一个分句与下联的第一个分句相对，上联的第二个分句与下联的第二个分句相对）。这属于很常见的对仗形式。凡是上、下联内部是两个分句的，基本上都是运用隔句对的形式。

如湖南衡山南天门一联：

　　门可通天，仰观碧落星辰近
　　路承绝顶，俯瞰翠微峦屿低

"门可通天"对"路承绝顶"，"仰观碧落星辰近"对"俯瞰翠微峦屿低"，对仗十分工整。

再如河南登封测景台的对联：

　　石表寓精心，氤氲南北变寒暑
　　星台留古制，会合阴阳交雨风

"石表"与"星台"、"精心"与"古制"、"氤氲"与"会合"、"南北"与"阴阳"、"寒暑"与"雨风"，对仗堪称极工。

二是出现于多个分句的长联中，则更像是诗歌中的隔句对。

如昆明大观楼清人孙髯翁的长联：

　　五百里滇池，奔来眼底。披襟岸帻，喜茫茫空阔无边！看东骧神骏，西翥灵仪，北走蜿蜒，南翔缟素。高人韵士，何妨选胜登临。趁蟹屿螺洲，梳裹就风鬟雾鬓；更苹天苇地，点缀

些翠羽丹霞。莫孤负四围香稻,万顷晴沙,九夏芙蓉,三春杨柳

　　数千年往事,注到心头。把酒凌虚,叹滚滚英雄谁在?想汉习楼船,唐标铁柱,宋挥玉斧,元跨革囊。伟烈丰功,费尽移山心力。尽珠帘画栋,卷不及暮雨朝云;便断碣残碑,都付与苍烟落照。只赢得几杵疏钟,半江渔火,两行秋雁,一枕清霜

上联的"趁蟹屿螺洲,梳裹就风鬟雾鬓;更苹天苇地,点缀些翠羽丹霞"及下联的"尽珠帘画栋,卷不及暮雨朝云;便断碣残碑,都付与苍烟落照",分别都是隔句对。

扬州题襟馆原在江苏扬州城内,是古代文人宴集吟咏的地方。题襟,指文人墨客抒写襟怀。唐代诗人温庭筠、段成式、余知古等人在汉水旁以诗相唱酬,诗集名《汉上题襟集》。后以题襟为文人墨客聚会唱和的别称。清同治八年(1869年),安徽定远人方濬颐(字子箴,号梦园)授两淮盐运使,来扬州任职,重建毁于战火的题襟馆,并请书法名家何绍基书"题襟馆"匾额。方濬颐常常和饱学之士在题襟馆讨论文化精微和治民方略,定期有文化大家在这里讲学,安定书院和梅花书院选派高才生到题襟馆来听讲。方濬颐在扬州的政绩和风雅,《民国江都续志》说他是"卢见曾以后一人而已"。当时方濬颐的名声远追李膺,近比王渔洋、曾燠。在一次盛大的文人雅会上,寓居扬州的名士何栻为题襟馆题写了扬州有史以来最长的楹联:

　　当年多士登龙,追陪雅集,溯渔洋修禊、宾谷题襟,招来济济群英,翰墨壮山河之色。繫玉钩芳草,绿染词笺;金带名葩,香霏砚席。扬华擒藻,至今传文采风流。贤使君提倡骚坛,

谁堪梅阁联吟、芜城续赋

此日有人骑鹤，烂漫闲游，怅文选楼空、蕃厘观圮，阅尽茫茫浩劫，园林剩瓦砾之场。只桥畔吹箫，二分月古；湾头打桨，十里春深。补柳栽桑，渐次复承平景象。大都会搜寻胜概，我欲雷塘泛酒、蜀井评茶

上联重点写文人在扬州的雅集韵事。"渔洋"，清代学者王士禛，别号渔洋山人；"宾谷"，清代两淮盐运使曾燠，字宾谷，曾重建扬州题襟馆。"金带名葩"，是用北宋韩琦在扬州招四客簪花之典。清代"扬州八怪"之一的黄慎曾作过《金带围图》扇面和《韩魏公簪金带围图》。"贤使君"，当指方濬颐。"梅阁联吟"，《初学记》载：南朝梁何逊，曾参与扬州刺史的东阁宴会，赋诗联吟。"芜城"，即扬州东北的广陵城，鲍照曾登临此城，写下名作《芜城赋》。下联则主要写扬州的历史风物。"骑鹤"，据南朝梁殷芸《小说》卷六记载：有客相从，各言所志。或愿为扬州刺史，或愿多资财，或愿骑鹤上升，其一人曰："腰缠十万贯，骑鹤上扬州。"欲兼三者。后人附会，在此建骑鹤楼。"文选楼"，在扬州城内文选巷。传说为昭明太子选文处。隋代曹宪曾居于此，在这里以《文选》教授生徒，楼因此得名。"蕃厘观"，即蕃厘馆。《扬州府志》载：过去，扬州后土祠有琼花一株。后土祠至宋代改名为琼花观。"桥畔吹箫"，唐代诗人杜牧《寄扬州韩绰判官》诗："二十四桥明月夜，玉人何处教吹箫。""二分月"，唐代徐凝《忆扬州》诗："天下三分明月夜，二分无赖是扬州。"意谓扬州的月色是天下最美的。"湾头"，在扬州城东北，又名茱萸湾，是扬州近郊风景秀丽的水乡。"都会"，扬州又称江都。"雷塘"，地名，在旧城北。相传隋炀帝在此建迷楼，与妃嫔饮酒作乐。杜牧《扬州三首》诗："炀帝雷塘土，迷藏有旧楼。""泛酒"，泛舟饮酒。"蜀井"，指扬州蜀冈的泉井，唐代陆羽评其为"天下第五泉"。

联语紧扣扬州,紧扣题襟馆,点评与扬州相关的人物、胜迹、史事、传说,慨叹历史沧桑、人事变化、风物变迁,堪为一篇洋洋洒洒的扬州文史专论。上、下联情景交融,夹叙夹议,绘影绘声,文采斐然。其中上联的"玉钩芳草,绿染词笺;金带名葩,香霏砚席",下联的"桥畔吹箫,二分月古;湾头打桨,十里春深",分别为隔句对。

流水对与回文对

周振甫《诗词例话·修辞》说,流水对就是两句的意思连贯而下,好像不是对偶。如王之涣的《登鹳雀楼》:"白日依山尽,黄河入海流。欲穷千里目,更上一层楼。""白日""黄河"是两句并列写景,意思不是连贯的。"欲穷""更上"两句,意思连贯而下,好像不是对偶,实际上对得很工整,是流水对,是很好的对偶。因为对偶的好处是符合美学上的所谓均齐,但过于求均齐又怕呆板,又怕迁就对偶这种形式而损害内容。流水对既有均齐之美,又自然而不呆板,意思连贯而下且不损害内容,所以是很好的对偶。

流水对又称串对,其上、下联的内容是连贯的,且次序是固定而不可颠倒的,语气是紧密衔接的,上联和下联之间往往一气呵成,分别独立来读没有意义,至少是意义不全,必须上、下联合起来才能表达一个完整的意思。上、下联连贯而下,如行云流水,故名。从语法方面分析,上、下联分别是一个复句的两个分句;在逻辑上,上、下联属于承接关系、递进关系、转折关系、因果关系、假设关系等的时候,往往用这种对仗形式。如湖北通山县九宫山有清代成汝昂的一副对联:

任我纵横千里目

　　　　看他吴楚万重山

这个上、下联之间，就是承接关系。再如理发店联：

　　　　不教白发催人老
　　　　更喜春风吹面生

显然，这里的上、下联之间，属于递进关系。又如江苏镇江甘露寺有清代大臣鄂容安的一副对联：

　　　　到此已穷千里目
　　　　谁知才上一层楼

不难看出，这是从唐代诗人王之涣的五言绝句《登鹳雀楼》中剪辑而来的。原诗这样写道："白日依山尽，黄河入海流。欲穷千里目，更上一层楼。"可以看出，楹联既保留了王之涣《登鹳雀楼》诗壮阔、辽远、宏大的气势，又在此基础上翻出了新意。按语法分析，这是个转折关系的复句。请再看这么一副铁匠铺联：

　　　　不历几番磨炼
　　　　怎成一段锋芒

这里的上、下联之间有着明显的因果联系，完全可作格言来读。启功先生曾撰写这样一副对联：

　　　　若能杯水如名淡

应信村茶比酒香

上联提出假设,下联推出结果,对联的意思是说:如果能将名利视为杯水一样清淡,那么你就会觉得农家的清茶胜过香醇的美酒。再如根据《增广贤文》改的一副读书联:

欲知天下事
尽读古今书

上、下联之间也存在假设关系。

回文对,也称回纹对、回环对。这种手法,充分利用了汉语以单音节语素为主和以语序为重要语法手段这两大特点,读来回环往复,绵延无尽,给人以荡气回肠、意趣盎然的美感。诗、词、曲都有回文体,对联同样也有回文体。

回文对联,就是利用词序的回环往复来对仗的一种形式。常江先生说:"回文对,无论能否倒读(可从前往后读,又可从后往前读),都有一种'以轴对称'的规律,以'BAB'来表示。"其中"A"表示"轴","B"表示对称的字、词、句。

回文对联大致有以下几种形式。

当句回文,就是上、下联本身各自顺读与倒读完全一样,这种回文联最为多见,回文对中的"轴"很明显。

宋代庄绰《鸡肋编·卷上》载有知县钱衡水和士人马子山的一副巧对:

马子山骑山子马

钱衡水盗水衡钱

由人名生发而来的回文联，被认为是最早的回文联。"山子马"是古代良马名，相传为周穆王的八骏之一；"水衡钱"是汉代皇室私藏的钱，由水衡都尉、水衡丞掌管和铸造。上联的"骑"字和下联的"盗"字，就是回文的"轴"。

　　民国时候，有一副写外国人的短联：

　　马歇尔歇马
　　华来士来华

乔治·卡特莱特·马歇尔，美国军事家、政治家、外交家，美国陆军五星上将。1944年，美国副总统华来（莱）士访华。上联的"尔"字和下联的"士"字，就是回文的"轴"。

　　厦门鼓浪屿鱼脯浦，因地处海中，岛上重峦叠嶂，烟雾缭绕，海天茫茫，有这么一副有趣的回文联：

　　雾锁山头山锁雾
　　天连水尾水连天

上联写雾与山，下联写天与水，准确地描绘了鼓浪屿鱼脯浦的景色。上联的"头"字和下联的"尾"字，就是回文的"轴"。

　　2002年春节，中央电视台《佳联趣对贺新春》的巧对：

　　山大王大山（出句）
　　意中人中意（湖北胡承鸿对句）

榜中人中榜（山东靳可存对句）

其中的"王"字和"人"字，分别为回文的"轴"。再如：

武汉说书人书说汉武
基隆论史者史论隆基

其中的"人"字和"者"字，分别是上、下联回文的"轴"。

倒句回文，其特点是：上、下联总共只有一句话，文字完全一样，不过是下联将上联颠倒了一下。倒句回文联要文句通顺，浑然天成，别有情趣。如非常著名的传说为乾隆皇帝所作的一副短联：

客上天然居
居然天上客

这种回文对联的"轴"，就落在了上、下联之间，不过是这个做"轴"的字重复了一下。正如此联的"居"字。

还可以把这种回文对联作为一个上联（或下联），再配上一个类似的下联（或上联），就又构成了一种回文对。如：

客上天然居，居然天上客
僧游云隐寺，寺隐云游僧

此下联又作：

人过大佛寺，寺佛大过人

倒章回文，也称为倒顺联，即上、下联颠倒互换，下联变为上联，上联变为下联，通联倒读，且文句通顺，意思基本不变。由于这类回文联没有明显的对称轴，有人称为不对称回文。如这么一副春联：

风送花香红满地
雨滋春树碧连天

倒读为：

天连碧树春滋雨
地满红香花送风

再如施子江先生题浙江缙云县仙都片云亭的一副对联：

观奇得上弯弯路
画彩当来片片云

倒读为：

云片片来当彩画
路弯弯上得奇观

叠字回文，以叠音字（词）串联的形式构成的回文联，其特点是：联中多字重叠回环，但顺读、倒读意思基本相同。如杭州西湖中山公园"西湖天下景"一联（民国间陇右黄文中题）：

第二十三讲 对联的对仗形式（三）

　　　　水水山山处处明明秀秀
　　　　晴晴雨雨时时好好奇奇

可倒读为：

　　　　秀秀明明处处山山水水
　　　　奇奇好好时时雨雨晴晴

　　谐音回文，其特点是，上、下联各以中间一个字为轴心，两边相同位置巧借谐音（同音或近音）字而构成回文，其文字虽不能倒排，但字音倒读却与顺读一样。如：

　　　　画上荷花和尚画
　　　　书临汉帖翰林书

其中的"上"与"尚"、"荷"与"和"、"临"与"林"、"汉"与"翰"，分别是谐音字，使得此联读来饶有趣味。

　　再如云南通海县秀山公园古柏阁张恩浩的一副对联：

　　　　秀山轻雨青山秀
　　　　香柏鼓风古柏香

据说从1936年得了上联后，一直到1946年，作者花费了十年的时间，才得以完成。上联的"轻"和"青"，下联的"鼓"和"古"，分别为谐音字。

连环回文是指除了原来的句子以外，还可以依次往后顺读，各成顺畅的句子，由这类句子组成的对联叫连环回文联。这种回文联，也没有"轴"。如吉林李俊和先生题吉林梨树县叶赫那拉古城五角亭的一副对联：

静水环城霞淡淡
长松绕岭雾悠悠

除了这一联以外，还可分别从上联第二字、第三字、第四字、第五字、第六字开始，连环顺读；又可分别从上联倒数第一字、第二字、第三字、第四字、第五字、第六字、第七字连环倒读，共成十三副对联。真可谓奇思妙想！如：

水环城霞淡淡静
松绕岭雾悠悠长（从上联第二字顺读）

淡淡霞城环水静
悠悠雾岭绕松长（从上联倒数第一字倒读）

第二十四讲 对联的对仗形式（四）

双声对与叠韵对

清代诗人李重华在《贞一斋诗说》中说："叠韵如两玉相扣，取其铿锵；双声如贯珠相连，取其宛转。"王国维在《人间词话》说："余谓苟于词之荡漾（飘荡，起伏不定）处多用叠韵，促节（急促的节奏，短促的音节）处用双声，则其铿锵可诵，必有过于前人者。惜世之专讲音律者，尚未悟此也。"当代语言学家郭绍虞先生说："汉语单音节词的滋生，很早已符合双声叠韵的道理。如对于天而言地，对于阴而言阳，这是由双声关系而滋生的一种形式。对于聪而言聋，对于寒而言暖，这又是由叠韵关系而滋生的一种形式。这是复合词中所以会有双声叠韵现象的原因。而汉语之复音词所以会有双声连语与叠韵连语也是这个关系。"而汉语的音乐美，在双声词和叠韵词中表达得更为充分。

一副对联中，如果上联用了双声词（或叠韵词），下联可用双声词（或叠韵词）去对，也可以用双声词来对叠韵词。

双声对是指联语中的部分词语用双声词来构成对偶。所谓双声词，古人认为是一个双音节词中两个字的"反切"上一字与所切之字相同。用现代汉语的说法，就是声母相同的词。其意义和作用，主要是在声律方面读起来更具有音乐美。如江苏苏州沧浪亭有清人齐彦槐的一副对联：

　　四万青钱，明月清风今有价
　　一双白璧，诗人名将古无俦

上联"青钱"、下联"白璧"，均为双声词。前者二字的声母都是"q"，后者二字的声母都是"b"。再如庐山牯牛岭清风阁的一副对联：

　　身在庐匡，不见庐山真面目
　　足临胜境，方知胜地豁心胸

上联"面目"与下联"心胸"，也是双声词相对。"面目"两字的声母都是"m"，"心胸"两字的声母都是"x"。学习双声对要注意的是：双声对属于工对，如上面的"青钱"与"白璧"之对、"面目"与"心胸"之对，都是小类工对。如果在构思时恰好遇到了双声，当然不错；若一时没遇上双声，也完全没有必要非去凑个双声，即不要以词害义。

叠韵对是指联语中的部分词语用叠韵词来构成对偶。所谓双声词，古人认为是一个双音节词中两个字的"反切"下一字与所切之字相同。用现代汉语的说法，就是韵母相同的词。其意义和作用与双声对相同，也是在于其声律优美。相对于双声对来说，叠韵对在增强联语的和谐、动听方面，更为突出。

如河南开封古吹台三贤祠麟庆（见亭）一联：

> 一览极苍茫，旧苑高台同万古
> 两间容啸傲，青天明月此三人

其中的"苍茫"和"啸傲"都是叠韵词。"苍茫"两字的韵母均为"ang"，"啸傲"两字的韵母均为"ao"。

再如河南洛阳关林有清末高镐的一副对联：

> 千秋志气光南洛
> 万古精灵映北邙

上联的"志气"和下联的"精灵"均为叠韵词。"志气"二字的韵母都是"i"，"精灵"二字的韵母都是"ing"。

也可以双声与叠韵相对。如我为河南新安千唐志斋题写的一副对联：

> 满目尽琳琅，唐志法书，一斋传四海
> 两间容啸傲，主人过客，八字足千秋

"琳琅"为双声，"啸傲"为叠韵。"八字"，指斋中"谁非过客，花是主人"八个字，别人看后的感想如何，我不得而知，反正对我震动很大。

无情对与虚实对

无情对恐怕是对联所仅有的艺术手法，要求依靠巧妙的构思，上、下联的语言各自顺理成章，上、下联的每一个字都对得十分工整，而上、下联之间的内容却风马牛不相及，越是差得远越是精妙。

相传明成祖朱棣曾对文臣解缙说："我在读书时，发现有一语很难找到对句。"解缙问是什么句子，朱棣答："色难。"解缙应声答道："容易。"等了一会儿，朱棣问："卿既说容易，就帮我对出来吧。"解缙说："臣不是已经对出来了吗？"朱棣愣了半天，方才恍然大悟。

"色难"，出自《论语》：子夏问孝，子曰："色难。有事，弟子服其劳；有酒食，先生馔，曾是以为孝乎？"子夏向老师请教怎样才是孝道，孔子说：难在子女的容色上。若遇有事，由年幼的操劳，有了酒食先让年老的吃，这就是孝了吗？"色难"的意思就是（对父母）和颜悦色，是最难的。"色"对"容"，"难"对"易"，实在是精巧至极！

近代徐珂《清稗类钞》中"诙谐类"载有关于无情对的一段故事：

张文襄早岁登第，名满都门，诗酒宴会无虚日。一日，在陶然亭会饮，张创为无情对，对语甚夥，工力悉敌。如"树已半枯休纵斧"，张对以"果然一点不相干"，李莼客侍御慈铭对以"萧何三策定安刘"。又如"欲解牢愁惟纵酒"，张对以"兴观羣（群）怨不如诗"。此联尤工，因"解"与"观"皆为卦名，"愁"与"怨"皆从心部，最妙者则"牢"字之下半为"牛"，而"羣"字之下半为"羊"，更觉想入非非。最后，张以"陶然亭"三字命作无情对，李芍农侍郎文田曰："若要无情，非阁下之姓名莫属矣。"众大笑，盖"张之洞"也。

其中的几个无情对，历来为人们所传诵。如"树已半枯休纵斧"与"果然一点不相干"之对、"陶然亭"与"张之洞"之对，可以分析一下，可谓无一字不工："树"与"果"应属小类工对，"已"与"然"、"休"

与"不"都是虚词,"枯"与"点"应是木和火的五行之对,"纵"与"相"为动词相对,"斧"与"干"同为古代兵器;"陶"与"张"同为姓氏,"然"与"之"都是虚词,"亭"与"洞"为地理名词相对,令人无可挑剔。但上、下联之间,语意却相差十万八千里。

梁章钜在《巧对录》卷六中所载的一医士与某达官的几副无情对:

一足天青褂
六味地黄丸

避暑最宜深竹院
伤寒莫妙小柴胡

玫瑰花开,香闻七八九里
梧桐子大,日服五六十丸

梁说:"余谓此揶揄医士者所为,盖必先有对语,而后以出语就之耳。"

三星白兰地
五月黄梅天

民国年间,上海一家酒楼以"三星白兰地"为出句,在报纸上公开悬赏征对,某应征者巧以"五月黄梅天"夺魁。出句的"白兰地"为酒名,是用葡萄酒或葡萄果实发酵蒸馏、加药配置而成的酒。用其他果酒蒸馏而成的酒,也称白兰地,但通常要冠以水果名,如"苹果白兰地"。"三星"则是品牌名。普普通通的一个名词,但要对好,却极不容易。对句的"黄梅天",指春末夏初梅子黄熟的一段时间。这段时间,我国长江中下游地区连续下雨，空气潮湿，衣服等物容易发霉，故又称"黄霉天"。清代顾禄《清嘉录·黄梅天》说："芒种后遇壬（壬日）为入霉，俗有'芒种逢壬便入霉'之语……至第十日遇壬，则霉高一丈。皮物过夜，便生霉点，谓之'黄梅天'。又以其时忽晴忽雨，谚有云：'黄梅天，十八变。'""五月"，则是黄梅天的时间，多在农历的五月。一为食物，一为自然现象，二者本风马牛不相及，但分开来仔细看："三"与"五"为数目字相对，"星"与"月"为天文名词相对，"白"与"黄"为颜色词相对，"兰"与"梅"为植物名相对，"地"与"天"相对更是佳偶。无一字不工。如此无情对，真禁不住令人拍案叫绝。

近代徐珂的《清稗类钞》，载有天津某富翁的一出句：

三径渐荒鸿印雪

"三径"，出自东汉赵岐的《三辅决录·逃名》："蒋诩归乡里，荆棘塞门，舍中有三径，不出，唯求仲、羊仲从之游。"后以"三径"指归隐者的家园。"鸿印雪"，化用北宋苏轼的《和子由渑池怀旧》诗句："人生到处知何似，应似飞鸿踏雪泥。泥上偶然留指爪，鸿飞那复计东西。"有人对道：

两江总督鹿传霖

鹿传霖是清朝末年大臣，光绪年间曾任江苏巡抚，兼署两江总督。其中的"三"和"两"是数字相对，"径"和"江"是地理名词相对，"鸿"和"鹿"是动物名相对，"雪"和"霖"都是从天而降的水。仔细读来，此联简直令人喷饭。

现代作家郁达夫某年游杭州西湖，至某茶亭进餐，面对近水遥山，

第二十四讲 对联的对仗形式（四）

吟道：

  三竺六桥，九溪十八涧

正巧店主人前来报账，对他说：

  一茶四碟，二粉五千文

郁达夫以为主人是在说对句，经过交谈，二人不禁相视大笑。"三竺"，指上、中、下天竺。"六桥"，指苏堤上的六座桥，即映波桥、锁澜桥、望山桥、压堤桥、东浦桥和跨虹桥。"九溪"，在烟霞岭西南。"十八涧"，在龙井之西。因巧合与误会，而成巧对，正是这副对联的情趣所在。上联全为杭州山水，下联全为食单账目，两联数字对得尤其工整，但合起来却风马牛不相及，很是难得。

  今人也创作有不少很好的无情对。如常江先生的作品：

  乔国老
  石家庄

此对分别为姓氏相对、社会名词相对、人名与书名相对；两两相连，又组成三个词语：乔石、国家、老庄。浙江汪良淦先生的作品：

  马　季
  龙　年

一为人名，一为年名；"马"与"龙"为一实一虚的两种动物；"季"与

"年",均为时间名词。词性、结构、声律,都极为严谨。

虚实对是指内容上有"虚"有"实"的对联。常江先生说:"(这是)一种超越字、词之上的对仗方法。""所谓'实',可理解为具体的、看得见、摸得着的";"反之,'虚'则是抽象的,只有概念和理论色彩"。

虚实对可分为虚对、实对和虚实对三种情况。

虚对,就是上、下联的内容都是"虚"的。如清代郑板桥的一副对联:

  删繁就简三秋树
  领异标新二月花

这是作者表明自己文学艺术思想的一副名联。再如清代诗人、藏书家石韫玉赠人的一副对联:

  精神到处文章老
  学问深时意气平

请再看一副传统的春联:

  有天皆丽日
  无地不春风

名胜楹联中也有虚对的情况。如泰山南天门联:

门辟九霄,仰步三天胜迹
阶崇万级,俯临千嶂奇观

再如河南南阳武侯祠野云庵联:

云归大漠随舒卷
门对寒流自古今

实对,就是上、下联的内容都是"实"的。如河南新安县城东汉函谷关于右任的一副短联:

送千年客去
移一个关来

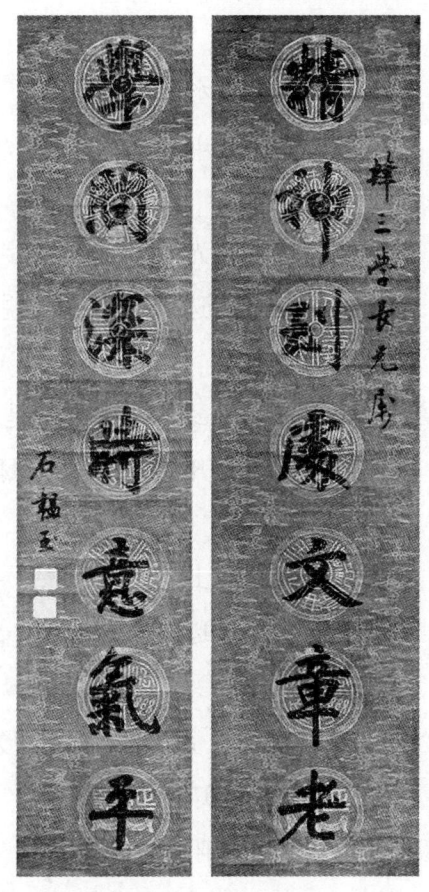

石韫玉赠人的一副对联

据《汉书·武帝纪》载:西汉元鼎三年(公元前114年),"冬,徙函谷关于新安"。东汉应劭注:"时楼船将军杨仆数有大功,耻为关外民,上书乞徙东关,以家产给用度,武帝意亦好广阔,于是徙于新安,去弘农三百里。"杨仆是西汉名将,宜阳县南湾村(今新安县境内)人。他以"耻为关外民"为由而申请,并得到汉武帝的恩准后,杨仆自己出钱把函谷关东迁。其实"武帝意亦好广阔",他要扩展京畿领域,加强中央集权,才是迁关的主要原因。这座巍峨的关隘成了古代洛阳西去长安的通衢要道,至今已然矗立两千多年。这副对联上、下联全是写实。

再如河南南阳旧城楼联:

　　　　真人白水生文叔
　　　　名士青山卧武侯

上联说的是东汉光武帝刘秀（字文叔）生于"白水"（南阳蔡阳，即今湖北枣阳西南）边上，下联则说汉末诸葛亮曾在此隐居。上、下两联也都是写实。

　　虚实对中，最好的还应该是虚实相映的对联。如河南浚县大伾山吕祖祠山门有清代开封知府阿勒景阿的一副对联：

　　　　邯郸道上，黄鹤楼头，一剑西风留幻迹
　　　　卫水桥边，浮丘林表，三山海路在尘寰

上联写吕洞宾，系神话传说，为虚；下联写当地景物——"卫水"和"浮丘"山，为实。

　　再如湖北汉阳龟山琴台联：

　　　　志在高山，志在流水
　　　　一客荷樵，一客听琴

相传，古时候有位名叫俞伯牙的琴师曾在此弹琴，抒发情怀，樵夫钟子期听明白他"志在高山、志在流水"的琴意，二人遂为知己。后来，钟子期病故，俞伯牙悲痛不已，在友人墓前将琴摔碎，从此不再弹琴。"知音"的典故由此而来。古琴台就是后人为纪念这一对挚友而建的。这里的上联为虚，下联为实，虚实相映，使得联语的内容丰厚而又生动。

第二十五讲　对联鉴赏

对联鉴赏的意义

所有体裁的文学欣赏，其本质都是一样的，就是通过对作品的理解和沟通，达到与作者心灵上的相互感召，最终形成自己的认识，对作品的立意进行总结、分析。

我们知道，对联是汉语言文化所独具的文学艺术形式。对联沿袭历史悠久，应用范围广泛，已经深入到我们日常生活的方方面面。东、南至海中小岛，西、北至青藏高原、天山深处，宫殿廨宇、古刹园林、祠庙会馆、茶座酒肆……遍布对联；每逢时令佳节、婚丧庆吊、建房迁居、店铺开张、集会迎宾、题词馈赠、智力游戏等，也几乎都少不了对联。对联雅俗共赏，深受老百姓喜闻乐见。以上这些，集中体现了对联的民族性、实用性。

对联鉴赏的意义，源自于其在特定的时间、特定的地方无可取代的独特价值和独特作用。下面就不同种类对联的价值和作用分别谈一下。

婚联、寿联是中国老百姓在喜庆的日子里用以表达愉悦、欢快的心情和美好祝福的一种绝好手段。两人结婚，往往会引来两个家庭、两个家族、两个院子、两个村落的狂欢；一人庆寿，常常会是一家人、一群人的节日。在这样的日子里，从大门到房门，从厅堂到厨房，甚至过道、餐厅、卧室、礼盒、箱柜，大红对联的映衬，无疑会增添不少情趣，烘托、活跃喜庆的气氛。而对联丰厚的内容，无不表现着我们悠久的历史、灿烂的文化，寄托着人们真挚的祝福、美好的愿望。

如一副传统的婚联：

鸾凤和鸣昌百世
麒麟叶瑞庆千秋

"鸾"，凤凰一类的鸟。"凤"，就是凤凰，传说中的神鸟。鸾鸟、凤凰相互应和鸣叫，比喻夫妻和谐。此典故出自《左传·庄公二十二年》："是谓凤凰于飞，和鸣锵锵。"说的是春秋时候，妫氏的陈国发生了政变，公子陈完逃往姜氏齐国避祸。齐桓公任他为工匠，负责宫庙陵寝等土木营建。齐国有位大夫懿仲，眼看陈完备受国君重视，又长得一表人才，便想把女儿嫁给他。当时贵族中流行婚配前先行占卜的风气，懿仲的妻子悄悄地为这门尚在酝酿中的姻缘卜了一卦，结果是"吉"。卦辞说："凤凰于飞，和鸣锵锵。有妫之后，将育于姜。五世其昌，并于正卿。八世之后，莫之与京。"大意是：凤与凰捉对儿飞行，一唱一答和睦相亲。妫氏的苗裔，要在姜氏的田园里开花落英。五世之后繁荣兴盛，爵禄高登，位比正卿。到了第八代以后，就没有谁比他更强大了。于是，懿仲就把女儿嫁给了陈完。此后的事态发展，果真如卦辞所预言：陈完的后人在齐国世世荣华，并最终取代姜氏成了齐国国君。"麒麟"，是中国古籍中记载的一种动物,与凤、龟、龙共称为"四灵",是神的坐骑,古人把麒麟当作仁兽、瑞兽。雄性称麒,雌性称麟。麒麟文化是中国传统民俗文化。盼麒麟送子,是古人对生育的崇拜。"叶",就是"协"。上联说婚姻,下联说生育,吉祥喜庆。

  璧合珠联,眉齐梁案
  兰芬桂馥,膝绕荀庭

"璧合珠联",就是珠联璧合,这里为了协调平仄而颠倒,但意思不变。此典故出自《汉书·律历志》:"日月如合璧,五星如连珠。"后来比喻杰出的人才或美好的事物结合在一起。"眉齐梁案",用的是举案齐眉的典故,出自《后汉书·梁鸿传》:"为人赁春,每归,妻为具食,不敢于鸿前仰视,举案齐眉。"意思是指送饭时把托盘举得跟眉毛一样高,后形容夫妻互相尊敬、十分恩爱。此典故说的是东汉高士梁鸿和妻子孟光,婚后一道在霸陵山中过起了隐居生活。他们以耕织为业,或咏诗读书,或弹琴自娱。后来,梁鸿为躲避征召他入京的官吏,夫妻二人到了吴地,梁鸿给人舂米。每次回到家时,孟光备好食物,举案齐眉,低头不敢仰视。"兰芬桂馥",是说子孙都十分优秀。"荀庭",指东汉荀淑的家庭。荀淑有高才,汉顺帝、桓帝时十分出名。他有八个儿子,人称"八龙"。上联说夫妻恩爱,下联说子孙满堂,洋溢着美好的祝愿。

  再如一副传统的寿联:

  三多喜应华封祝
  八秩重瞻渭水英(80岁男寿)

"三多",多福、多寿、多男子。此典故出自《庄子·天地》:"尧观乎华，华封人曰：'嘻，圣人！请祝圣人，使圣人寿。'尧曰'辞'。'使圣人富。'尧曰'辞'。'使圣人多男子。'尧曰'辞'。"大意是说尧到华地巡视，当地官员对他的祝福，后用作祝颂之辞。"渭水英"指姜子牙。传说他八十岁时在渭水垂钓，被周文王封为太师，尊为"师尚父"。上联祝福，下联切年龄。

九旬鹤发同金母
七秩斑衣学老莱（90岁女寿）

"鹤发"，鹤发童颜，仙鹤羽毛般雪白的头发，儿童般红润的面色。形容老年人气色好。"金母"，传说中的女神，也称瑶池金母、瑶池圣母、西王母。"金母"相传住在昆仑仙山。昆仑山上有瑶池，瑶池有蟠桃园，园里种有蟠桃，食之可长生不老。"斑衣"，彩色衣服。"老莱"，就是老莱子，春秋晚期著名思想家，道家创始人之一。他是中国历史上著名的孝子，孝养二老双亲，他七十二岁时，为了使老父母快乐，还经常穿着彩衣，做婴儿的动作，以取悦双亲。上联写老母，下联写孝子，喜气洋溢。

年享高龄，椿萱并茂
时逢盛世，兰桂齐芳（男女双寿）

"椿萱并茂"，出自《庄子·逍遥游》。椿，椿树；萱，古人以为可以使人忘忧的萱草。椿萱代指父母，古代称父亲为"椿庭"，母亲为"萱堂"。"椿萱并茂"的意思是椿树和萱草都茂盛，比喻父母都健康。兰桂，指芝兰和丹桂，指子孙一辈。芳，比喻美德、美声。"兰桂齐芳"，旧时指儿孙同时显贵发达，又比喻子孙后代一起取得荣华富贵。南朝宋刘义庆《世说新语·言语》载："譬如芝兰桂树，欲使其生于阶庭耳。"此联语言华美，用典确切不移，尤其是都含有喜庆、祝福的美好意愿。

挽联、贺联和赠联是中国老百姓用来表达亲情、友情，增进相互间了解和友谊的简便而又实用的方式。亲友去世，是很常见的事，用挽联可以总结其一生的行状、概括其突出的业绩、寄托生者的哀思、联络亲友间的感情。身边的同学、同事、同乡或好友及其亲属等人有了喜事，如考学、毕业、升迁、迁居、生男育女，或公司、店铺开业，单位周年庆典、重大工程的开工典礼等，都可以用贺联来表达祝贺之忱。师生之间、朋友之间、父子兄弟以及夫妻之间，都能以联相赠，或表示亲情，或寄予厚望，或增进友谊，或互相勉励。

1996年8月，中国楹联学会老会长魏传统将军（老红军，曾任解放军艺术学院院长、全国政协常委）逝世，我代河南省楹联学会写了一副挽联：

  是革命家，是诗词家，是书法家，又不讳称楹联家，大业初成，天上英魂聊可慰
  为爱好者，为支持者，为参与者，且主动作擎旗者，斯人忽去，中原后学尽含悲

此挽联切其人，切其事，又切河南人所送挽联。

近代最丰富的联语就是挽联，老一辈无产阶级革命家流传下来的对联作品，绝大多数是挽联。

2001年4月23日至26日，由中国楹联学会、世界华侨华人社团联合总会艺术委员会联合举办的"世纪之春——中国楹联书法邀请展"在北京革命军事博物馆举行，我代河南省楹联学会送了副贺联：

铁画银钩，扬神州新韵
　　佳联妙句，唱世纪芳春

此贺联既切楹联书法，又含世纪之春之意。又如1993年8月，我写给大专院校入学新生的赠联：

　　学海无涯，须知万里长征方起步
　　书山有路，应树百年大志更登楼

此对联勉励同学们树立远大志向，告诉他们考上大学以后的路还很长，不可以六十分就满足。

　　有的赠联已成为名联，如民国时候，教育家蔡元培任北大校长时，在送给毕业生做纪念的铜尺上，刻有一副短联：

　　各勉日新志
　　共证岁寒心

这本是清代陈莲史的集句联。上联为南朝宋谢灵运诗句，下联为北宋苏轼诗句。蔡元培改动了两个字（下联原为"能为岁寒心"），与毕业生共勉。此联句短而意味深长。

　　在不同场合赠送相宜的婚联、寿联、挽联、贺联、赠联，我以为要比送银子更为高雅，尤其是当前很多人为随"份子"而苦恼不已的时候，不妨改送一副对联。

　　节日联包括传统节日和现代节日所用的对联。传统节日如春节、元宵节、寒食节、清明节、端午节、七夕节、中秋节、重阳节、"三八"妇女节、植树节、"五一"劳动节、"五四"青年节、"六一"儿童节、"八一"建军节、教师节、国庆节等。现在的年轻人又从西方学来不少节日，如情人节、父亲节、母亲节、圣诞节等。这些节日，无非是两大主题：一是喜庆，一是纪念。而这些节日都很适合用对联来表达人们的心情，渲染节日的气氛。

名胜联是我们现在所能见到的最优秀、风格手法最丰富、最值得欣赏的一部分对联。概括说来，名胜楹联大约包含以下几方面的内容：吟咏历史变迁，叙述地理沿革，概括人物生平，描写自然风光，讲述神话传说。表达上，或直抒胸臆，或寄寓褒贬，或阐发哲理，或抒发感慨。名胜联共同的特点是：画龙点睛，充满诗情画意，生动隽永，与胜景相得益彰。正如曹雪芹在《红楼梦》第十七回"大观园试才题对额，荣国府归省庆元宵"中借贾政之口所说："（大观园）若大景致，若干亭榭，无字标题，任是花柳山水，也断不能生色。"我曾经打过一个比方：如果说自然景观中，水是山的眼睛，那么，人文景观中，楹联就是建筑的眼睛。任凭是再好的"龙"，没有眼睛也飞不起来。好的名胜楹联，可以不胫而走，流传天下，景以联而出名。昆明大观楼孙髯翁长联（上联写景，下联写史）、成都武侯祠赵藩一联（以诸葛亮的从政治兵之道，来劝谏当时的四川总督、其学生岑春煊），历来为各阶层人们所赞赏，凡读到者无不为之击节。可以肯定地说，这两处名胜沾了对联很大的光。

如河南南阳武侯祠有清代顾嘉蘅的一副对联：

心在朝廷，原无论先主后主
名高天下，何必辨襄阳南阳

这大约是河南名胜楹联中最著名的一副了。此联既赞颂了诸葛亮，又对当时两地相争的议论提出了自己的见解。

河南登封少林寺门前西侧石坊联：

双双玉井，碧澄冷浸千秋雪
六六玄峰，翠笋光连万壑云

此联既描写了嵩山风光，又点出了一个传说——二祖庵前有达摩用锡杖点出的四口苦辣酸甜不同味道的水井。

开封朱仙镇岳飞庙的长联：

若斯里朱仙不死，知当日金牌北招，三字含冤，定击碎你这极滔天黑心宰相
即毗邻关圣犹生，见此间铁骑南旋，万民哭留，必保全我那精忠报国赤胆将军

此联对岳飞当年的含冤而死表示极不甘心，对秦桧的恶行表达了极大愤慨。其中既有史实，又含作者的感情，可谓爱憎分明。

许昌西北天宝宫拜殿（秦桧跪拜岳飞处）联：

使尽无限机谋，为子为孙，临死去只落得一双空手，赴阴司始问子孙安在
用出多般巧诈，图名图利，到头来徒留下千载骂名，来地府方知名利皆空

当然，这是在讥讽秦桧，但能说对今人没有一点启示吗？

再如安徽滁州醉翁亭的一副对联：

>   人生百年，把几多风月琴樽，等闲抛却
>   醉翁千古，问尔许英雄豪杰，哪个醒来

此联以古鉴今，振聋发聩。

又如广西桂林桂山书院的一副对联：

>   理本精深，看阶前双水合流，寻到源头方悟彻
>   学无止境，想宇后孤峰独秀，登来巅顶莫辞劳

此对联由眼前景物阐明哲理，让游人、读者从中得到启迪——如何学习才能有收获。

居室联主要包括客厅联和书房联两大部分（这里不含春联中各个房间的对联）。当然，这种对联旧时多是大户人家（如官宦、富商、地主、资本家等）和部分知识分子（如私塾先生等）的家里悬挂，现在则几乎遍及千家万户。2003年春节前，我们到尉氏县的农村送春联，见农民家中也悬有开封名书法家的对联。这一部分对联多是读书、持家、教子，或有关立志、修养、气节及待人接物等方面的内容。有的对联还能表达主人的志趣，所以，往往作格言联看待。如客厅联：

>   明月清风开朗韵
>   高山流水有知音

书房联：

胸藏万卷凭吞吐
　　笔有千钧任翕张

我家客厅里有自己撰写的一副表达志趣的对联：

　　闲人所忙，忙人所闲，蜗角蝇头须放眼
　　寄己之癖，癖己之寄，青山绿水自倾心

这是我化用古人句子而成的对联。清代张潮说："闲世人之所忙，方能忙世人之所闲。"明代文学家袁宏道说："人情必有所寄，然后能乐。"张岱说："人不可无癖，以其未有深情也。"

　　行业联也是对联家族中的一大分支。大约从宋代开始，商业店铺就有了适合各自行业特点的对联。南宋诗人陆游的《老学庵笔记》就载有临安大街上的"扁（匾）榜对"（见梁章钜《巧对录》卷三）；到清末、民国年间，《三百六十行新对联》之类的对联集子，已是非常多了，并且已涉及人们社会生活的方方面面。如民国十六年（1927年）上海广益书局出版、江忍庵所编的《（分类）楹联宝库》，其中的"商业类"就收有除商业通用对联以外的商品陈列所、交易所、电报局、无线电局、邮政局、铁路公司、轮船公司、汽车公司、电话公司、自来水厂、火柴厂、丝厂、纱厂、洋行、米行、银楼、茶楼、药铺、当铺、首饰店、眼镜店、瓷器店、木器店、染坊、纸坊、洗衣作、麻绳作、书场、剧社、星命家、堪舆家等五行八作共三百六十五行的专用对联。

　　行业对联一般是紧切本行业的特点，或述其历史渊源，或介绍商品特性，或说明服务宗旨；表达手法上，或以比喻见长，或用夸张手段，或嵌入店铺字号。一句话，不外乎借机宣传。更为高超者，则利用行业对联阐明哲理，发人深省。如竹器厂（店）的对联：

　　虚心成大器
　　劲节见奇才

借写竹子来写人。再如眼镜厂（店）的对联：

　　胸中存灼见
　　眼底辨秋毫

不但宣传了行业特点，又蕴含哲理。又如理发店联：

　　虽然毫末技艺
　　却是顶上工夫

"毫末"与"顶上"，一语双关。

　　近年来，不少商家从行业对联的特性看出了它独特的宣传效果，纷纷用这种形式为自己做宣传。我们打开《对联》杂志、《中国楹联报》和各地楹联学会的内部报刊，几乎常年不断有各地大大小小的名胜景点、公司、工厂、商店搞有奖征联活动，而且动辄有几千以至上万元的大奖，江苏某公司甚至悬赏十二万元征一副对联。这些活动，无一例外地都获得了巨大成功。1995年7月，我在《河南日报》发了篇《对联体广告漫谈》的文章，介绍了用对联做广告宣传的特点。人们做广告，都想有个比较高的关注率，但实际上，报纸上半版、整版的广告，动辄十几万、几十万元的广告费，恐怕很多人懒得去瞥一眼。如果用对联做广告，既达到了宣传的目的，又显得有较高的文化品位，且为老百姓喜闻乐见，人们不但会看，还会用心记住商品的名称、特点、生产地址等。据《大河报》的消息：2001年新郑市"轩辕杯"海内外大征联以后，2002年到新郑市旅游的人数、旅游收入增加了二十多倍。新安县黛眉山世界地质公园及龙潭大峡谷于2007年搞了征联活动，县里领导说，从2008年春季开始，"游客爆满"。

巧趣联最能体现汉语的奇妙。前面已作介绍，这里不再饶舌。

现在可以总结一下对联于我们日常生活的意义、价值、功能和作用了：它有着其他文学艺术形式所无法取代的独特实用价值、审美价值，起着美化环境、烘托气氛、抒发情感、激扬正气、端正风俗、普及知识、导游导购的作用，可反映民间风情、促进人际交往、启迪人们心志、提高人的修养、陶冶人的性情、开发人的智力、完善人的素质……一言以蔽之，对联是日常生活中，尤其是知识分子的生活中不可或缺的精神食粮——我以为这种说法并不存在夸饰的成分。

总之，"对联鉴赏是一个主客观交互作用的审美过程，这就要求作为审美主体的鉴赏者本人也要有相当的文化素养和鉴赏能力"（刘太品《对联鉴赏琐谈》）。

从另一个角度说，对联鉴赏的过程，就是学习的过程，也是不断充实自己的过程。过去有一句老话："活到老，学到老。"现在又换了个说法：继续教育或终身教育。其实，只要稍微留心，你就会发现：人人都在以不同的方法、不同的手段在不同的时间、不同的地点学习着，不过是因学习目的不同而有着种种差异罢了。我们在欣赏、鉴别对联的过程中，会从中学到许多方面的知识，如历史、地理、宗教、哲学、风土民情、社会习俗、书法艺术等，说包罗万象恐怕也不算夸张。就学习对联本身来说，也有个循序渐进的过程，从初步的接触、喜欢，到逐渐的阅读、欣赏，再到入门、理解，最后是登堂入室。有的是本来就喜欢，就有兴趣，这其实就有了良好的开端；有的则是本不喜欢，只是出于职业的需要，必须学，如教师、导游等。不论哪种情况，就我们来说，整天生活在一个几乎时时、处处都可以接触到对联的天然的、良好的环境中，入门既然不难，要深入钻研也一定能办得到，只要你有决心和恒心。

对联鉴赏的内容和方法

鉴赏，顾名思义，包括欣赏和鉴别两层意思。欣赏应该在前，看得多了，能比较充分地理解对联的含义及其所使用的艺术手法，也就基本完成了欣赏。而鉴别就复杂一些，如对联中所包含的精华或糟粕，两副主题基本相同的对联的优劣等，这就需要有着比较深厚的功底。我们这里所说的鉴赏，主要是欣赏。

对联鉴赏，大致也和其他文学艺术形式的鉴赏一样，应分为内容鉴赏和形式鉴赏两项，所不同的在于，对联往往与书法艺术相结合，所以，对联鉴赏应有对联内容、表达手段和书法艺术（张贴及悬挂的对联）三个方面。

对联内容

对联内容应是对联鉴赏的最主要部分。我想，应该从以下几个方面由表及里、由浅入深地去看对联的内容。

第一，先看对联的句子是否顺畅。我们阅读小说、朗诵诗歌、欣赏戏剧、看电影电视，都有这个问题：如果句子不顺畅，会直接影响到表达。前面说过，有人在创作对联时，为了某一个字或几个字对得工整，有时会照顾不到整句话的连贯性，以致使对联的句子出现晦涩、牵强等情况。比较长的对联，因为书写、悬挂出来后是不加标点的，所以还必须先断句，如果连断句都解决不了，就会直接影响到对内容的理解和领会，根本谈不上什么鉴赏了。光是句子通顺还不行，还要考虑句子之间的层次是否清晰，上联和下联之间是否具有内在的必然联系，有没有次序颠倒、言语矛盾之处。一旦遇到连句子都不通顺，或者前言不搭后语、令人莫名其妙的对联，我看还是不再欣赏的好。这应该是对联鉴赏的第一步。

第二，再看对联要说的内容。如名胜楹联，是写风景的，还是写人物的；是写历史的，还是写传说的；是褒扬，是贬斥，是歌颂，还是批评；是叙述，是描写，是议论，还是抒情；其中寄寓了作者的感慨，还是表达了作者的某种情感。如果欣赏历史名人纪念地（如武侯祠、关帝庙、岳飞庙、韩愈祠等）的楹联，就要对这位历史人物有所了解，如他的出身、经历、主要业绩、功勋、历史上和现在人们对他的评价等。如果是欣赏佛寺的楹联，还要懂得一些佛教常识、佛学术语，以及这个寺院不同于其他寺院之处。如河南登封的少林寺，因北魏时达摩在此面壁修行，被认为是禅宗祖庭；洛阳的白马寺，是佛教传入中国后所建的第一所寺院，等等。如果是欣赏道观的楹联，还要有一些道教的常识，懂得一点道教术语，以及这所道观的独特之处。如河南鹿邑太清宫，是老子家乡为纪念他而建的道教建筑；而河南灵宝、陕西周至也有纪念老子的建筑，却是传说中老子著《道德经》的地方。如果是著名的风景名胜，则要对该名胜有个大概的了解，如名胜所处的位置、开发的年代、名称的缘起、有何著名景点、历史上有哪些名人到过、现在还有哪些遗迹。如河南辉县的百泉，因泉眼众多而得名，泉水注入卫水，故有"卫源"之称。隋代始建卫源庙，以后陆续建殿阁亭台、水榭石桥，成为湖光山色并美的旅游胜地。历代有皇帝、高官、文人、学士来此游览、隐居、讲学。现存有纪念晋代隐士孙登的啸台、纪念北宋哲学家邵雍的邵夫子祠、纪念明清学者孙奇峰的孙奇峰祠、民国间为纪念冯玉祥在此兴修水利而建的冯泉亭等诸多景点……一句话，凡是与此名胜有关的一切东西，都有了解的必要。不然，就会直接影响到对名胜楹联的鉴赏。

如洛阳市北吕祖庙后殿有一副对联：

东南瞻崿岭，千层翠黛朝凤阙
西北听洪水，万丈波涛出龙门

这是一副写当地风景、地理位置的楹联，从中可知该庙处于黄河岸边的山上，而与吕祖却没有什么关系。

如百泉邵夫子祠击壤亭有一副对联（清末光绪间辉县知事康曾定题）：

精义入神，著皇极经世六十卷
同声相应，有夏峰继轨五百年

上联"精义入神"，出自《周易·系辞下》，意思是精研微妙的义理，进入神妙的境界。这四字用于哲学家，十分恰切。"皇极经世"，是邵雍的主要著作之一《皇极经世书》。下联则是说从北宋邵雍以后，大约五百年，有孙奇峰来这里继承其事业。"同声相应"，出自《周易·乾》，比喻意见相同的人互相响应。与前面的"精义入神"一样得当。"五百年"，出自《孟子·公孙丑下》，"五百年必有王者兴，其间必有名世者"。

看来，要读懂一副对联，特别是名胜联，并理解其内容，并非一件轻而易举的事。近些年来，不少初学对联的朋友都和我说过这样的话：很多好对联，不大好理解。怎么办？我建议：一方面，平时要注意留心对相关知识的积累。所谓"处处留心皆学问"，"书到用时方恨少"，就是这个道理。另一方面，到某地旅游，事先应做好充分的准备，查阅一些相关的资料，算是应急吧。如要去少林寺，有关的书很多，可事先了解一下其历史渊源（建于北魏公元495年）、有关历史人物（如达摩从南朝梁过江而来，面壁十年，传授佛教禅宗，后将衣钵法器传给了二祖慧可）、历史事件（如唐初十三棍僧救唐王）、所处的地理位置和环境（嵩山少室山下，西北是洛阳，东北是郑州）、其独特之处（禅宗祖庭、少林武术、全国最大的塔林），等等。这样，在那里若遇到有关的名胜楹联，就不会束手无策。

如少林寺山门外西石坊的一副对联：

心传古洞，严冬雪拥神光膝
面接高峰，静夜风闻子晋笙

上联说达摩在寺后的山洞里修行，神光在雪地里求法。"神光"，人名，俗姓姬，洛阳人，博览群书，尤其精于玄理。一年冬天，他赴少林寺向达摩求道，在雪地里侍立一夜，至雪深没膝，达摩仍不为所动。他用短剑斩断自己的左臂献上，达摩见他如此诚挚，这才授以《楞迦经》并衣钵法器，赐名慧可。神光于是成为禅宗二祖。下联说少林寺面对嵩山少室山，西北有缑氏山。"子晋"，周灵王太子。传说他喜欢吹笙，作凤凰鸣，游伊洛之间，后于缑氏山（在今偃师市境内）山顶乘鹤升仙。

此外，还要看对联中的用典是否恰切得当，这一方面也是应该要特别注意的。如河南辉县百泉清晖阁有民国间庐陵（今江西吉安）人张斐然的一副对联：

逝者如斯，曾无日夜
尽心为耳，以有邦家

可以参考对联前的《序》:"民国二十五年春……余北来,偶于工余小憩百泉苏门山,见有子在川上遗址,遂感而书此。"上联出自《论语·子罕》:"子在川上曰:'逝者如斯,不舍昼夜。'"意思是凡过往时事正如这川之流水,不可回复,且不因昼夜交替而停息。这个典故就非常恰切。下联"尽心为耳",出自《孟子·梁惠王上》:"尽心力而为之。"

我们常见到的名胜楹联,往往都含典故,或人物(如籍贯、经历、官职、业绩等),或地理,或史实,或传说,不可不详察。如果对其中的典故了解不清,恐怕就谈不上什么鉴赏了。

对联的内容能读懂,能理解,在此基础上,再看其立意是否新颖、是否高远。能到这一步,对联鉴赏也就完成了一大部分。

表达手段

前面说过对联的基本格律、对联的修辞手法、对联的对仗形式等,这都应是表达手段的范围。其中,基本格律最为重要。就是说,首先得看它是不是对联。

如灵宝市北函谷关犹龙阁的一副对联:

未许田文轻策马
｜｜－－｜｜｜
愿逢老子再骑牛
｜－｜｜｜－－

内容上,简短明快,切地,切人,切事;对仗上,工整,严谨,"未许"和"愿逢"分别是状语加动词,"田文"与"老子"为人名相对,"轻策马"与"再骑牛"都是状语加动宾词组,尤其是"马"与"牛"之对,令人叫绝;声律上,上联的二、四、六字分别为仄、平、仄,下联的二、四、六字分别为平、仄、平,上联结尾是仄,下联结尾是平。

再如河南浚县浮丘山碧霞宫的一副对联:

门邻卫水清流绕
— — ｜ ｜ — ｜
户接行山积翠来
｜ ｜ — — ｜ ｜ —

这是一副写景的对联,点出了该景点所处的位置:在卫水河边、太行山下。"门""户"之对、"水""山"之对,都极为工整、恰切。

清代楹联家梁章钜在《楹联丛话》中提出了楹联鉴赏的几个层次:分别是"工"、"工切"、"工巧"、"工敏"、"工丽"、"工雅"、"工妙"、"工绝",以"工绝"为极致。

我们平时欣赏文学艺术作品,都讲究意境。对联欣赏也不例外。我在开头就说,对联是汉语言文学独特的文学艺术形式,所以,对联也必然要有形象,有意境。我们在评比各次大赛的作品时,都强调,标语口号式的"对联"不是文学,当然不能得奖。如果这样的"对联"得了奖,人们不服气,还会被大家耻笑。正因为我们每次都能坚持较高的评选标准,所以获得了全国楹联界的赞许和肯定。

前面提到的梁氏关于对联鉴赏的层次,就包含着意境。如果不讲意境,那仅仅是"工",根本谈不上什么"切"、"巧"、"敏"、"丽"、"雅"、"妙"、"绝"。这些东西,正体现着对联作品或激昂、或壮丽、或阔大、或庄重、或奇伟、或隽永、或凄婉、或超脱、或天然的美学风格。网上见到有位叫南华帝子的搞了个"戏为二十四联品":精严、新异、广博、玄妙、婉约、豪迈、浅近、劲拙、淡泊、鸿丽、凝练、字趣、妙用、清冷、纤细、神速、锤炼、古雅、踏实、无情、融通、流贯、深挚、大化。河南侯清海先生还有本书，叫《对联风格三十六品》，主要内容为：雄浑、冲淡、纤秾、沉着、高古、典雅、洗练、劲健、绮丽、自然、含蓄、豪放、精神、缜密、疏野、清奇、委曲、实境、悲慨、形容、超诣、飘逸、旷达、流动、诙谐、幽默、辛辣、凄凉、隽永、倜傥、香艳、缠绵、玄妙、禅慧、无情、正大。其实，这些都是讲对联的不同风格。

如果能够在对联的鉴赏中，在明白含义的基础上，看懂其修辞手法、对仗形式，进一步领会到作品的风格特点，便能从中得到较高层次的艺术享受。

近些年来，全国各地的名胜古迹，或重修的古代建筑，或新开发的景点，大多知道用名胜楹联来点缀。这一点还是应该予以肯定的，起码人家知道用传统的文学艺术形式来做装饰、做宣传。但是，由于种种原因，一个不容忽视的现象越来越突出地表现在各地的风景名胜、旅游景点，就是新制的名胜楹联存在的问题相当明显，甚至相当严重。

如郑州黄河游览区极目阁的一副对联：

西岳峥嵘何壮哉，黄河如丝天际来
巨灵咆哮擘两山，洪波喷流射东海

这是唐代大诗人李白《西岳云台歌送丹丘子》一诗中开头的几句："西岳峥嵘何壮哉！黄河如丝天际来。黄河万里触山动，盘涡毂转秦地雷。荣光休气纷五彩，千年一清圣人在。巨灵咆哮擘两山，洪波喷流射东海。"这本是一首古风，内容上当然很切合黄河。若做成碑刻、屏条或其他形式的艺术品，立于黄河岸边，并无不可。但刻为对联，悬于楹柱，就成问题了，因为它根本就不是对联。其对仗、结构、声律无一可取之处，仅仅是凑够了字数。具体来说：上联"何"为副词，而下联的"擘"却是动词；上联"壮"为形容词，下联的"两"却是数词；上联"哉"为虚词（语气助词），下联"山"为实词（名词）；上联"如丝"为动宾结构词组，下联的"喷流"却是两个动词；上联"天际来"为名词加动词，是2—1结构，下联"射东海"为动宾结构词组，是1—2结构；上联"河"、"丝"、"来"都是平声字，下联"波"、"流"、"东"全是平声字，尤其"黄河如丝天际来"一句，仅"际"一个字是仄声；上联末尾"来"是平声字，下联末尾"海"却是仄声字。恐怕这正是不少地方的名胜楹联出问题的原因之一：用名人（包括古代名人、当代"名人"）的句子做楹联，也不管这名人（或"名人"）所写是不是楹联，或他懂不懂楹联。此处的情况，别的地方也有。如果是选用律诗中的颔联、颈联，加上内容切合，并无不可。但古风与律诗不是一种体裁。

再如登封嵩阳书院的一副对联：

满院春色催桃李
一片丹心育新人

从内容上说，此联意境平平，与古老书院凝重高雅的气氛极不和谐。从对联格律上说，"桃李"为并列结构，"新人"则是偏正结构；"院"与"色"都是仄声字，"心"与"新"又都是平声字；"院"与"片"为仄声相对，"桃"与"新"为平声相对。

洛阳白马寺毗庐阁的一副对联也同样不像样子：

金人入梦，白马驮经
读书台高，浮屠地迥

此联显然用的是当句自对手法，但问题仍然是很突出的。首先，上联末尾的"经"是平声字，下联末尾的"迥"却是仄声字，这是联作者没有基本对联常识的表现。其次，下联"书"应为仄声字，这里却是平声字，故与上联"人"、与下联"屠"的声律都产生了冲突。再次，"读书台"是个专有名词，而"浮屠地"却显得勉强，应属生造词。另外，上联"梦"字的位置，应是平声字，下联"高"字的位置，则应该是仄声字。

我们在整理《中国对联集成·河南卷》的过程中，还发现其他地方的一些名胜楹联问题也相当突出，如汝州风穴寺、淮阳太昊陵、安阳长春观及黄龙洞、镇平菩提寺等。有"小故宫"之美誉的武陟嘉应观，是一座集宫、庙、衙三位于一体的黄淮诸河龙王庙。2006年冬，我在那里看到新悬挂的几十副对联，真正能称得上是"对联"的，大约不到十分之一。据说，有些是当地"名人"的大作，而有关部门又不好驳他们的面子，只好让他们在这些地方露一下"脸"，出一次"名"。我说得不客气（但实在）："你出的是什么'名'知道吗？人家最文明的评价恐怕就是'没文化'，如果直率一些，骂人的话就脱口而出了！"因为我们现在刻出来、挂出来的对联，从横向说，是要给五湖四海的游人看的；从纵向说，是要流传到以后的。如此的"对联"，让外地人如何评价，让后人又如何评价！

2003年，河南省楹联学会为扶沟县大程书院征集楹联，县里提出"一流的楹联，一流的书法"。2004年，为登封市嵩山景区牌楼征集楹联，市里提出"一流的设计，一流的石材，一流的施工，一流的楹联，一流的书法，一流的雕刻"。这都表现了高度负责的态度，为其他地方树立了非常好的典范。

书法艺术

我们说，楹联艺术与书法艺术同是中国传统文化的独特形式，汉字是它们的共同载体。楹联是汉语言的产物，正因为有了汉字，才有了楹联这一独特的文学艺术形式。楹联是靠汉字来表现出来的，无论是书写在纸上、镌刻在木石上，还是纯粹的口头应对，都少不了汉语言文字。书法艺术常常借楹联的形式得以传播，楹联又为书法艺术开辟了发展的空间。优美的联语、高雅的书法完美结合，使楹联与书法的美学价值都得以提高，更显得我们民族的传统文化有着无穷的艺术魅力。所以，楹联与书法应该是天然的姊妹艺术，两者相辅相成，珠联璧合，浑然一体，相得益彰。从楹联书法的起源就可以看出两者之间的紧密联系。著名书法家沈鹏先生说："大概可以说，楹联从后蜀孟昶的'新年纳馀庆，嘉节号长春'起便是与书法相结合的综合性艺术，有很强的装饰性、实用性。""楹联的诗学、文学性质，对传统文化是一大贡献。书法既是楹联的文字载体，又有独特的审美价值。"

所以，我们在欣赏楹联作品（当然是指张贴、悬挂出来的楹联作品）时，不可忽视对书法艺术的欣赏。尤其是名胜名联，如果用心去斟酌楹联的意境，再仔细体味书法的神韵，会使人获得更高层次的艺术享受。著名书法家王学仲先生说："联语借书法的笔韵墨趣，更显汉字多姿多彩的形体美；书法又因联语的字词工丽，音韵和谐，愈含耐人品味的诗意美。"北京大学谷向阳先生将楹联与书法形象地比喻为"水绕山而转，山依水而立"。山东高宝庆先生说："楹联书法作品……具有双重审美意境——联语意境和笔墨意境，且二者是缺一不可的，相互关联而协调一致的。"

由于汉字是象形文字，所以它天然地适合艺术表现。我们祖先发明的毛笔，又可以十分恰切地表现出变幻无穷、千姿百态的汉字形象。这些丰富的字体，可从不同角度动态地体现出汉字的美感，生动形象，充满情趣，给人以高尚文雅的艺术享受。

欣赏对联中的书法艺术，同样也要有一些书法的常识，如常用的几种字体：正楷、行书、隶书、草书、篆书等。当然，我们也不能要求人人都是书法家，都对书法有着较深的造诣，都能写得一手漂亮的汉字，但在欣赏对联书法的时候，起码应该了解它们各自的不同特点：如正楷的端庄秀丽，细腻生动；隶书的整齐美观，高古淳朴；行书的流畅自然，生动活泼；草书的飘逸潇洒，畅达雄放；篆书的古朴凝重，柔中寓刚；等等。

其实，书法艺术也和其他艺术门类一样，都有着表情达意的特点。不同的书法作品，能从不同的角度反映书法家的精神风貌和思想感情。如南朝梁文艺理论家刘勰在《文心雕龙·练字》中所说："心既托生于言，言亦寄形于字。"从这个角度说，在欣赏对联作品时，也不能对书法作品掉以轻心。从另一个角度说，现在所能见到的古人的对联书法，多是珍品，如《中国对联集成·河南卷》所收的宋代米芾的对联、清代刘墉的对联，以及新安千唐志斋康有为的对联石刻等，都是很珍贵的。

马萧萧先生在《名联鉴赏词典·序》中说："好的对联用好的书法写出来，成为珠联璧合的艺术品，观之神采俊驰，读之音律铿锵，产生双重的或多层次的审美效果。这更是中国文字中所独有的了。"书法家刘铁平先生说："用中国传统书法所书写的对联，即对纯文字的联语有了一个再创造……变成了一种新的艺术形象。而给予欣赏者更多的明晰和亲切的感受，并以其特定的形式规律和书法的笔墨变化，以及不同的书体章法，并借助于汉字的点线结构，表现出了以文字为主体精神的意象艺术。……书法和对联的结合是一个奇迹，达到了'笔随心所欲，神与貌相具'的效果，丰富和延伸了文字的内涵，成了文学和艺术的骄子。这不能不说是中国人的智慧和灵动的有机结合。"谷向阳先生说："书法和对联这对姊妹艺术，举世无双，唯华夏独有……对联不是简单的文字抄写，而是借书法艺术的表现手段去丰富强化对联内容所要表现的思想感情，给人以视觉上美的感受……使上下联各自独立又互相照应，既富于变化又浑然一体，达到穷变态于毫端、合情调于纸上的艺术效果，给观赏者留下体味的广阔空间。"福建蓝尧章先生称对联与书法"是一首歌中的词与曲"。新疆李渡先生甚至说"无墨半成联"。

我们常见的对联书法，以行书为最多，楷书次之，隶书又少一些，篆书和草书大约是最少的。因为对联是一种大众化的艺术，你写出来、贴出来、悬挂出来，是让人来阅读的，来欣赏的。而篆书距我们的生活太远，草书又多是连绵缠绕、勾锁连环，甚至一笔数字，对今天的一般读者来说，都不易辨认。如著名的昆明大观楼长联，就是在清末咸丰年间重建后，云贵总督岑毓英委托赵藩用楷书书写的。而行书，写来既比较快，又能为多数人所辨认。如鲁迅书赠瞿秋白的对联"人生得一知己足矣；斯世当以同怀视之"，李大钊联"铁肩担道义；妙手著文章"等，都是著名的行书对联。

第二十六讲　常用对联写作（一）

春联写作

春联，恐怕是人们最熟悉的对联种类了。宋代王安石《元日》诗中"千门万户曈曈日，总把新桃换旧符"的诗句，很多人耳熟能详。又因为桃符和对联的渊源关系，直到清末，满族学者富察敦崇《燕京岁时记》还说："春联者，即桃符也。"自从对联正式独立使用，千余年来，每逢我国人民最重要的传统节日——春节，写春联、贴春联，已成为遍及南北流传久远的习俗，也成了春节的主要活动之一。

俗话说："有钱没钱，写对子过年。"那么，应该如何撰写春联呢？

春节是喜庆的节日，因此，春联首先在内容上要表现出人们辞旧迎新的喜悦心情和继往开来的进取精神，反映人们追求幸福生活的美好心愿和对未来的憧憬；用语应选择吉利、喜庆、期望的词句；其风格应该是喜气洋溢，春意盎然。所以，在创作中应紧紧抓住"喜庆"这一主题，最好能巧妙地遣词造句，点出"春"字来。如这么一副春联：

花香先报平安福
　　鸟语又传富贵春

　　相反，有些词语是不适合写入春联的。2012年春节前，我们搞春联大赛，有人投稿：

　　万里中原，望保障房门，正贴福字
　　百人大病，持医疗卡片，顺取药丸

　　全面建设中原经济区，彪炳青史，永垂不朽
　　创建繁荣河南新面貌，造福社会，国富民强

其中的"保障房"、"医疗卡"、"中原经济区"等，都十分切合现实，表现了新事物，但"大病"、"取药"、"永垂不朽"等词语用于春联，总感觉不妥。

　　其次，因为时代在不断地发展，人们身边看得见、摸得着的新生事物可谓层出不穷，新鲜的词汇也同时在不断地涌现。所以，春联内容要力求新鲜，体现出鲜明的时代精神，摒弃陈词滥调。如：

　　九州改革开新宇
　　百业兴隆报好春

　　1944年3月22日，毛泽东在中共中央宣传委员会召开的宣传工作会议上的讲话《关于陕甘宁边区的文化教育问题》中，"关于艺术"一部分说："边区有三十五万户，每家都挂起有新内容的春联，也会使边区面貌为之一新。两个宣传部的同志要把这个问题研究一下。写春联就要编几个本子,要搞新的春联。新春联是群众的识字课本和政治课本。三十五万副春联,内容大体相同,文字可以不同,这是群众文化活动的一个重要方面……总之,我们的艺术要搞几样确实为老百姓所欢迎的东西。现在老百姓连好的春联都没有,我们还只是谈提高,这只能是空谈。现在边区的主要问题,还是一个普及问题。群众艺术生活太贫乏了,我们做文艺工作的同志要从多方面努力。"这段话,至今还有其重要的现实意义。2009年春节,中牟县白沙镇面向全国征集新春联,最后,除了编印个集子外,还选出一部分,请书法家书写后,印了几万套,分送全乡群众。因为这些对联切合新年、切合白沙,所以很受大家欢迎。

其三,春联要和环境相协调,即要有针对性,就是说写春联要考虑地域差别、户主职业、房屋用途等因素。如用于水上人家的:

风清流水当门转
春暖飞花隔岸来

用于教师之家的:

园丁辛苦一堂秀
桃李芳菲四海春

用于书房的:

洗砚春波临晋帖
焚香夜雨和陶诗

再如方留聚先生所写的三门峡春联:

  函谷杏花开满地
  崤山春水映重天

"函谷"和"崤山",直指三门峡,而不可用于其他地方。

  其四,春联应有个性,即不同于其他联的独特之处。春联要表现出户主的生活经历、思想感情、精神面貌等,反映"我的家庭"今年的大事,尤其是喜事,如结婚、生育、乔迁建房、考入大学、参加工作、升迁职位等等。当然,这是比较高的要求了。

  其五,春联是实用性很强的一种对联,对字数的多少有一定要求。总的原则是,要根据张贴春联位置的大小来确定字数的多少,一般以五到十二字为妥。

  以上说的是普通春联,此外,还有几种很有特色的春联。

  一是把当年或当时发生的大事写进春联。这方面我们是有传统的。胡君复《古今联语汇选》初集说,春联一般都用吉祥语。北京自庚子以后,国事日非,时人对于春联,每多托以寄慨。商城易诚吾先生,当时在军机处做官,书室门春联:

  世事一朝等刍狗
  乡心千里付莼鲈

"刍狗",是古代祭祀时用草扎成的狗。《道德经》说:"天地不仁,以万物为刍狗;圣人不仁,以百姓为刍狗。"刍狗,在祭祀之前是很受人们重视的祭品,但用过以后即被丢弃。人们对刍狗只是使用而已,并没有什么爱憎的分别。天地对所有生命也是这样的,一切生命平等,天地对一切生命都没有爱憎,没有喜欢谁、不喜欢谁的问题,就像人们对刍狗没有爱憎一样。圣人对百姓（所有的人们）也是平等的，不会喜爱或是憎恨某一部分人。"莼鲈"，出自《世说新语》中西晋吴郡吴县（今江苏苏州）人张翰的典故。齐王司马冏执政时期，征召张翰为大司马东曹掾。张翰"在洛见秋风起，因思吴中菰菜羹、鲈鱼脍，曰：'人生贵得适意尔，何能羁宦数千里以要名爵！'遂命驾便归。"张翰一日见秋风起，想到故乡吴郡的菰菜、莼羹、鲈鱼脍，说："人生最重要的是能够实现自己的想法，怎么能够为了名位而跑到千里之外来当官呢？"于是，便弃官还乡。此事后来被传为佳话，"莼鲈之思"也就成了思念故乡的代名词。上联说时事，下联说思乡，因为身处乱世，所以是想以张翰作为自己的榜样。

再如，1998年夏天，长江、松花江、嫩江等主要河流干支流发生特大洪水，1999年的春联就写道：

战胜洪魔，军民共谱惊天曲
迎来春色，党政同讴动地歌

1997年、1999年，香港、澳门相继回归祖国，2000年的春联就写道：

港澳喜双归，玉镜重圆歌两制
陆台期大统，金瓯永固庆长春

二是干支春联（生肖春联）。我国有以干支纪年的传统习俗，在春联中嵌入当年干支、生肖字样，具有极强的特指性，为人们所喜闻乐用。梁章钜《楹联丛话》卷十二载："京师宦宅所制春联，每喜以本岁干支分冠于首。"当然，这只是干支春联的一种形式。如庚辰年春联：

光耀东风庚星孕李
　　春回南亩辰日种瓜

福建吕桂叨的羊年春联：

　　羊逐和风驰碧野
　　春随美酒上朱颜

我写的一副河南用的牛年春联：

　　鼠去梅红，嵩岳迎春，中原大地呈新貌
　　牛来草绿，黄河泛彩，祖国江山展壮图

　　三是行业春联。从古代开始，各行各业都十分看重自己的"门面"形象。一年一度的新春佳节来临之际，各家更是精心装扮，挂红灯，贴春联，既表示喜庆，更祝愿来年生意更红火、财源更茂盛。行业春联的最大特点，就是要写出行业的特色来。如商业通用联：

　　生意如同春意好
　　财源更比水源长

此联既切迎春，又切"生意"。再如刘振威先生题广州旭新服装店联：

　　旭日光临，喜见四时景气
　　新装打扮，顿教满面春风

此联以鹤顶格嵌入店名"旭新",写"新装",写"春风"。又如医药店用联:

> 杏林春暖
> 橘井泉香

此联用典恰切,充分表现了行业特点,又含"春"字。

四是姓氏春联。中国人一贯很看重家族、姓氏,这个观念在春联中也有所表现。如李姓春联:

> 祥迎紫气
> 瑞霭青莲

上联指老子,下联指李白。此联明确表示户主姓李。王姓春联:

> 黄槐绿竹栽新院
> 紫燕红鹅说旧家

上联用北宋王祐、东晋王徽之的典故,下联用王谢、东晋王羲之的典故,用以表明户主的姓氏。

五是直接写出年份。如:1984年春节,中央电视台文化生活组与中华书局《文史知识》编辑部、共青团北京市委文体部联合征联活动中获一等奖的作品,嵌"一九八四"字样。

> 一代英豪,九州生色(出句)
> 八方锦绣,四季呈祥(对句)

1991年的春联,巧妙地嵌入"一九九一"四个字:

  一抹朝霞,九州异彩
  九天旭日,一派春光

  常江先生说:创作春联,要把握以下几个要点:一是描春景;二是颂吉祥;三是限时令;四是写时事;五是抒胸臆。这几个要点,很值得我们思考。

  湖南胡静怡先生在《对联》杂志发表的《春联与春联创作》一文,颇有新意,读来不无启发。这里,我想将此文的要点摘出来,与大家共享。

  直接点春。如1981年(农历辛酉年)《羊城晚报》征联中童璞先生的夺冠之作:

  闻鸡起舞
  跃马争春

  生肖指春。前文福建吕桂叨的羊年春联即为此例。
  绘景生春。如湖北闻楚卿先生1990年应湖北广播电台迎春征联之作:

  红豆寄相思,雁杳鱼沉人去后
  绿衣传喜讯,月圆花好燕归来

  即事言春。如2001年新世纪之始,长沙刘瑞清先生的长联:

自旧章程易辙以还，抒卓识，展宏图，先教凤蔫东南，已见风云惊宇宙

迎新世纪开元而后，富边疆，荣僻壤，再促龙腾西北，待看红紫绣山河

句内隐春。如长沙刘克醇先生在 1990 年（农历庚午年）《羊城晚报》征联中的折桂之作：

梅柳渡江，乾坤增色
骅骝开道，岁月更新

欲求春联之佳，胡先生还提出从以下几个方面入手：精于立意，严于造句，工于炼字，巧于用典。

第二十七讲　常用对联写作（二）

婚联写作

男婚女嫁，是人生一大喜事。成亲之日，男女双方家庭都要下工夫布置一番。按我国的传统，少不了在大门、洞房、餐厅以至嫁妆箱柜上都贴着娶亲嫁女的大红对联，来烘托喜庆的热烈气氛，表达两个家庭以及亲朋好友对新婚夫妻的美好祝愿。

自古以来，不论是高官显宦，还是平民百姓，婚联几乎都是结婚仪式中必不可少的一种装饰。我们在整理《中国对联集成·河南卷》时，发现不但有大门、房门、洞房的婚联，豫西地区甚至有箱柜、过道、婚宴餐厅的专用对联。

婚联的主题，多是祝福，如夫妻恩爱、和谐美满、白头到老、生活幸福等。旧时则往往强调夫唱妇随、门当户对、多子多孙以及重男轻女等封建伦理观念。如清末光绪年间，光绪皇帝举行结婚大典，英国维多利亚女王送他一座自鸣钟，钟上刻有一副婚联：

日月同明，报十二时吉祥如意
天地合德，庆亿万年富贵寿康

"日月"和"天地"，分别指皇帝和皇后。"同明"与"合德"，称颂皇帝婚庆，极为允当。"十二时"切钟，又切全天、全年。"亿万年"极言其久远。"吉祥如意"和"富贵寿康"都是祝福语。此婚联遣词造句，雍容华贵，非常适合宫廷这一特殊场合。不料联语中的"明"字却触到了慈禧太后老佛爷的忌讳。原来，清代是入关取代明朝而统治中国的，各地的起义往往是打着"反清复明"的口号。据说慈禧太后竟因此将自鸣钟搬出大殿，弃之不用。

新时代的婚联，当然应该与时代同步，如男女平等、婚姻自主、互敬互爱、互助互勉、优生优育、男到女家落户等。如这么一副新婚联：

相亲相爱青春永
同德同心幸福长

把从前人们羞于启齿的爱情提到很高的位置，洋溢着新时代的气息。这恐怕是以往的各种婚联从未见到的。

近代湖南吴恭亨在《对联话》中说："贺新婚联最不易涉笔。""贺婚对联，最苦者辞藻、思想两难革新。而人来征求，又每每奢倚马之期望，泚笔应客，不工，宜也。"意思是，婚联的写作，最难内容和形式的两全其美。而人家来求婚联，往往都很急，几乎没有时间精雕细刻，匆忙之中的应酬之作，好多都不大完美。这的确是经验之谈。

写婚联要注意的问题，大约有以下几个方面。

第一，婚联应紧扣主题，写出对新郎、新娘未来生活的美好祝福。这也是男女双方家庭以及亲朋好友的共同心愿。通用婚联一般都能反映这个主题。如：

  双飞比翼关雎鸟
  并蒂开花连理枝

"关雎"，是我国最早的一部诗歌总集《诗经》的第一篇，表现了古代劳动人民对美好爱情的向往和追求，突出表达了青年男女健康、真挚的思想感情。"连理枝"是指两棵树的枝干合生在一起，又称相思树、夫妻树，比喻夫妻恩爱。对联很好地表达了对新婚夫妻美满生活的祝福。

  第二，婚联要写出婚嫁之日喜气洋洋的热烈气氛。结婚是人生的大喜事，当然也是全家及亲朋好友的大喜事，所以，婚联应写得热情洋溢、激情澎湃。如：

  并蒂迎春，桃红柳翠
  同心比翼，花好月圆

此联从婚期的时节入手，色彩鲜艳，喜气洋溢。

  第三，婚联应尽量写出新郎、新娘的特点，如职业、爱好、专长等，还可以巧妙地把二人的姓氏、名字嵌进联中。如教师婚联：

  桃李同培，恩爱夫妻情意重
  青春共献，热衷教育幸福长

嵌名贺志华、燕梅婚联：

  燕雀应思壮志

梅兰珍重年华

梁章钜的三子梁恭辰在《楹联四话》中载有一副庆贺潘、何两家结婚的对联：

有水有田方有米
添人添口便添丁

上联以"水"、"田"、"米"合为"潘"字，下联以"人"、"口"、"丁"合为"何"字。此联既切两家姓氏，又切婚姻事，既喜庆，又有趣。

第四，婚联应切合具体的环境。如新婚、复婚、再婚、金婚、老年婚、旅行婚、兄弟（姐妹）同日婚等，都应该具体对待，在婚联中有所反映。如我应邀为华侨宋良浩、张美玉夫妇金婚题写的一副贺联：

坎坷五十年，诗意陶朱存浩气
风霜九万里，良缘美玉度金婚

再如复婚用联：

琴瑟重调，前情尽释都如水
因缘再续，来日方长总是春

兄弟同日婚联：

兄应娶弟当婚，双重喜事同日举
张令媛李淑女，两位佳人对面来

此外,还有因结婚季节、时间、地点不同而有所区别的婚联。这是把各季的景物与婚事联系起来写的婚联,也常常为人所喜闻乐见。如春季婚联:

柳暗花明春正半
珠联璧合影成双

十月婚联:

同心盟订三生石
连理枝开十月花

渔家用春季婚联:

江上渔歌,白鸥对舞
舟中春暖,紫燕双飞

新社会中多有新风尚。现在已是很常见的男到女家落户及集体婚礼,也多有与之相应的婚联。如入赘招婿用联:

凤求凰百年好合
男嫁女一代新风

春季集体婚礼用联:

第二十七讲 常用对联写作（二）

春意趁人心，盈万家喜事
青年除旧俗，树一代新风

特别应该指出的是，对以上不同情况下使用的婚联，一定要慎重，区别选用，以免在大喜的日子里给全家带来不快。其次，人们在创作婚联中常常用典。要提醒大家的是，如果对要用的典故不熟悉，请一定查清楚，然后准确无误地用到对联中，不然会闹笑话的。如"乘龙"、"坦腹"、"雀屏"，是专用于写女婿的。

关于婚联的创作，常江先生有如下建议：一是恭贺，破除旧习，就是反映时代精神；二是祝福，宜用比喻；三是勉励，忌用口号；四是内容，要有区别。

最后想顺便说的一点是，目前因结婚而"随份子"的常见情况，为不少人、不少家庭带来了不算小的负担。如果能将此陋习改为送对联，应该说不失为一种好办法，既高雅文明，又具有特殊的纪念意义，胜于一般礼品。

第二十八讲　常用对联写作（三）

寿联写作

　　中国的老百姓，几乎绝大多数每年是要过生日的。孩子们过生日，长辈们往往都希望他们健康成长；同时，孩子们的生日又往往寄托着长辈们的厚望，望子成龙、望女成凤。老人们过生日，晚辈们则往往希望他们健康长寿，如松柏之长青。从前，人们过生日，多数人家要吃"长寿面"，大约只有少数读书人家、官宦人家才有兴致也有条件来点高雅的，那就是送上贺幛、贺联。

　　贺寿联在北宋时候就有了。梁章钜在《楹联丛话》卷一中转载宋代孙弈《示儿编》的一个故事：

　　　　黄耕庚夫人三月十四日生，吴叔经做寿联曰："天边将满一轮月；世上还钟百岁人。"

梁章钜又评论道：

> 或谓"将满一轮",若是十三日亦使得;不若云"犹欠一分",便见直是十四日也。予谓"犹欠一分",非祝寿底语,终未若魏仲先寿莱公诗云"何时生上相,明日是中元"形容得十四,坦然明白矣。周益公生于丙午七月十五日,尝寿以联曰:"年与潞公同丙午;日临莱国占中元。"公览而笑曰:"贤此联,已道尽了生年月日,只欠说出一个生时,便是一本好建生矣。"按此二事,亦后来寿联切日之滥觞也。

这里,梁章钜只说"此二事"是最早的"切日"寿联,吴叔经是北宋仁宗(1022~1063年在位)时候的人,那么就可以说,在此之前还有寿联。"周益公",是南宋大臣、文学家周必大,封益国公;"潞公",就是名相文彦博,曾被封为潞国公;"莱公"、"莱国",就是名臣寇准,曾被封为莱国公。"建生",就是诞生。这句话是说,如果再加个出生的时辰,那么生辰"八字"就齐全了。

文彦博生于宋真宗景德三年(1006年),干支纪年为丙午年。而周必大生于宋钦宗靖康元年(1126年),干支纪年恰巧也是丙午年。寇准生于宋太祖建隆二年(961年)的七月十四日,旧俗以农历七月十五日为中元节,当时诗人魏野的《寇相公生辰二首》之一有"何时生上相,明日是中元"的句子。而周必大生于七月十五日,与寇准的生日仅仅相差一天,所以对联说"日临莱国"。

到了明清时候,在读书人中,在官场中,送寿联的情况已非常普遍。我们从清代以及近代的许多对联集子中,不难发现众多的寿联。其中,以官场的同事互相题寿联较为普遍,尤其是下级向上级送寿联。有人甚至以此为由,大肆行贿,如以纯金铸寿联等等。

梁章钜《楹联丛话》卷一"故事"记载了这样一个故事。

前明邱南镇岳,由亚卿左迁藩参,数厚遗张江陵,尝以黄金制对联馈之云:"日月并明,万国仰大明天子;丘山为岳,四方颂太岳相公。"盖亦欲以己名时蒙记忆也。江陵喜,将骤擢之。未几败,岳遂罢归。

这里说的是明代一个叫邱岳的官员,为了升官,多次以厚礼贿赂宰相张居正(江陵人),曾经用黄金制一副对联送给张,明里是吹捧张,实际上在联语中嵌入自己的姓名,好让对方时刻记起自己。张居正果然十分喜欢,正要"骤擢之",不料自己却先倒台了,邱某人也跟着被罢官回老家去了。看来古今行贿、受贿者大多如此:千方百计送礼,的确也能得到一时的好处,但最终不会长久。

古代寿联的登峰造极之作,当推清代康熙、乾隆两位皇帝的"万寿"庆典。梁章钜《楹联丛话》卷二"应制"载:"自康熙、乾隆年间两次编辑《万寿盛典》,皆有'图绘'一门,楹联附焉。而殿廷诸联尤足以铺鸿藻、申景铄,润色鸿业,鼓吹承平。自有楹联以来,未有如此之盛者矣。"如"康熙五十二年,恭值仁庙六旬万寿。自大内出西直门达西苑路,一路皆有牌楼坛宇。每座落必有楹联,肃括宏深,闻皆出当时名公硕彦之手"。"乾隆五十五年,恭值纯庙八旬万寿,华祝嵩呼之盛,震今铄古,尤为史牒所未闻。恭读《万寿盛典》所载楹联,大都按切时事,胪陈实政……盖九重之福寿愈隆,功德愈盛,而承明金马之彦,研精殚虑,其鸿笔又足以发挥之,洵颂祷之大观,而揄扬之极轨也"。其时经坛中一副长联"最为壮丽,脍炙人口久矣,相传为彭文勤师元瑞所撰":

龙飞五十有五年,庆一时五数合天、五数合地,五事修、五福备,五世同堂,五色斑斓辉彩服

鹤算八旬逢八月，祝万寿八千为春、八千为秋，八元进、八恺登，八音从律，八风缥缈奏丹墀

联语极尽阿谀奉承之能事，但能紧扣乾隆五十五年的"五"和八旬万寿的"八"做文章，也算有其独到之处；且用典巧妙而得当，无怪乎"脍炙人口久矣"。"龙飞"，指皇帝登基，语出《周易·乾》："九五，飞龙在天，利见大人。""五事"，指古代统治者修身的五件事，即貌恭、言从、视明、听聪、思睿，语出《尚书·洪范》。"五福"，五种幸福，语出《尚书·洪范》："五福，一曰寿，二曰富，三曰康宁，四曰攸好德，五曰考终命。""八元"，传说中高辛氏时的八个才子；"八恺"，传说中高阳氏时的八个才子，语出《左传·文公十八年》。"元"，善，善于事；"恺"，和，和于物。"八音"，指金、石、土、革、丝、木、匏、竹八种古代乐器。"八风"，指八风舞，语出《左传·隐公五年》："夫舞，所以节八音而行八风。"《新唐书·祝钦明传》也载有八风舞。

袁世凯五十岁生日时，正是晚清中枢重臣。《申报》说，他收到的贺联有五百多副。

近现代时候，我们老一辈无产阶级革命家也常常利用对联这种传统文学艺术形式为同志们尤其是为老前辈祝寿。如1941年3月，经济学家、教育家、当时任重庆大学商学院院长的马寅初六十寿辰时，中共驻重庆办事处代表周恩来、董必武、邓颖超联名为马老送了一副寿联：

桃李增华，坐帐无鹤
琴书作伴，支床有龟

上联"坐帐无鹤"和下联"支床有龟"，是北周文学家庾信《小园赋》中的句子，分别典出《神仙传》和《史记·龟策列传》。前者说的是吴

国会稽人介象,被吴主召至武昌。吴主为之立宅供帐,向他学隐身之术。后来,介象因病告归,吴主赐以美梨,他吃后很快便于日中死了。吴主把他埋葬后,黄昏时,他却归至建邺。吴主派人开棺验尸,原来只剩一个符了。于是,为他建立庙堂,并常常亲自去祭祀,不时有白鹤来集座上。庾信的意思是,自己既无仙术,因此无法回建邺。这里则切马老虽然教出了许多学生("桃李"),但身陷囹圄(因抨击"四大家族"受到当局迫害,被关押在贵州息烽集中营),无术脱身。后者说的是江南有个老人,"用龟支床足,行二十余岁。老人死,移床,龟尚生不死"。庾信的意思是,自己久居北周,时间之长,犹如支床之龟。这里是比喻马老幸而有琴书做伴,将如支床之龟一样长寿。此联既热烈隆重,又高雅不俗。

我以为,在今天物质比较丰富的情况下,为人贺寿,再不是送一些酒肉、鸡蛋、长寿面之类了。送上一副寿联,应该是比较好的选择。

那么,撰写寿联要注意哪些问题呢?我想,还是上面提到的两点:贴切,新颖。传统寿联非常讲究贴切,如切主人的身份、年龄、官职、籍贯、业绩、专长、爱好等。

例如,清代有个洛阳县令叫邹尧廷。他母亲九十寿辰时,一个叫陈东桥的秀才替知府撰写了一副寿联:

爱日伫期颐,兰阶早酿十年酒
慈云周海岳,莱彩犹栽一县花

其中"期颐"为一百岁,"早酿十年酒"则切其九十寿辰;"慈云"切母亲;"莱彩"切孝子;"一县花"切县令,西晋潘岳任河阳县令时,满县种植桃李,历来被传为佳话。

再如,朱建三的生日为七月初七,所住的地方叫百花巷。文艺理论家李渔给他送了一副寿联：

> 七夕是生辰，喜功名事业从心，处处带来天上巧
> 百花为寿域，羡玉树芝兰绕膝，人人占却眼前春

此联既切其生日——"七夕"、"天上巧"，又切其住处——"百花"、"眼前春"；"功名事业"是赞其成就，"玉树芝兰绕膝"是称颂其家庭。

清代乾隆、嘉庆年间的著名学者梁同书九十岁时，其夫人九十一岁。夫妇高龄，齐眉健在，堪称罕见之事。诗人张向莱送了一副寿联：

> 人近百年犹赤子
> 天留二老看玄孙

上联切其九十岁寿辰；下联切其双寿。"百年"与"二老"，"赤（红色）子"与"玄（黑色）孙"，对仗极为工稳。所以梁章钜在《楹联丛话》卷九中说："时人称其工切。"

还有一副春季祝父母五十岁双寿的通用对联：

> 庭闱长驻三春景
> 海屋同添百岁筹

上联一切父母，二切春季，三切祝寿之意（祝父母青春常在，长寿不老）。下联一是用了"海屋添筹"的典故，出自北宋苏轼的《东坡志林》卷二。说的是有三位老人相遇，互问年岁。一位说："吾年不可记，但忆少年时与盘古有旧。"一位说："海水变桑田时，吾辄下一筹（古时用来算数的筹码），尔来吾筹已满十间屋。"第三个人则说："吾所食蟠桃，弃

其核于昆仑山下，今已与昆仑山齐矣。"二是"同添百岁筹"最妙，"同"字紧扣父母五十岁双寿，加起来恰好是"百岁"，又含有祝父母长命百岁的意思，一语双关。

《对联》杂志有篇文章，介绍了几种寿联切年龄的方法。

一是直接用数字。吴恭亨说："对联贺寿，较贺婚易于着笔，亦易出色。盖人既称寿，事实搬演较初婚者为多，且五十、六十、七十及生之月，均系数目字，属对亦不患无把柄，故曰易也。"又说："寿联用数目字纪年月，虽曰敷衍，然要是靠题立论之法。"如南社诗人高燮贺郑逸梅五十岁寿联：

五十年华全绿鬓
三千弟子半红装

上联点出对方"五十"岁寿辰，"绿鬓"指乌黑而有光泽的头发，形容年轻美貌；下联颂其桃李满天下，且很多是女学生。

二是用典故。近代雷瑨《楹联新话》卷九说："喜庆之联，较难于哀挽，所谓欢愉之言难工也。须用典切合，组织工致，方为佳妙。"如蔡元培贺刘海粟四十岁寿联：

技进乎道，庶几不惑
名副其实，何虑无闻

"技进乎道"，出自魏源的话："技可进乎道，艺可通乎神。"意思是，当某项技艺达到巅峰后，再进一步便接触到"道"了。其中的"不惑"出自《论语·为政》："四十而不惑。""无闻"，出自《论语·子罕》："四十、五十而无闻焉，斯亦不足畏也已。"这两个词语都是指四十岁。

和赠联一样,为人祝寿,也不可能在短短一副寿联中把对方的一切都写进去,最好是抓住其突出的地方,或容易落笔的地方去写。

例如,民国六年(1917年),近代维新派领袖康有为六十岁寿诞时,北洋政府总统黎元洪送他一副寿联:

　　上寿伏生传绝学
　　通经高密擅名家

上联把康有为比作秦代博士伏生,既有文化又长寿。伏生在秦始皇焚书时,将《尚书》藏于房屋的墙壁中。西汉时候,他破壁求遗书,得二十九篇,便以此设教于齐、鲁之间。汉文帝时,伏生已经九十多岁了,汉文帝派大臣晁错去向他学习。今本《尚书》就是因伏生的传授得以保存下来。下联把康有为比作东汉经学家郑玄(字康成,北海高密人)。郑玄早年游学,后聚众讲学,听讲者达数千人。后来因党锢之祸,杜门著述,很有贡献,成为东汉经学的集大成者。这里,联语还另有深意:康有为在政治上已走上保皇末路,所以以此鼓励他应该像郑玄那样,走闭门著述的路。所以,此联也极为贴切。

旧时的实用对联,专门有用于政界的寿联、军界的寿联、警界的寿联、学界的寿联、商界的寿联、工界的寿联、农界的寿联,甚至又分外交官员、教育官员、财政官员、交通官员、司法官员及其父母、夫人的寿联等;专门有用于医家(还分为中医、西医)的寿联、画家的寿联、琴师的寿联、书法家的寿联、伶人的寿联、僧人的寿联、道士的寿联、尼姑的寿联等;专门有用于春、夏、秋、冬各个季节甚至各月份的寿联;专门有用于男寿、女寿及男女双寿的寿联;还有专门用于男(女)二十岁、三十岁、四十岁、五十岁、六十岁、七十岁、八十岁、九十岁、一百岁的寿联等等,都无非是讲究个贴切。

还有一种情况，就是自己给自己写寿联，就是自寿联。多是为自己的生日撰写的或记事、或抒怀、或自况的对联。

例如，清代乾隆皇帝七十岁寿辰时，曾写有一副自寿对联：

七旬天子古六帝
五代孙曾予一人

上联说，自古以来，能当上"七旬天子"的，总共只有六人：汉武帝刘彻，寿七十一岁；三国吴大帝孙权，寿七十一岁；梁武帝萧衍，寿八十六岁；唐高祖李渊，寿七十一岁；唐玄宗李隆基，寿七十九岁；清圣祖（即康熙皇帝）玄烨，寿七十岁。这是写自己寿数之高。下联写自己子孙之多，表明自己福气之大。

再如清代文学家郑板桥的一副六十自寿联：

常如作客，何问康宁？但使囊有余钱、瓮有余酿、釜有余粮，取数叶赏心旧纸，放浪吟哦。兴要阔，皮要顽，五官灵动胜千官，过到六旬犹少

定欲成仙，空生烦恼！只令耳无俗声、眼无俗物、胸无俗事，将几枝随意新花，纵横穿插。睡得迟，起得早，一日清闲似两日，算来百岁已多

当时，郑板桥在山东潍县县令任上，因目睹时弊，已有诗《思归行》、词《满江红·思归》，加上此联，表现了他对当时官场黑暗极大的不满，表达了其愤世嫉俗的情操。当然，也流露出了回避现实、独善其身的情绪。

旧时的女性在社会上没有地位，在家庭里也没有地位，这种情况在对联中同样有所反映。吴恭亨《对联话》说："寿联不易为，而寿女妇尤

难，矧于禁体则难之难矣。"这是说的"禁体"（不得运用常见的字眼的一种禁例），普通的寿女性联同样也被认为是难事。陈方镛《楹联新话·庆贺》说："寿联本难出色，祝妇女者，尤不易占胜。以铺叙事实，非巧思别具，即涉陈腐也。"雷瑨《楹联新话》也说："撰妇女寿联，尤不易见长，因妇女绝少事实。只能就其夫若子之事实而点缀之，佐以新颖之词采，便为佳联。"说的是当时的妇女只能在家里相夫教子，极少有走出家门参加社会活动者，所以无事可写，无从下笔。若为了应酬必须写时，就只能写其夫、写其子，从侧面措辞。当然，今天已经大不相同了。

关于寿联的创作，常江先生说：一要注意用词；二要切合身份；三要突出特点；四要符合寿龄和时令。当然，这是比较高的要求了。

第二十九讲　常用对联写作（四）

赠联写作

我们中华民族是个非常重感情，又非常重礼仪的民族。自古以来，师生之间、亲友之间、同事之间，甚至父母与子女之间、夫妻之间，都常常有题联相赠的事，流传下来不少这方面的佳话。

例如清末政治家林则徐赠名医何书田的对联：

读史有怀经世略
检方常著活人书

道光十二年（1832年）至十六年（1836年），林则徐在江苏巡抚、两江总督任上，曾患软脚病，青浦县名医何书田治之而愈。这期间，林曾向何询问东南一带的形势，何写了《东南利害策》十三道，林采纳了其中的九道。林则徐先后赠他两副对联。这个上联，切何氏读史且能"经世"，下联则切他行医。

清末思想家、文学家龚自珍赠魏源的一副对联:

　　读万卷书,行万里路
　　综一代典,成一家言

此联对魏源的经历、成就,给予了十分中肯的评价。
　　清末曾国藩赠其子侄的对联:

　　要大门闾,积德累善
　　是好子弟,耕田读书

此联语言通俗,要言不烦,含义深邃。
　　近现代时,老一辈无产阶级革命家也多以对联相题赠。如孙中山1914年6月题赠黄兴的一副对联:

　　安危他日终须仗
　　甘苦来时要共尝

当时,为了讨伐袁世凯,孙中山在日本东京筹备组织中华革命党,黄兴因有分歧意见,未参加首次大会。征得孙的同意,黄决定到美国去。临行前,黄兴"备小酌",请孙先生叙别。席间,孙书此联相赠。题款为"集古句赠别克强同志 孙文"。据沈丹昆的文章《我的曾祖父沈翊清》说:这副对联,其实出于我的曾祖父沈翊清(清末大臣沈葆桢的嫡长孙)的诗句:"万里羁人逾骨肉,三冬余暑事文章。安危他日终须仗,甘苦来时要共尝。不见彼邦诸将相,墓门华表尚堂堂。"1899年,沈翊清被清廷派出国,从马尾船政出发前往日本参观军事演习(阅操),这首诗就是在日本江户写的。当时陈蔼士（其采）记下，回国告诉其兄陈英士，陈英士转告蒋介石，蒋介石又转告孙中山。孙中山已不知这是谁写的了，却以为是古人诗句，才有"集古句"的落款。此联后来为辛亥革命老人何侠收藏，并刊于《孙中山墨宝》第十卷中。这副对联也刻录在福州罗星塔公园"孙中山纪念亭"的亭柱上。"安危"一句，出自杜甫的《诸将五首》："西蜀地形天下险，安危须仗出群才。"杜甫有感于当时朝纲不振、蜀中将帅平庸的现象而作此诗，盼望着有出类拔萃的人才出现。这里，则是孙中山从内心深处向志同道合的战友的倾诉。此联在革命的困难时期，起到了唤起共鸣、激励斗志的作用。

当代文学巨匠郭沫若于1965年"三八节"之夜赠其夫人、书法家于立群的一副对联：

摧翻经石峪
压倒逍遥楼

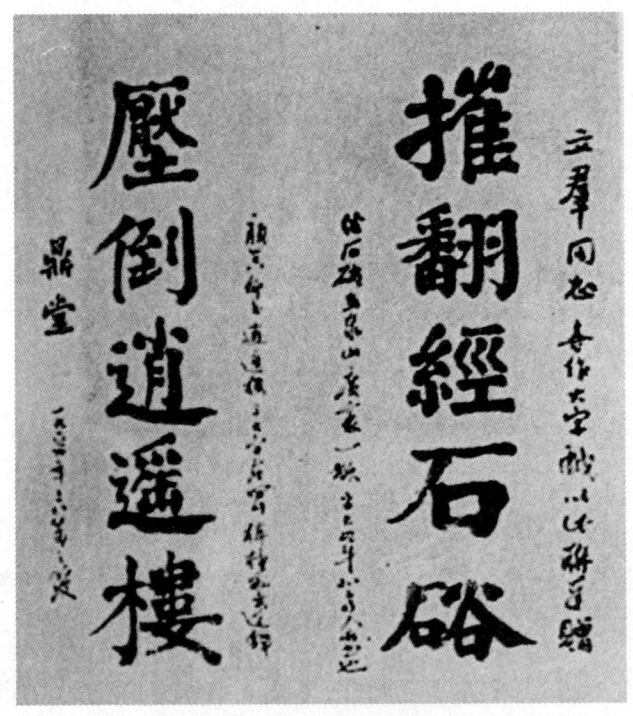

郭沫若赠于立群的对联

联首有句："立群同志喜作大字，戏以此联奉赠。"上联"经石峪"，在泰山斗母宫东北山谷中，"广袤一亩，字大如斗，北齐人所书也"（郭联原注）。在一块大石坪上，刻有《金刚般若波罗蜜经》，字径五十厘米，现存一千零四十三字，篆隶兼备，遒劲有力，历代尊之为"大字鼻祖"。下联"逍遥楼"，为唐代大臣、书法家颜真卿所书匾额，刻在四川梓橦县武连驿（今四川剑阁县武连区）觉苑寺前，字径也达五十厘米。据《颜鲁公文集》："'逍遥楼'三大字在广西临桂县，此三字又刻于四川剑阁……款云：'大历五年正月一日 颜真卿书'。蜀本小，字劣于粤本，盖粤刻在先，蜀系重摩者。"这里，是郭沫若对于立群的赞扬和鼓励。

那么，应该怎样撰写赠联呢？吴恭亨在《对联话》中说："以联庆贺人易工，投赠人难工；投赠联八字以上易工，七字以下难工。"这应是他的经验之谈。撰写赠联总的要求，还应该是贴切。清末林庆铨《楹联述录》说："先严曰：酬赠之句，以包括其人而逼肖之斯为上品。"其"先严"就是林昌彝，林则徐的族弟，清末诗人。这个"逼肖之"，就是指贴切。朱应镐《楹联新话》也说："投赠楹联，虽属应酬之作，然须恰称身份，乃为可贵。""恰称身份"，也是指的贴切。

我的体会是，一般可以从以下两个方面着手。

一是写对方，包括其职业、经历、志趣、爱好、成就以及他的籍贯、姓氏、大名、字号、家庭、夫妻、子女等。当然，一个人的方方面面有很多东西可以写、值得写，但是一副对联的容量却是有限的，不一定也不可能面面俱到、一丝一毫都不遗漏，实际上也完全没有这个必要。因为这无非是一副赠联，并不是他的完整档案材料。一般情况下，应该抓住对方最突出的地方写。上面郭沫若的对联，仅仅是写于立群的书法，而于立群正是主要以书法闻名于世的。

清代梁章钜《楹联丛话》卷一引蒋平仲《山房随笔》记载的一个故事。宋代名相韩绛，任陕西宣抚使抵御西夏军进犯时，延州太守设宴，委托司理蔡确作候馆（指接待过往官员的驿馆）一联：

文价早归唐吏部
将坛今拜汉淮阴

上联称韩的文名可与韩愈比肩（唐代文学家韩愈官至吏部侍郎）；下联称韩的武功不亚于韩信（西汉韩信封淮阴侯）。韩极喜之。当然，吹捧他文武双全，哪会不喜？"此亦后来赠联切姓之滥觞也。"就是最早的切姓氏的对联。

清末林则徐在遣戍伊犁途中经洛阳时，其姻亲叶申芗（当时在洛阳任河陕汝道）留他小住。郊外东大寺香海上人精心学书法，慕名求林则徐法书，林则徐欣然撰句赠之：

右军帖许怀仁集
兴嗣文宜智永书

上联说唐代弘福寺僧人、书法家怀仁集晋代王羲之行书为《圣教序》之事；下联说南朝陈僧人、书法家智永（王羲之七世孙，名法极，人称永禅师，山阴永欣寺僧）临书三十年，曾把梁代周兴嗣的《千字文》用六体书写出。相传智永曾手写《真草千字文》八百余本，分送浙东诸寺，当时求书者极多，他所居住的房屋门槛被上门求书者踏穿，用铁皮裹之，人谓之"铁门限"。隋炀帝曾说："智永得右军肉。"两位书法家的赠联，全用书法家的典故；写给僧人，又专用僧人之典，所以非常贴切。

清代有个姓曹的人，在江西彭泽任县令，其友人赠他一副对联：

二分山色三分水
五斗功名八斗才

上联说的是当地景色之美，下联则用的是南朝谢灵运的话："天下才有一石，曹子建（曹植）独占八斗，我得一斗，天下共分一斗。"既切其地

(彭泽），更切其姓（曹）。

著名民主人士章士钊赠画家、美术教育家徐悲鸿的一联：

> 海内共知徐孺子
> 前身应是九方皋

此联用了两个典故，既切其人，又切其事。上联"徐孺子"，指东汉豫章南昌人徐稚。徐家贫，常常自己耕种，德行高尚，为人所景仰。当时的豫章太守陈蕃，本不接待宾客，但常准备一榻接待徐稚。这里的上联，将徐悲鸿的姓氏和名气都概括了，且浑然天成。下联"九方皋"，是春秋时人，善相马，他注重的不是马的外表和颜色，而是马的内在素质。伯乐称他"得其精而忘其粗，在其内而忘其外"，把他举荐给了秦穆公，得到重用。徐悲鸿曾以此典创作了具有进步思想的历史巨画《九方皋》，轰动画坛。《九方皋》也因此成为他的代表作之一。这里的意思是，徐悲鸿具备九方皋那样的慧眼，培养造就了大批成就卓著的画家。

我于1996年5月写有一副赠苗鸿伟先生的对联：

> 鸿图[1]常赖理财手
> 伟绩更需敬业心

联中嵌入了人名"鸿伟"。上联切其职业——历任灵宝市财政局长、三门峡市财政局副局长兼财校书记；下联切其业绩——工作扎实，卓有成效，为改变灵宝市寺河乡贫穷落后面貌的五任乡党委书记的第一位。

这种情况下，要注意的是，应尽量实事求是，避免无原则的夸大其

---

[1] 按《现代汉语词典》（第6版），应为"宏图"。

词、漫无边际的吹捧。这是赠联最容易出现的毛病。

二是写双方的交往、关系，表达出或尊重、或友爱、或亲密、或感激的感情。这样，会使对方感到亲切，感到珍贵。

如鲁迅书赠中国共产党早期领导人瞿秋白的一副对联：

人生得一知己足矣
斯世当以同怀视之

这是清代浙江钱塘人何瓦琴（何溱，字方谷，金石篆刻家）的一副集禊帖（王羲之《兰亭集序》）而成的对联，请徐时栋书写，徐将此事、此联记入《烟雨楼读书志》。鲁迅1933年2月2日的日记载：于来青阁购此书一部八本，得此联，便拿来为我所用。这极为恰当、极为得体地表达出了他与瞿秋白非同寻常的亲密关系。周建人评道："此联恰如其分地代表了两人的共同心愿。"

再如清末光绪时状元、近代著名实业家张謇赠沈寿的对联：

绣段报之青玉案
明珠系在红罗襦

沈寿原名灵芝，字雪君，晚署雪宧，世誉为"绣圣"。光绪二十九年（1903年），她丈夫余觉将她所绣的"无量寿佛""八仙上寿图"，请人代贡贺慈禧七十大寿。慈禧十分欣赏，颁赐"御书""福""寿"字各一幅。余觉留下"福"字，把"寿"给了妻子，沈灵芝因此改名为"寿"。当时，张謇也极为赏识她的绣艺，特地在南通女子师范学校附设女工传习所，聘她为所长，住到张家。张謇以沈寿体弱多病为由，特把他的壕阳小筑借一半予沈寿作为养疴之所，并给她的住所题名"谦亭"、"雪宦",又赠送她这副对联。

此联的上联"段",通"缎"。青玉案,是古代贵重的食用器具。案,就是盛杯箸的盘子。这句脱胎于汉张衡的《四愁诗》之四:"美人赠我锦绣段,何以报之青玉案。"下联"罗",是质地轻软、经纬组织显椒眼纹的丝织品。襦,短衣、短袄。这句脱胎于唐代张籍的《节妇吟》:"君知妾有夫,赠妾双明珠。感君缠绵意,系在红罗襦。"此联巧妙化用古诗名句,紧扣对方的身份和双方的处境,传递着不言而喻的缱绻深情,既有对艺术的推崇,又有对知音的珍爱,典雅蕴藉,个中滋味,值得细品。

这其中,还有一段趣闻。本来赠这副对联,张謇也是煞费苦心的。他运用典故,就是不想让人一眼看穿,然而,这毕竟只是一层窗户纸,一戳就破。众口纷传,说张謇老尚多情,爱上了有夫之妇。沈寿的丈夫余觉跑到南通要见妻子,不知什么原因,总是见不着。余觉索性在南通租下一间房子,撰一门联抒愤:"佛云不可说不可说;子曰如之何如之何。"后来,张謇为了息事宁人,为余觉置买一妾,并送一笔钱将他送走,这场风波才告一段落。

南社是辛亥革命前成立的一个革命文学团体,柳亚子和高旭同为南社的发起人和组创者。1909年11月的成立会上,高旭被选为诗选编辑员,柳亚子被选为书记员(后任社长)。柳亚子在南社的筹备和成立活动中,始终是最活跃、最积极的分子。南社成立后,他也是实际工作做得最多的一人,在社友中享有的威望最高。其诗作以政治抒情诗为主,歌颂爱国主义精神,鼓吹民主革命,反对清朝封建统治,慷慨激昂,热情洋溢,有强烈的浪漫气息。高旭早期的诗,大呼高叫,跳梁恣肆,充分体现了革命鼓动诗歌的艺术特色。柳亚子曾有一副赠高旭的对联:

白衣骂座三升酒

红烛谈兵万树花

柳、高二人，在南社内部多次闹翻，甚至大吵大闹过。1911年2月13日，南社在上海愚园举行第四次雅集。晚宴时，二人一时兴起，大闹酒阵。座中有人助高，也有人助柳，以助柳者为多，其中唯一的女职员张雪也站在柳一边。这使柳亚子高兴异常："得道者多助呢！"这句话本来是戏言，不料却深深刺伤了高旭的自尊心。这上联说的就是这件事。

　　但是，他们毕竟是志同道合的朋友。后来，在辛亥革命前后反议和、反妥协的斗争中，二人又紧密地联合起来了，经常在一起剪烛西窗，谈兵论政。下联就形象地描述了他们同声相应、同气相求的动人情景。像这样将"骂座"一类不愉快的事写出来送给对方，非心胸坦荡者所不能。"白衣"与"红烛"的对仗，也非常工整。

　　和前面所说的寿联一样，也可以自己为自己写对联，就是自题联，这也比较常见。这种情况，往往是有感而发，写对联用来自勉、自励。

　　清代文学家郑板桥有一副非常著名的自题联：

　　　　搔痒不着赞何益
　　　　入木三分骂亦精

郑板桥对联

地表达了人称"扬州八怪"之一的郑板桥关于艺术创作的重要

革命先行者孙中山先生曾题写一副言志对联：

万里浪

十年书

悫（què）的话。据《宋
传：."悫少时，（叔父）炳问其
志。悫答曰：'愿乘长风破万里浪。'"上
联用此典故比喻人的志向远大，气魄雄
伟，奋勇前进。宗悫是南朝宋南阳人，官
振武将军，至豫州刺史，封洮阳侯。下联
用的是达摩禅师在嵩山面壁九年的故事。
据晋代法显《神僧传》记载：南朝梁普通
年间，天竺高僧菩提达摩（一作磨，本名
菩提多罗）泛海来华，被梁武帝迎至建
康。与梁武帝相谈，话不投机，便渡江北
上。止于嵩山少林寺，面壁坐禅，默然无

孙中山对联

语，凡九年，成为禅宗初祖。后指一心参禅，或借指长期专注于某种学问或工作。只有甘于寂寞，才能不断进取，成就一番事业。孙中山先生不懈苦读、追求真理的精神，"驱逐鞑虏，恢复中华"的信念，在此联中无不体现得淋漓尽致。中山先生已经用实际行动实践了自己的志向，成为伟大的革命家。我们今天读此联，仍然有着深刻的现实意义。以两则历史典故组织成联，足可见其文学素养之不凡。

周恩来青年时代曾写有一副很著名的自勉联：

与有肝胆人共事
从无字句处读书

这里讲的是交友、读书之道。此联意在警示自己，交̄
择。"有肝胆人"站得高、看得远，胸怀博大，胆略超̄
愈《赠别元十八协律》诗之四有句："穷途致感激，肝̄
样的人共事，自然潜移默化，终身受益无穷。旧时提倡̄
事，一心只读圣贤书"，其实，读书固然重要，社会实践̄
"实践出真知"。"无字句处"，就是指社会这个大课堂。此联语言通俗晓
畅，但蕴涵丰厚，富有哲理，值得我们终身作为座右铭。其独特的句式，
也可见作者极高的文字修养。

当代著名历史学家范文澜先生有一副人人皆知的自题对联：

板凳要坐十年冷
文章不写一句空

上联写治学的态度，要长期耐得住寂寞。下联写作文的态度，一定要除
虚务实，不写空话，不写套话，讲究实际并且精益求精，像鲁迅先生那
样，"将可有可无的字句删去"，做到"言简而意丰"。这是范文澜先生
毕生严谨治学的生动概括，已被许多人引为座右铭。

我于1996年9月写有一副自勉对联：

以平常心对非常事
处浪漫世做散漫人

第二十九讲 常用对联写作（四）

自以为此联还能表现自己的心志。因为现在我们所遇到的事，如本来很平常的调工作、提工资、分房子、评职称、选先进，甚至正常的办公司、开商店、打官司等，在复杂的人际关系下，也许就会有不尽如人意之处，但就个人来说，一时又无法改变它。对这些"非常事"，有人气愤，有人上访，有人发牢骚，有人骂大街，但都没有多大用处。怎么办？以"平常心"待之。处在这个"浪漫"的时代、"浪漫"的世界，多少人发财了，多少人升官了，多少人换老婆了，多少人养"小蜜"了……我呢，做个"散漫人"，就如人所说"与时代不合"吧！

第三十讲　常用对联写作（五）

贺联写作

在日常生活中，人们常常会遇到一些值得庆贺的事，如个人的升学、升迁、生子、迁居、出国……国家的节庆、单位的成立、周年庆典及其他重大活动等，这时往往有相关的个人或单位要表示祝贺。遇到这种情况，送上一副贺联，应该是十分高雅且有意义的。

旧时的贺联，就我所知，不是很多。清末梁章钜的《楹联丛话》及《续话》、《三话》，其子梁恭辰的《楹联四话》等，似乎都没有专门的篇章论及贺联，仅在《丛话》、《续话》、《四话》的"佳话"部分收录了一些婚联、寿联等，冠以"贺"字。民国年间胡君复的《古今联语汇选》、吴恭亨的《对联话》，都有"庆贺"一类，且多是婚联、寿联，少数为贺人升学、贺人迁居的对联。这大约是最早的贺联了。看来，贺联当是近现代以后新的对联种类。如今，随着人们交际面的不断扩大，人类活动的不断扩展，贺联已是经常使用的一种对联了。

第三十讲 常用对联写作（五）

写作贺联，我认为最关紧要的是切题，就是首先应该弄清楚为什么事而贺。一副贺联，如果可以用于任何事、任何人，漫无边际，实际上所贺意义也就不大了。

近代湖南岳阳人李澄宇《未晚楼联话》说："庆寿贵庄，贺婚宜雅。他如国庆、校庆，宜切事切时立言。贺捷、贺毕业、贺开店亦同。但庄忌腐语，雅忌僻典。庄而腐，雅而僻，反不如谐而不鄙者为可喜也。""切事切时"的问题解决了，才便于确立主旨，进而构思、遣词组句。如党或国家的重大庆典，在祝贺的同时，要突出人民群众对党和国家的无比热爱，抒发建设社会主义现代化强国的豪情壮志；个人的升学、升迁、迁居等，在祝贺中要突出喜庆、祝福；商店的开张、单位的周年庆典，在祝贺中要饱含美好的祝愿等等。

如 1999 年国庆礼赞"沱牌杯"全国大征联中获特等奖的许有信先生的作品：

国庆人欢，旗如红日歌如海
时和景泰，酒满金樽月满楼

上联开头以"国庆"切题，由征联要求的"旗"联想到"歌"，又分别以"红日"和"海"来比喻，非常恰切。"旗"，代表着伟大的中国共产党，"红日"寓意着蓬勃向上、无比强大的生命力；"歌"，则是发自人民群众心中的赞美之歌，"海"则是形容其声势之浩大。下联从社会的"时和景泰"入手，由征联要求的"酒"联想及"月"，生动地描绘了一幅歌舞升平的太平景象。此联联语主旨突出，气势宏大。

2000 年 7 月 6 日，我代河南省楹联学会贺海南省楹联学会成立十周年的一副贺联：

　　　　十载苦耕耘，琼岛和风弘对艺
　　　　百家勤灌溉，椰乡好雨瑞联坛

其中"十载"，切十周年；"对艺"与"联坛"，切楹联艺术；"琼岛"和"椰乡"，切海南；"百家"，切学会。

　　2001年4月23日至26日，由中国楹联学会、世界华侨华人社团联合总会艺术委员会联合举办的"世纪之春——中国楹联书法邀请展"在北京革命军事博物馆展出。我代河南省楹联学会写了一副贺联：

　　　　铁画银钩，扬神州新韵
　　　　佳联妙句，唱世纪芳春

上联"铁画银钩"，切书法；"神州新韵"，则切中国、切世界华侨华人。下联"佳联妙句"，切楹联；"世纪芳春"，切世纪之春。

　　上面两联，窃以为基本做到了句句贴切。

　　其次，贺联的用典要比较讲究，力戒只顾辞藻的堆砌。在联语中用典，可增加其厚重感，但应适当、恰切，不然，堆砌辞藻，易于落入"掉书袋"。

　　民国年间，有人为大学毕业生写的一副贺联，曾经传诵一时：

　　　　洋洋乎大观，造端格致、归宿治平，中外学兼优，策对英雄夸独步
　　　　恢恢有余裕，雅度圭璋、清标珠玉，古今才足式，声飞欧亚冠群英

上联重点是赞扬大学毕业生丰富的学识。"洋洋乎大观"，形容事物丰富

多彩的景象，语出《庄子·天地》："夫道，覆载万物者也，洋洋乎大哉！"清代沈复《浮生六记·浪游记快》有言："河之北，山如屏列，已属山西界，真洋洋大观也。""造端"，即开始，开端。《礼记·中庸》："君子之道，造端乎夫妇；及其至也，察乎天地。"孔颖达疏："言君子行道，初始造立端绪，起于匹夫匹妇之所知所行者。""格致"，"格物致知"的略语，指研究事物的原理而获得知识。格致是中国古代认识论的重要命题之一。格，意思是推究。《礼记·大学》："欲诚其意者，先致其知；致知在格物，物格而后知至。"郑玄注："格，来也；物，犹事也。其知于善深，则来善物；其知于恶深，则来恶物；言事缘人所好来也，此'致'或为'至'。""治平"，治国平天下，语本《礼记·大学》："身修而后家齐，家齐而后国治，国治而后天下平。"这两句的意思是，以获取知识开始，以治国平天下为归宿。"策对"，即策问、对策，是汉代士人应试时答皇帝有关政治、经济策问的文章，后代科举也以此为取士的部分要求。这里，当指大学毕业生的毕业论文。"独步"，独一无二，无与伦比。

下联则赞颂大学毕业生高尚的品质。"恢恢有余裕"，语本《庄子·养生主》："彼节者有间，而刀刃者无厚。以无厚入有间，恢恢乎其于游刃必有余地矣。"后用来指宽广而有余裕。"雅度"，高雅的风度。南朝梁沈约《怀旧诗》之九："豫州怀风范，绰然标雅度。""圭璋"，两种贵重的玉制礼器，用来比喻高尚的品德。语本《诗经·大雅·卷阿》："颙颙卬卬，如圭如璋。"郑玄笺："王有贤臣，与之以礼义相切磋，体貌则颙颙然敬顺，志气则卬卬然高朗，如玉之圭璋也。""清标"，俊逸。"珠玉"，比喻俊杰、英才。南朝宋刘义庆《世说新语·容止》："有人诣王太尉（王衍），遇安丰（王戎）、大将军（王敦）、丞相（王导）在坐。往别屋，见季胤（王诩）、平子（王澄）。还，语人曰：'今日之行，触目见琳琅珠玉。'"

此联由于是贺大学毕业生,所以联语遣词造句极为讲究,突出其"雅",很是得体。

夏承焘先生,字瞿禅,浙江温州人,是我国当代最负盛名的词学家。1984 年 12 月,在他从事学术与教育工作六十周年之际,其老友王起先生从外地致联相贺:

> 海内论词风,惟临桂吴兴,差堪伯仲
> 天涯怀旧雨,记山楼水阁,曾供晨昏

上联论夏承焘先生词的成就,称只有"临桂"和"吴兴"可与之比肩。"临桂",指清末著名词人王鹏运。王鹏运,字幼霞、佑遐,号半塘、鹜翁,广西临桂人,原籍浙江山阴。同治年间举人,曾做过内阁侍读、监察御史、礼科掌印给事中。其词作多有关清末时事的作品,著有《味梨词》、《鹜翁词》、《半塘定稿》等。又辑宋、元诸家为《四印斋所刻词》,以校勘精审见称。"吴兴",指近代著名词人朱孝臧。朱原名祖谋,字古微,号沤尹,又号彊村,浙江吴兴(今湖州)人。清末光绪时进士,历官编修、侍讲学士、礼部侍郎、广东学政等。原来以能诗闻名,到京城做官结识了王鹏运以后,弃诗而专为词,"勤探孤早,抗古迈绝,海内归宗匠焉"。著有《彊(强)村语业》。对辑校词籍,用力甚专,曾刻唐、宋、金、元词人六十余家为《彊(强)村丛书》。夏老早期的词作,深为同乡前辈彊村先生赞赏,并因此走上词人道路。"伯仲",原指兄弟的次第,后用来比喻不相上下的人或物,难分优劣高下。三国魏曹丕《典论·论文》:"傅毅之于班固,伯仲之间耳。"

下联述二人之间的友谊。"旧雨",典出唐代杜甫的《秋述》:"常时车马之客,旧,雨来;今,雨不来。"意思是过去的宾客,遇雨也来,而今遇雨却不来了。后来以"旧雨"作老朋友的代称。"晨昏",早晚,旦暮。这里是说,想当年我们朝夕相处,许多山水名胜,都曾留下我们的游踪。

联语对词人的成就作出高度而又客观的评价,非"泛泛谀辞"可比。融入二人的交往和友谊,更显得亲切,也是这种对联常用的方法。"词风"和"旧雨"的借对,极为工巧。"临桂吴兴"和"山楼水阁"的当句自对,虚实相映,很是恰切。

1997年,在中国华录电子有限公司、新华社和中国广告联合总公司举办的"华录杯"迎香港回归楹联大赛中,湖南刘人寿先生的一副对联荣获一等奖:

大笔画龙,香港喜看龙破壁
高梧引凤,神州酣唱凤还巢

其中"龙破壁"、"凤还巢"两个典故就用得非常好。前者出自《宣和画谱》卷一:"张僧繇尝于金陵安乐寺画四龙,不点目睛,谓点即腾骧而去。人以为诞,固请点之。因为落墨,才及二龙,果雷电破壁。徐视画,已失之矣。"旧时用此典比喻人由平凡卑微骤然飞黄腾达。香港已有一百五十多年的屈辱史,是我们逐步强大起来的祖国"一国两制"的伟大方针才使得她脱离樊笼,回归祖国,以后也将更加繁荣,这不正如"龙破壁"吗?后者出自《警世通言》之《俞伯牙摔琴谢知音》:"此琴乃伏羲氏所斫,见五星之精飞坠梧桐,凤凰来仪。"我们历来以为凤落高梧、凤还旧巢是祥瑞之兆。今天,我们的祖国强大了,正是因为有了这"高梧",才引来"凤还巢"。

第三,与旧时相比,现在是全新的时代,就要用全新的语言来表达全新的思想内容,力戒陈词滥调。

如1994年中共焦作市委宣传部、焦作市文联、中国楹联学会、河南省楹联学会（筹）、对联杂志社、中国楹联报社、焦作市谜语楹联学会联合举办的"富强杯"国庆四十五周年全国征联大赛中，获唯一金奖的安徽陈自如的作品：

   大典震人寰，时代强音犹悦耳
   小康舒岁月，中华特色更扬眉

上联紧切国庆。"时代强音"，指1949年毛泽东在开国大典上的著名讲话，其中的"中华人民共和国中央人民政府成立了"、"中国人民从此站立起来了"似乎还在耳畔回响。这个"大典"，对整个世界的震动无疑是巨大的。下联由昨天到今天，紧切"小康"和"中华特色"，这也正是我们庆祝国庆的现实意义所在。语言清新流畅，毫不涩滞，尤其以"大典"对"小康"，以"悦耳"对"扬眉"，令人叹其妙语天成。"震"和"扬眉"充满了气势，"舒"和"悦耳"则畅达和缓、刚柔相济，恰到好处。可以说，此联是用传统的文学艺术形式为今天的社会生活服务的典型范例。

第三十一讲　常用对联写作（六）

挽联写作

亲友、同学、同事、师长以及家庭成员去世，是人们常常遇到的事。此时，人们会利用各种方法寄托一番哀思，以表达生者的悲痛、伤心、怀念、纪念等感情。早在《诗经》、《楚辞》中，就有了挽歌。

大约从宋代开始，在读书人中，尤其在官员之间，为死者撰写挽联就已相当流行。如南宋叶梦得所撰《石林燕语》记载，北宋大臣苏颂有挽韩绛的一副对联：

　　三登庆历三人第
　　四入熙宁四辅中

韩绛，字子华，开封雍丘（今河南杞县）人，名相韩亿第三子。上联说韩绛于北宋仁宗庆历年间科考中，乡试、省试、殿试都得第三；下联说韩绛在神宗熙宁年间，四次任相。一联概括了他的一生。这是至今所见到的比较早的挽联之一。

到了明清时候,在读书人之中、在官场之中,为人送挽联已是非常普遍的了。民国时湖南浏阳人卢希斐《六家(曾国藩、吴熙、王闿运、李篁仙、姜济寰、曹秩庸)联语合钞·序》说:清代以来,"中流社会,遇有哀吊事项发生,联语动以百计,交游稍广,甚以千计"。

近代时期,是对联史上的第二个高潮。1925年,孙中山逝世时,世界各地分别举行了数不清的规模不等的追悼会,各界人士所撰写的挽联达数十万副。仅北京一个地方,据孙中山先生国葬纪念委员会编辑的《哀思录》记载,自孙中山逝世到4月1日,二十天内,"治丧处共收到花圈七千余个,挽联五万九千余副"。其中的"追悼纪事"记载:长沙的追悼会,挽联有七万余副;南昌学联的追悼会,挽联有七千余副;广州黄埔军校,数千副;日本东京青山会馆,数千副;美国旧金山,数千副;法国巴黎,数千副……

从大革命,到抗日战争、解放战争时期,我们老一辈无产阶级革命家就常常用挽联这种形式,悼念为革命牺牲的烈士,以激励后来人;悼念前辈,以寄托哀思。现存老一辈革命家的对联作品中,绝大多数都是挽联。从毛泽东、刘少奇、周恩来、朱德,到彭德怀、刘伯承、叶剑英、贺龙等,无不如此。

如毛泽东写于1919年的两副挽母亲文七妹的对联:

春风南岸留晖远
秋雨韶山洒泪多

疾革尚呼儿,无限关怀,万端遗恨皆须补
长生新学佛,不能住世,一掬慈容何处寻

第三十一讲 常用对联写作（六）

毛泽东的母亲姓文，排行第七，人称文七妹，湖南湘乡棠佳阁（今韶山大平乡）文芝仪之女。她是一位勤劳、善良、朴实、谦和又乐于助人的劳动妇女。毛泽东青少年时代就立下大志，要走读书救国的道路。请来的几位塾师也夸赞毛泽东聪慧过人，能成大器。可是父亲一再让他辍学务农或经商，而深明大义的母亲苦苦恳求、开导丈夫。她这样才使得毛泽东能够继续读书。母亲的高风美德，极大地影响了毛泽东。所以，毛泽东对母亲有着深厚的感情，也格外崇敬和爱戴母亲。1919 年 10 月 5 日，文七妹因患瘰疬（即淋巴结核）在韶山病逝，享年五十三岁。那时，毛泽东正在长沙利用《湘江评论》作阵地，与军阀张敬尧（湖南督军）作斗争。他接到母亲病危的家书后匆匆赶回韶山，文七妹已经入棺两天。他含悲祭母，把对母亲的无限深情凝于笔端，写了两副挽联，又写了一篇《祭母文》。料理完后事，毛泽东回到长沙，在给友人的信中表述了失去母亲后的悲痛、怀念之情。信中说："世界上共有三种人：损人利己的人；利己而不损人的人；可以损己而利人的人。家母正是最后的这种人。"

"南岸"，是韶山冲的一处地名，与毛泽东故居上屋场相距约百米，毛泽东少年时就在这里读私塾。挽联化用唐代诗人孟郊《游子吟》诗句："谁言村草心，报得三春晖。""春风"与"秋雨"之对，极见工巧。

第二副挽联，描绘了母亲病中呼儿的感人场景和儿子未能尽孝的愧疚之情，以及对母亲信佛而不能长生的惋惜。此联还追忆了母子间的深情，充分表达了母爱之深沉和哀思之无穷，感情深挚，哀婉动人。"疾革（jí）"，病情危急。《礼记·檀弓下》载："卫有大史曰柳庄，寝疾。公曰：'若疾革，虽当祭必告。'"郑玄注："革，急也。""住世"，指身居现实世界。

其后不久，毛泽东又写了一副挽父亲毛顺生的对联：

决不料一百有一旬，哭慈母又哭严君，血泪虽枯恩莫报

最难堪七朝连七夕，念长男更念季子，儿曹未集去何匆

毛泽东的这几副挽联，感情真挚，催人泪下。

近代松江人雷瑨《楹联新话》卷十一说："挽亲戚联语，能情意肫（chún）恳，而又以辞藻佐之，便为佳构。"湖南吴恭亨《对联话》卷八说："哭父之作，最不易为。"卷十又说："骨肉死伤哀挽之词，最不易着笔，但其工者，往往入人心坎，惋恻动听。"

1939年，郭沫若的父亲郭朝沛去世时，毛泽东与王明、秦邦宪、吴玉章、林伯渠、董必武、叶剑英、邓颖超等人联名送了挽联，林彪、徐向前、吕正操等人也送了挽联，远在苏联治病的周恩来也送有挽联。

当代诗人、书画家、书画收藏家、文物鉴赏家张伯驹先生1972年挽陈毅元帅的长联，应为当代挽联佳作：

仗剑从云作干城，忠心不易。军声在淮海，遗爱在江南，万庶尽衔哀。回望大好山河，永离赤县

挥戈挽日接尊俎，豪气犹存。无愧于平生，有功于天下，九原应含笑。佇看重新世界，遍树红旗

张伯驹，字丛碧，河南项城人。幼年时过继给伯父张镇芳（袁世凯表弟，清末任户部主事，曾署理直隶总督，民国初任河南都督）。三十岁起收藏中国古代书画，甚至为此变产借债。1956年，他将自己珍藏三十年的书画名迹精选八件，无偿捐献给国家。1957年，被戴上"右派"的帽子，是陈毅于1961年把他请进中南海，直接关心其生活和工作。"文化大革命"中，张又受到冲击，被隔离审查，还被迫退职。毛泽东在陈毅追悼会上一眼就看到了这副悬挂在一个不起眼的角落里用鸟篆书写的挽联，走过去，低声吟诵，并连声说"写得好，写得好"。毛泽东又向陈毅夫人

张茜询问张伯驹的情况，随即关照周恩来总理过问此事。就在陈毅追悼会过后仅仅十一天，在北京一无户口、二无工作、三无住房的张伯驹被聘为中央文史馆馆员。此联对陈毅的评价，可谓恰如其分，尤其突出了他在新四军的赫赫战功（军声在淮海，遗爱在江南），概括了他一生的光明磊落（无愧于平生，有功于天下）。

那么，挽联到底应该如何写呢？清末福州人林庆铨《楹联述录》卷七说："挽联之作，有溯其人平日品行事业者，有就其目前之事而浅近陈之者。语无泛设，便是佳章。"他还引用其父林昌彝的话说："挽联若能赅括切实，可当一篇行状读。惟有笔足以达意，有才足以写情。"

我以为，首先应以写逝者的业绩为主。当然，一副挽联要完整地叙述、概括逝者的生平，显然是困难的，所以，最好是抓住他的主要业绩，突出他的主要贡献，或者特点、专长、爱好等来写。近代楹联家吴恭亨《对联话》卷六说："挽人联，称愿处只刺取一二足矣，或不胜称愿，则取其特别者言之，亦足动人。"如前面苏颂挽韩绛一联。

再如林则徐挽蒋攸铦的一副对联：

合两朝宰辅封圻，第一流人终不悉
培四海贤才俊乂，再三师事有同悲

梁章钜《楹联丛话》卷三评论说："林少穆督部工为楹帖，而于挽词尤能曲折如意，各肖其人。""盖嘉（庆）、道（光）两朝诸巨公，好汲引人才、宏奖善类者，惟（蒋）公一人。斯联洵能举其大也。""举其大"，就是抓住其人的主要特点来写，这里当指挽联中的"培四海贤才俊乂"。

类似的还有美国著名记者斯诺和剧作家姚克联名挽鲁迅的对联：

> 译著尚未成书，惊闻殒星，中国何人领呐喊
> 先生已经作古，痛忆旧雨，文坛从此感彷徨

此联既嵌入了鲁迅的两部名作——《呐喊》、《彷徨》，又肯定了他在中国文化界的地位。

现代著名诗人、散文家徐志摩遇难后，教育家蔡元培为他写了副挽联：

> 言语是诗，举动是诗，毕生行径都是诗，诗的意味渗透了，随遇自有乐土
> 乘船可死，驱车可死，斗室坐卧也可死，死于飞机偶然者，不必视为畏途

上联以"诗"来概括徐的生平。徐志摩1915年毕业于杭州一中（原为杭州府中学堂），由家庭包办，与上海宝山县巨富张润之之女张幼仪结婚，七年后离异。他曾就读于上海沪江大学、天津北洋大学和北京大学。1918年赴美国学习银行学，后赴英国，入伦敦剑桥大学研究政治经济学，在剑桥深受西方教育的熏陶及欧美浪漫主义和唯美派诗人的影响。1921年开始创作新诗。1922年返国后，在报刊上发表大量诗文。1923年，他参与发起成立新月社，加入文学研究会。1924年与胡适、陈西滢等创办《现代评论》周刊，任北京大学教授。1926年在北京主编《晨报》副刊《诗镌》，与闻一多、朱湘等人开展新诗格律化运动。同年移居上海，任光华大学、大夏大学和南京中央大学教授。1927年徐志摩参加创办新月书店，次年《新月》月刊创刊后任主编。有诗集《志摩的诗》、《翡冷翠的一夜》、《猛虎集》、《云游》等出版。徐志摩交往过的女人，有林徽因、凌叔华、陆小曼、韩湘眉等。说他"毕生行径都是诗"，应该说是符

合其经历的。"乐土",安乐的地方,又含"极乐世界"意,佛教指阿弥陀佛居住的国土,认为那里是可以获得光明、清净、快乐,摆脱人间烦恼的西方乐土。下联重点说徐之死。如司马迁所说,"人固有一死"(《报任少卿书》),但死法却有千差万别,乘船、驱车,甚至坐卧斗室,都有可能让人丢掉性命。所以,你因飞机失事而死,实属偶然,不要因此就视乘飞机为"畏途"。挽联切合其人、其事,且全用白话创作,极为适合写新诗的徐志摩。

其次,写挽联应切合人物的身份。清代江苏丹徒人李承衔《自怡轩楹联剩话》卷三说:"挽联须切定本人,且须切我与其人之情地,方能出色。"如清代曾国藩挽乳母的一副对联:

　　一饭尚铭恩,况曾保抱提携,只少怀胎十月
　　千金难报德,即论人情物理,也当泣血三年

此联用西汉初大将韩信的两个典故,非常贴切地写出了他对乳母地位的认识以及对她的敬重。

其三,可以从作者自己与逝者的关系入手撰联,这样会显得更加亲切,也易于抒发真挚的情感。如清末林则徐挽张师诚的一副对联:

　　感恩知己两兼之,拟今春重谒门庭,谁知一纸音书,竟成绝笔
　　尽忠补过久已矣,忆平昔双修儒佛,但计卅年宦绩,也合升天

林则徐二十三岁时,第一次参加会试落选,入福建巡抚张师诚幕中司笔札,整整四年时间,很得张的赏识和帮助,因此获得了不少历史掌故及

兵、刑、礼、乐等方面的知识。这是林则徐一生的重要经历，为他日后成为出色杰出的人物准备了条件，所以联中说"感恩知己两兼之"。

再如俞樾（曲园）挽郭松焘的一副对联：

为翰苑，为封疆，为海外辎轩，青史长留不朽事
是同年，是前辈，是楚中耆宿，白头顿失老成人

上联概括郭氏一生的业绩（曾任翰林院编修、广东巡抚、福建按察使、中国首位驻外国公使，光绪初年任驻英公使）；下联表述了二人的关系、情谊及对对方的怀念。

也有轻松活泼的挽联。

《清稗类钞·诙谐类》记载了这样一个故事。有申、赵、周、李、成五位老朋友，结为异姓兄弟，都是莫逆之交。但不几年，申、赵、周相继去世，仅存李、成两位，于是，关系更为密切。不久，李也逝世了，至此，成某一人形影相吊，他为李某写了副挽联：

座中仅有两人，悲君又去
泉下若逢三友，说我就来

此联虽属挽联，却不见悲伤，而是轻松豁达，风趣幽默，表达了作者视生死如同寻常事、赤条条来去无牵挂的思想。此联明白如话，朗朗上口，表现了作者平中见奇、以奇制胜的高明手法。

近代朱彭寿说："挽联之作，须语意亲切，情文相生，若专以词藻典故为工，似失吊者本意。故余于寻常酬酢，向不为谀墓空言，惟遇有至戚旧交，情不能默者，始偶一为之，以志感悼，辞之雅俗，非所计也。"这段话也颇值得我们思考。

和寿女性联一样，挽女性联同样也被认为是不大好写的。清末浙江绍兴人朱应镐《楹联新话》卷七说："妇人挽联无事情可叙，惟就其夫若子生发，最难见长。"贵州向义《六碑龛贵山联语·论联杂缀》也说："挽妇人联，尤为难作。妇人之贵，以夫与子耳，故作者多就其夫与子之身份立言。若夫、子均无足称，则可称者在其本身。惟节、寿二端，咏此二事，已极陈腐。能化臭腐为神奇，是在能手矣。"当然，那时也有人能写出很好的挽女性联，朱应镐《楹联新话》卷七评论说："清新如俞荫甫太史，华泽如杨子洵太史，洵称一时能手。"湖南吴恭亨《对联话》卷九也说："挽妇女联，除言哀言情、琐屑家常外，他皆不能空空涉笔，若稍有一二特别事故，竖笔摛言，亦往往见为异彩。"他还极力推崇曾国藩所作挽女性联"典乔堂皇"。看来旧时为女性写挽联，如果其丈夫、儿子都没有什么可写时，就只能写她本人的节操和长寿了。如果她不长寿呢？那就更无话可说了。

当然，如今已经改天换地了。如我写于 2004 年 6 月的挽女英雄任长霞的短联：

    巍巍嵩岳
    灿灿长霞

此短联既切其地，更颂扬其英勇行为——根本就没有感觉和写男性有什么不同。

此外，还有自挽联。一般是人们在晚年时候为自己写的挽联。这种挽联，大多能表现出作者正视自然规律，正确对待生死的豁达心胸。

如清代学者俞樾（曲园）的自挽联：

    生无补乎时，死无损乎数，辛辛苦苦，著成五百卷书，流

播四方,是亦足矣

　　仰不愧于天,俯不怍于人,浩浩落落,历数八十年事,放
怀一笑,吾其归乎

此联总结自己一生的学业和道德,襟怀坦荡,又洋溢着一派乐观情绪。俞樾的老师曾国藩曾经说过"李少荃(李鸿章)拼命做官,俞荫甫拼命著书"的话,是符合实际的。下联化用《孟子》和苏轼《东皋子传后记》中的话,超然生死,潇洒之极。

　　再如近代杨度的自挽联:

帝道真如,而今都成过去事
医民救国,继起自有后来人

杨度原名承瓒,字皙子,后改名度,别号虎公、虎禅,湖南湘潭人。他中过秀才,参与过公车上书,当过清朝四品官。他和康有为、梁启超、黄兴是好友,跟汪精卫、蔡锷、齐白石是同学,怂恿袁世凯称帝,赞同孙中山共和,救过李大钊,北伐时说毛泽东能得天下,是杜月笙的师爷,入过佛门和国民党,最终由潘汉年介绍、伍豪(周恩来)批准,秘密加入共产党。有人说,他是近代史上一位传奇人物。上联反省自己当年曾参与袁世凯复辟帝制的活动;下联展望未来,相信共产党人能"医民救国"。

　　生动有趣者,也不少见。如某人的自挽联:

百年一刹那,把等闲富贵功名,付之云散
再来成隔世,是这样夫妻儿女,切莫雷同

此联并有横额"这回不算"。读之令人忍俊不禁，被吴恭亨称为"才人之笔"。

关于挽联的创作，常江先生有如下建议：一是宜颂扬；二是用哀语；三是切身份；四是重感情；五是叙死因。

第三十二讲　常用对联写作（七）

居室联写作

这里所说的居室联，主要是指平时悬挂于客厅、书房等处的对联。山西梁申威先生将门庭轩斋联、堂馆室舍联、亭园楼阁联、集句嵌名联、杂缀谐趣联、营造乔迁联等都归入民居宅第联。这也未尝不可，只是范围宽泛了些。并且，现代社会中恐怕已很少有人家的宅第如此讲究、如此宽敞了。当然，梁著主要是从鉴赏的角度选一些历史名人、名园的对联作品，似与这里所说的居室联不完全一致。北京大学白化文先生将居室联归入装饰性对联一类，是突出其装饰作用。

的确，从前（主要是明、清到民国时候）的大户人家或读书人家，如官宦、富商、医家、私塾先生等，往往都喜欢在自家的厅堂、书房、卧室、园林的亭台楼阁轩馆，甚至床头、厕所等处悬挂楹联，或用来作装饰，或用来自勉自励，或用来教导子弟。

古典文学名著《红楼梦》中，就多次写到居室的对联。如第三回荣国府正院堂屋的"乌木联牌镶着錾金字迹"：

第三十二讲 常用对联写作（七）

座上珠玑昭日月
堂前黼黻焕烟霞

"珠玑"就是珍珠。"昭日月"，意思是与日月齐辉。昭，显著。"黼黻"，古代礼服上所绣的花纹。黼，黑白相次，作斧形，刃白身黑；黻，黑青相次。第五回秦可卿卧室壁上一幅唐伯虎"画的'海棠春睡图'"，两边有"宋学士秦太虚写的一副对联"：

嫩寒锁梦因春冷
芳气袭人是酒香

第四十回探春书房"西墙上当中挂着一大幅米襄阳'烟雨图'，左右挂着一副对联，乃是颜鲁公墨迹"：

烟霞闲骨骼
泉石野生涯

尤其值得一提的，是《红楼梦》中潇湘馆的一副对联：

宝鼎茶闲烟尚绿
幽窗棋罢指犹凉

《红楼梦》第十七回对潇湘馆描绘道："忽抬头看见前面一带粉垣，里面数楹修舍，有千百竿翠竹遮映。"有清泉"灌入墙内，绕阶缘屋到前院，盘旋竹下而出"，后为林黛玉居处。脂砚斋评论说："此方可为颦儿之居。"作者紧扣翠竹的特点，不着一"竹"字而把竹写得神态毕现，可谓独具匠心。上联的"宝鼎"，指煮茶用的炊具。是说宝鼎不煮茶了，屋里还飘散着茶一般绿色的蒸汽。下联"棋罢"，意思是棋局结束。是称幽静的窗下棋已经停下了，手指还觉得有些凉意。本来，茶沸热时，有绿烟；棋正着时，指头觉凉。现在却说"茶闲""棋罢"之时也是这样，正是为了写竹。这绿色的蒸汽，显然是翠竹的遮映所致；这凉意，也是因浓荫生凉的缘故。小说第三十五回也写到潇湘馆"窗户外竹影映入纱窗来，满屋内阴阴翠润，几簟生凉"。上联由视角形象着手，下联从触觉感知落笔，仅仅十四个字，有颜色、有感觉、有建筑、有生活、有氛围，从琐事细节上体察物性事理，将潇湘馆的意境以及有闲阶层的情调描画得淋漓尽致。艺术上，对联描绘了环境的幽雅。脂砚斋评该联说："'尚'字妙极！不必说竹，然恰恰是竹中精舍。'犹'字妙！'尚绿'、'犹凉'四字，便如置身于森森万竿之中。"此二词极好地烘托了人物的闲情逸致。"茶闲""棋罢"二词，使人吟诵此联，由景及情，由物及人，眼前仿佛出现贵族家庭的公子、小姐那种闲情逸致。联语还衬托了后来的主人公林黛玉的孤傲。森森青竹在象征林黛玉性情高洁孤僻的同时，也隐含了她命运的凄清。

梁章钜《楹联丛话》卷十二载：

余于五十八岁引疾归里，有口号云："择里仍居黄巷宅，辞官恰及白公年。"李兰卿以此十四字作分书楹联相赠。时方得文衡山芝南山阁画卷，余自书"芝南山馆"，扁（匾）于厅事，盖寓知难而退之意，并自制一联云："历中外廿年身，宦海扁舟，万顷惊涛神尚悚；就高低数弓地，儒宫环堵，三竿晓日梦初醒。"嗣于东园中葺藤花吟馆，又制一联云："有客醉，无客睡，福简简吁可愧；长歌粗，短歌疏，诗平平聊自娱。"……又有百一峰阁，为园中最高处，余所手建，并题联云："平地起楼台，恰双塔雄标，三山秀拱；披襟坐霄汉，看中天霞起，大海澜回。"

鲁迅先生的著名短篇小说《祝福》中，也曾插入"四叔的书房里"的"一边的对联"（另一边是"品节详明德性坚定"）：

事理通达心气和平

这些对联，都不同程度地在某些方面起着烘托主人公精神风貌的作用，而且是用其他艺术手法所无可替代的独特作用。

随着教育的发达和普及，现代家庭更是不乏居室对联。2003年春节前，在参加河南省楹联学会组织的送春联下乡活动中，我们竟在偏远农村普通农家的堂屋里，见到了悬挂的开封著名书法家的对联。

关于居室联，白化文先生曾有着精彩的论述："从形式、载体方面看，室内和室外装饰联可说是各类对联中最为百花齐放的，一般总是要求尽量地在与大环境调谐时做到精巧雅致。室内装饰联，从字体、书法、尺寸、字数到载体与颜色，都是多种多样，用意应和全室环境紧密调谐，更要兼顾在室内经常活动的人，以及常来常往的人们。要能切合主人身份，要做到使客人们能懂得欣赏。""一般建筑室内空间狭小，因而不能张挂字数多、尺寸大的对联。这是写作此类联语时必须首先考虑的问题。其次，由于长期使用，有时效的内容最好不用；吉祥话多说，倒霉的字眼别使。勉励上进的格言最受欢迎。"

山西楹联家梁申威先生也曾论及居室联："我们相信，好的居家宅第联，可将虚实之景与主人的情怀思绪系之一词，用来表达其深邃的立意、含蓄的意境、高尚的志趣、美好的憧憬、坚定的信仰等等，从而拓展并且强化和充实了建筑的内在生命意蕴,成为融观念艺术、形象艺术与象征艺术于一体的综合的空间艺术,既可起到给建筑以生命和灵魂的装饰作用,又有着激励自己、启迪后人的重要意义。"

概括一下上面两段话的主旨,我想,居室联的写作无非是要考虑两个方面的问题:一是内容,二是形式。

内容上,最重要的当是要与主人的身份、职业、志趣、爱好相一致,即通过居室中的对联能反映出主人的精神风貌。其次,因为居室联不仅是主人自己欣赏,还常常要来客也能看得懂,不然,岂不成了孤芳自赏了么?所以,还应考虑用语不要太冷僻。

如明末书画家董其昌的居室联:

竹送清溪月
松摇古谷风

此联融翠竹、清溪、明月、青松、和风于一联,创造了一个美丽而幽雅的意境。一个"送",一个"摇",又使这个画面充满了动态美。竹送月,松摇风,显然是拟人手法,很是耐人咀嚼。借苏轼赞王维的话,称其"联中有画",似不为过。

清末经学家、诗人林昌彝,字惠常,侯官(今福建福州)人,林则徐族弟,道光时举人。咸丰初年,先后任建宁、邵武教授。所作诗文及《射鹰楼诗话》,多记鸦片战争史实,表彰抗英爱国人物事迹,抨击清政府腐败无能。著有《三礼通释》、《小石渠阁文集》、《海天琴思录》等。所谓"射鹰楼",实际为"射英楼",意思就是抗击英国侵略者。林昌彝在《射鹰楼诗话》开头解释说:"余家有书屋,东北其户,屋有楼,楼对乌石山积翠寺,寺为饥鹰所穴。余目击心伤,思操强弓毒矢以射之。……因绘《射鹰驱狼图》以见志,故名所居之楼曰'射鹰楼'。"他的《射鹰楼诗话》，是反映鸦片战争、表现中国人民爱国主义精神的重要著作，也是在诗话领域中注意经世致用、别开生面的文学批评论著。他曾为书屋射鹰楼写有一副对联：

　　张我弓而挟我矢
　　蕴其志以待其时

这是一副言志联。上联化自《诗经·小雅·吉日》的最后一章："既张我弓，既挟我矢。发彼小豝（bā），殪（yì）此大兕。以御宾客，且以酌醴。"这是一首记述周宣王在西都狩猎的诗。择吉日，选车马，追赶禽兽，猎后宴会宾客。这一章的意思是，我拉满弓，带着箭，射死那条小野猪，击毙这头大野牛，做成佳肴待宾客（指诸侯），用来佐餐酌甜酒。上联的意思是，时刻准备着为抗击英国侵略军贡献力量。下联的意思是，积聚志向，蓄藏志气，等待时机。联语主旨鲜明，表达了抗英报国的远大志向。以赋体句式入联，也别具一格。

　　清末名臣张之洞，曾为自己的书室题写有一副对联：

　　未忘麈尾清谈兴
　　常读蝇头细字书

上联说"清谈"。魏晋时期，社会上盛行清谈之风。士族名流相遇，不谈国是，不言民生，不谈俗事，专谈老庄、周易，被称为清言。"麈尾"，古人闲谈时执以驱虫、掸尘的一种工具，在细长的木条两边及上端插设兽毛，或直接让兽毛垂露外面，类似马尾松。古代传说，麈（古书上指鹿一类的动物）迁徙时，以前麈之尾为方向标志。麈尾在清谈的过程中具有特殊的作用。中古的清谈，通常采取主客问答的方式，"主"是主讲人,"客"是问难者。麈尾是主讲人身份的标志,在通常情况下,"客"是不拿麈尾的。没有麈尾,主讲人不能"竖义"(提出问题并阐述己见),清谈也就不能进行。这是由清谈家对麈尾的特殊认识决定的。首先,麈尾有助于"通玄"、"探玄",即阐发、探讨深刻的玄理。麈尾所起的作用近似于现代教师所用的教鞭和乐团指挥的指挥棒。其次,清谈家执麈尾,还有一种深层的比喻意义寓乎其间。《尔雅翼》释"麈"云:"其字从主,若鹿之主焉。麈之所在,众从之……谈者执之以挥,言其谈论所指,众不能易也。"所以,对清谈家而言,麈尾就绝非可有可无的东西。后来相沿成习,成为名流身边的雅器,不谈时,也常常执在手中。《陶渊明集》卷六《晋故征西大将军长史孟府君传》载,庾亮在与孟嘉对话时,"以麈尾掩口而笑"。下联说读书。"蝇头细字",指像苍蝇头一样细小的字,又作"蝇头细书"。《南史·齐衡阳王钧传》:"(萧)钧常手自细书写《五经》,部为一卷,置于巾箱中,以备遗忘,侍读贺玠问曰:'殿下家自有坟素(泛指古代典籍),复何须蝇头细书,别藏巾箱中?'"南宋陆游《书感》诗:"岂知鹤发残年叟,犹读蝇头细字书。"联语高雅脱俗,可见名臣志趣。"麈"与"蝇"的对仗,很是工巧。

再如清末云南农民起义首领杜文秀书房的对联:

四壁春烟无燕到
一窗云影有龙飞

此联写书房的幽静深邃,但又有深刻的思想内涵。上联"无燕到",当是借陈涉"燕雀安知鸿鹄之志哉"一语,说杜的帅府内英才济济,并无庸人;下联"有龙飞"之"龙",则是表明杜文秀有推翻清廷、取皇帝而代之的雄心壮志(其历史局限性当能理解)。

此外,一般还应照顾到语言的清新、优雅,如前面所说"吉祥话多说，倒霉的字眼别使"。一般情况下，居室联多用如修身、气节、治学、持家等各类格言联。如果不是专门撰写，经过精心选择的对联，也能够较好地表达主人的精神风貌。

形式上，当从字体、书法、尺寸、字数到载体与颜色等方面去多考虑。字体上，人们多用楷书、行书、隶书等，较少用草书、篆书，因为对于普通人来说，草书和篆书较难辨认。尺寸上，应根据自己客厅或书房的实际情况，或宽或窄，或长或短。字数一般不宜过多，以五言到九言为常见，这应结合尺寸考虑。现在，老百姓的住房比过去宽敞了，也可以设计一两副较长的对联。如我家客厅里的一副自撰联：

闲人所忙，忙人所闲，蜗角蝇头须放眼
寄己之癖，癖己之寄，青山绿水自倾心

请书法家将引联写成龙门对的形式，悬于客厅正中，很是显眼。

载体上，现在一般人家多用普通的宣纸。有条件的话，当然可以选用竹刻或木刻，既显得讲究，又可以长久保存。

居室中能悬挂一副到几副对联，除了能起到装饰作用以外，还能表现出主人一家的文化品位。潜移默化中，又可使全家人精神上得到享受，情操上受到陶冶。来了客人，还可使客人也受到感染和影响。花费既不多，何乐而不为？

第三十三讲　常用对联写作（八）

行业联写作

前面说过，行业联可以追溯到宋代，也已有千余年的历史了。梁章钜《巧对录》卷三记载了这样一个故事。

> （陆游）《老学庵笔记》载临安扁（匾）榜对，有："乾坤湿气四斤丸；偏正头风一字散。""三朝御史陈忠翊；四代儒医陆大丞。""东京石朝议女婿乐驻泊药铺；西蜀费先生弟子寇保义卦肆。"

可以看出，以上的几副对联都是医药行业的专用对联。

梁章钜的《楹联丛话》卷十二还载有清代的几副行业对联。如理发店联：

虽然毫末技艺

第三十三讲 常用对联写作（八）

却是顶上工夫

不教白发催人老
更喜春风满面生

到来尽是弹冠客
此去应无搔首人

茶亭联：

四大皆空，坐片刻无分尔我
两头是路，吃一盏各自东西

牙行市肆联：

其交以道，其接以礼
同声相应，同气相求

牙行是中国古代和近代市场中为买卖双方介绍交易、评定商品质量和价格的居间行商。此联很好地表达了其内涵。上联出自《孟子·万章》："其交也以道，其接也以礼，斯孔子受之矣。"意思是以正当的理由送礼，按礼节规定送礼，这样，便是孔子也会接受的。下联出自《易·乾》："同声相应，同气相求。水流湿，火就燥。"意思是同样的声音能产生共鸣，同样的气味会相互融合，即同类的事物相互感应。此处指志趣、意见相同的人互相响应，自然地结合在一起。

又如这副典肆（当铺）联：

> 以其所有，易其所无，四境之内，万物皆备于我
> 或曰取之，或曰无取，三年无改，一介不以与人

这是一副集"四书"句子而成的对联，典雅而切题。上联"以其所有，易其所无"，出自《孟子·公孙丑》篇，讲的是古代的以物易物贸易。"四境之内"，出自《孟子·梁惠王》篇，孟子和齐宣王一问一答，当孟子问到如果"四境之内不治"（即一个诸侯国治理得不好），国君应该怎么样时，齐宣王就"顾左右而言他"了。"万物皆备于我"，出自《孟子·告子》篇，意思是天下万物都是为我而备的。上联把这三句话串起来用到当铺，改变了原意，整个意思就成了：四方的典当者用各种抵押物到当铺，来换他所缺少的钱，我们便拥有了四方的各种货物。下联"或曰取之，或曰无取"，出自《孟子·梁惠王》篇，但略有改动。在齐国战胜燕国后，齐宣王对孟子说关于要不要占领燕国，现在有两种意见，"或谓寡人勿取，或谓寡人取之"。"三年无改"，出自《论语·里仁》篇，孔子说："三年无改于父之道，可谓孝矣。"这里截取了半句。原意是说在父亲去世后的三年之内不改变父亲生前的做法，可以算是孝。"一介不以与人"，出自《孟子·万章》篇，原意是说（如果不符合道义，那么）一点也不给别人，"介"是"芥"的通假字。下联把这三句话串起来，也改变了原意，即有的人要来赎当，有的人不来赎当，如果三年不来赎当，就成了"死当"，抵押物一点也不会再给典当人了。

一般说来，就悬挂（张贴）的时间长短来分，行业联有两种情况：一是临时性的行业春联，二是永久性的行业对联。就其内容来说，又可分为行政机关用联、工业用联、商业用联、服务业用联、文化教育用联、医疗卫生用联、金融保险用联、农林牧渔业用联等，其中的商业用联最为丰富。商业用联又可分为通用对联、专用对联。就其宗旨来说，有的

是侧重于宣传行业特点,有的是侧重于强调服务特色,有的是侧重于夸耀商品质量,还有的是通过对本行业和本厂(店)生产、经营或服务的描述、议论来阐明或表达一定的哲理,使对联含蓄隽永,给人以启迪。

如药店联:

> 一药一性,岂能指鹿为马
> 百病百方,焉敢以牛易羊

上联的"指鹿为马",出自《史记·秦始皇本纪》:"赵高欲为乱,恐群臣不听,乃先设验,持鹿献于二世,曰:'马也。'二世笑曰:'丞相误邪?谓鹿为马。'问左右,左右或默,或言马以阿顺赵高,或言鹿者。高因阴中诸言鹿者以法。后群臣皆畏高。"说的是赵高想要叛乱,篡夺秦朝的政权,恐怕各位大臣不听从他,就先设下圈套设法试探。于是带来一只鹿献给二世,说:"这是一匹马。"二世笑着说:"丞相错了吧?您把鹿说成是马。"问身边的大臣,左右大臣有的沉默,有的故意迎合赵高说是马,有的说是鹿,赵高就在暗中把那些说是鹿的人杀掉了。此后,大臣们都畏惧赵高。下联的"以牛易羊",出自《孟子·梁惠王上》:"王坐于堂上,有牵牛而过堂下者,王见之,曰:'牛何之?'对曰:'将以衅钟。'王曰:'舍之!吾不忍其觳觫,若无罪而就死地。'对曰:'然则废衅钟与?'曰:'何可废也?以羊易之!'"说的是有一次大王坐在堂上,有个人牵着牛从堂下经过,大王见了,问:"把牛牵到哪里去?"那人回答说:"要用它祭钟。"大王说:"放了它!我不忍心看它惊惧哆嗦的样子,像这么毫无罪过就被拉去杀掉。"那人问:"那么就不要祭钟了吗?"大王说:"怎么可以不要呢?用羊替代它!"这是孟子劝谏梁惠王实行仁政的故事。说他的恩德足以及禽兽,而功却不至于百姓,为什么会这样呢?是他不愿意做,并非不能做。对联中指药物的严肃性,不可胡乱替代。又如眼镜店联：

> 胸中存灼见
> 眼底辨秋毫

鞋店对联：

> 远大前程，脚跟须站稳
> 浩繁工作，步骤要分清

这些对联，表现了我国所独具的行业特色文化。除了宣传作用外，还可以美化工厂、店堂，进而美化市容。如开封宋都御街两侧商家的对联，就很好地衬托了古都的风貌，使那里平添了厚重的历史文化氛围。

行业对联的写作，首先应切合行业特点。俗语云："干啥说啥，卖啥吆喝啥。"不然，牛唇不对马嘴，就根本谈不上有何宣传作用。当然，如果一时没有合适的对联，也可以用通用的商业或工业用联。

在切合行业特点的基础上，能紧密切合"这一个"厂家或店家而不是其他的厂家或店家，则属最上乘。可以考虑厂名、店名、商品名称、商标名称以及生产、经营、管理等方面的特色，选取合适的角度来创作。

清末同治年间，时任内阁中书的浙江杭州人王垄为北京富兴楼写有一副对联：

> 富哉筵壶，满楼铜锡千樽，能消化猪鸭鸡鱼，足供大嚼酣呼客
> 兴也鼻烟，同座汉旗八友，各携斗翠珊晶珀，尽是闻香悟

第三十三讲 常用对联写作(八)

妙才

关于这副对联,王堃在《自怡轩对联缀语》中说:"京都前门外,酒楼饭馆,罗列竞爽,同乡同官不时请客叫菜便酌,戏散后就近小饮,莫如福兴、同兴、如松、万福四馆为热闹,易招呼小友。顾曲侑觞,每日必卜夜至三更方散。实则肴馔点心如西月墙同兴居、鲜鱼口东升楼、打磨厂东兴居、廊房二条胡同富兴楼,允为美好。富兴楼于听戏后便酌亦近便,余尝至其处,请内城客人。一日由衙门回来,邀城内旗员德砚香、荣竹舫及杨镜秋等共满汉友人连余八位,在富兴楼叙饮,并招呼小友多人,自午酌自晡,见楼下酒壶无数,锅勺声不断,小友到后争看鼻烟壶,各客俱出较烟壶。余与砚香、竹舫每人带三个,均可入赏。小友等互相评品……散后忽得一联,谓诸友曰:'今日富兴一局,可谓酣畅,不可无游戏笔墨以纪之。'众友云何,余取笔书于壁上……此联难在第一句皆是事实,同一借音,尤妙将'富兴楼座'四字嵌入,同人咸以为文章本天成,妙手偶得之也,必传无疑。"此联的妙处,首先正在于嵌字无痕。其次,应该是叙述雅聚。上联"筵壶"和"猪鸭鸡鱼"是说吃喝,下联"鼻烟"和"翠珊晶珀"是说品赏。俗中有雅,雅中有俗。"猪鸭鸡鱼"和"翠珊晶珀",分别为当句自对。另外,联绵词一般是不能拆开来用的,但此联大胆地将翡翠、珊瑚、水晶、琥珀各选一个字来表达,也并不显得生涩。

再如北京仁和酒厂联:

莲比君子,菊咏高士
仁登寿域,和跻春台

上联紧扣这家酒厂为京华老字号,主要产品有莲花白、菊花白,来赞莲、咏菊。"莲比君子",出自周敦颐的《爱莲说》:"莲,花之君子者也。""菊咏高士",用的是东晋诗人陶渊明的故事。上联的意思是:莲和菊都是高雅之花,以莲和菊为原料酿制的酒必是高雅饮品,而爱此酒者也当是高雅之士。下联嵌进厂名"仁和",更为确切不移。"仁登寿域",用《论语·雍也》中"仁者寿"之意。"和"即和乐。"春台",指美好的登眺览胜之处,出自《老子》:"众人熙熙,如享太牢,如登春台。"下联寓意该厂生产的这两种酒有健身长寿的独特功效。

其次,要针对具体情况来写。如果是开业,应含有祝愿、祝福的意思,用"大展宏图"、"前程万里"等字眼;如果是庆典(如开业几周年),则应体现出总结的意思,或概括其成绩,或肯定其特色,当然,还要有祝愿"更上一层楼"之类的含义。

第三,时代不同了,我们不能老是守着过去时代的行业联用语,总是"生意兴隆通四海;财源茂盛达三江"之类,而应运用新的语言,体现出新时代的特色。如这么一副酒店对联:

　　茶余好议发家事
　　酒后频添创业心

当然,这也不是说"老话"完全不能用了。我们可以用适当的"旧词"来表现今天的社会生活。如我为某市天阳酒楼写的一副对联:

　　天步方隆,共进小康同祝酒
　　阳灵正暖,欣逢大治喜登楼

用双钩格嵌入店名"天阳酒楼",又用了"小康"、"大治"等语。同时,还用了"天步"、"阳灵"两个词语,这是用典。"天步",指国运、时运，语出《诗经·小雅·白华》："天步艰难，之子不犹。"联中指改革开放的大好形势。"阳灵"，即太阳，出自唐代道教学者吴筠《游仙》诗："阳灵赫重辉，四达何皎皎。"联中指党和国家的富民政策。对联不仅切题，而且体现了时代特色，还充满着喜庆气氛。

关于行业联的创作，常江先生建议注意以下几个方面：

一是追溯历史。追溯本店历史和字号的来源。如京华老字号征联时，杨起所做的六必居酱园联：

> 黍必齐，曲必实，湛必洁，器必良，火必得，泉必香，京华古都传统，必严必信，居家旅行，懿哉君子
> 味斯淳，气斯馨，泽斯清，质斯正，形斯雅，品斯精，嘉靖年间风骨，斯承斯盛，佐餐助酌，莞尔佳（嘉）宾

该酱园始建于明嘉靖九年（1530年），其六必为"黍稻必齐，曲蘖必实，湛之必洁，陶瓷必良，火候必得，水泉必香"，是其酱园生产的传统工艺，故名为六必。这些，都在联中得到恰当的表述。

追溯本行业的历史和与本行业有关的重要轶闻。如扇子店的对联：

> 羲之五字增声价
> 诸葛三军仗指挥

联中引出两位与扇子有关的古代名人。据《晋书》所载，大书法家王羲之在蕺山见一老姥，持六角竹扇卖之。羲之书其扇，各为五字。姥初有愠色。因谓姥曰：但言是王右军书，以求百钱邪。姥如其言，人竞买之。这便是上联所表达的意思。下联说的是诸葛亮。据《语林》记载，诸葛亮与晋宣帝战于渭滨，乘素舆、著葛巾、执白羽扇，指挥三军。这就是

后来舞台上的诸葛亮形象。

  这种关于历史的描述，还常常上溯到远古之人以及神话人物，药店举尝百草的神农，石作坊举炼石补天的女娲，火柴厂举发现钻木取火的燧人氏，丝织业举下凡人间的织女等。这就使各行业的对联充满了传奇和浪漫色彩。

  二是介绍产品。工商业对联的作用有两个，既可以装饰门面，又可以吸引顾客，而后者更为重要。如刻字店的对联：

    六书传四海
    一刻值千金

上联"六书"，原指汉字造字方法，象形、指事、形声、会意、转注、假借。汉代学者把汉字的构成和使用方式归纳成六种类型，总称六书。它是最早的关于汉字构造的系统理论，是后来的人把汉字分析而归纳出来的系统。有了六书系统以后，人们再造新字时，都以该系统为依据。这里，应该是指此店什么样的字体都可以刻。下联则转化了原来时间宝贵的意义，是说此店的"一刻"是很值钱的。

  对那些老字号来讲，介绍产品尤为重要。如四川张少成题北京双合盛啤酒厂联：

    泉美花香，彼此心同双合盛
    气清韵永，精诚力致五星红

该厂五星牌啤酒进入欧美市场，为祖国赢得声誉，联中以"五星红"双关，予以概括。

  三是招徕顾客。追溯历史、介绍产品，自然有招徕顾客的功效，若想令消费者真正满意，主要是靠信誉，靠职业道德。商业要讲经济效益，说通俗些，是要赚钱。根据商业心理学，顾客对"财源茂盛达三江"一类对联并不喜欢。所谓"茂盛"，不就是从顾客的腰包中取得的吗？人们更愿意看到这样的对联：

　　　　友以义交情可久
　　　　财从公取利方长

其实，口号不必去喊，文章也不必做在表面上，对联要稍微超脱些，有一些文采更好，如：

　　　　货有高低三等价
　　　　客无远近一样亲

以上两联，不是让顾客感到很亲切吗？

　　四是富有哲理。我国封建社会的土大夫阶层往往重农轻商，视商为俗。倒是一些十分雅致的对联，能为商正名，为商脱俗。其雅，不仅文字雅致，而且意义深邃，有较深的哲理，是行业联的精品。戏台、理发店对联哲理性强，已为人们所熟悉。其实，用心揣摩，哲理性也无行不在。如秤店对联：

　　　　权衡凭正直
　　　　轻重在公平

1984年，马萧萧先生为北京保温瓶厂题过一副对联：

　　　　所贵者胆
　　　　可暖乎心

此联既十分贴切，更饱含哲理。在新的行业联创作中，像这样极贴切、极富理性的联，当属凤毛麟角了。

　　五是嵌入字号。旧时各行业（尤其商业），喜欢在联内嵌进自家的字号，以别于其他家。其字号多取一些吉利名字，如大同、悦来、义利、茂源等。自然，联意也多为财源茂盛类的祈祝语，从文学艺术上讲，难为上乘之作。而一些戏园、旅馆、酒楼的嵌字联，尚可一读。如天津丹桂戏园联：

　　　　丹经九转而成，视菊部文章，真摩到神仙化境
　　　　桂幸一枝可折，笑梨园子弟，亦与争富贵虚名

苏州月升旅馆联：

　　　　读书不成，学剑不成，且作个逆旅主人，藉消日月
　　　　送往于此，迎来于此，常愿得天涯知己，共话升平

方策题湖北孝感六也茶园戏楼联：

　　　　六根未净，六欲未除，听此间暮鼓晨钟，说方便法
　　　　也不是真，也非是假，愿天下痴男怨女，作如是观

刘葆良题上海大新旅馆联：

第三十三讲 常用对联写作（八）

大瀛海环神州赤县之旁，邹子雄谈，地球九万里
新国民咸结轨联航而至，春申上客，珠履三千人

这种嵌字号的创作之风，至今不衰，非但不衰，还大有成为主流之势。据统计，1984年年底，陕西日报为十七家西安名胜古迹、名厂名店征联，评出佳作二十四副，其中名厂名店有十九副。这十九副中，嵌厂店名的，有十三副，占68%。1986年年底，北京晚报与中国楹联学会、北京市楹联研究会举办的京华老字号征联中，共评出一、二等奖联一百五十九副，其中嵌字号的有一百一十六副，占73%。可见，嵌入字号，是行业联创作的重要途径。

第三十四讲　常用对联写作（九）

名胜联写作

优秀的名胜楹联是各类对联中内容最丰厚、表现手法最丰富的。它能对名胜景点起装饰、点缀的作用，而且是独具中国特色的装饰、点缀；它可以写人，可以叙事，可以发表议论，可以抒发感慨；既可以给游客以知识，又可以使游客从中得到高层次的艺术享受。好的名胜楹联可以久诵不衰，能使名胜景点因此而名声大振。正如近代湖南吴恭亨所说："山川祠庙，非借文人之题咏，即名胜亦黯然寡色。""江山之奇，借文字而益显；文字之奇，非江山无所丽。"贵州向义也说："联语虽小，可以表现地方之文化。虽非润泽宏业之作，但点缀景物，发抒情意，厥用甚大。试一游各地，观其楹联之优劣，其地文野，已可概见。"

四川楹联家景常春先生说："由于我国山川秀丽，名胜古迹灿烂辉煌，历代文人题联吟咏极多，使名胜古迹保存了许多历史资料和书法文物，有较高的史学和文学价值。同时，名胜古迹联的风格手法在对联领域尤为丰富，有的描绘景色，诗情画意，生动隽永，与胜景相得益彰；

有的借景抒情,画龙点睛,寓哲理于风物,使意境陡然升华;有的寄情风物,忧国忧民,暗藏针砭,或直抒胸臆,爱憎分明等等。"

名胜楹联起于何时何地呢?有人认为是近人曲滢生所编《宋代楹联辑要》(民国22年版)一书中所收录的后蜀主孟昶花园中百花潭(在今成都市南郊)的对联:

十字水中分岛屿
数重花外见楼台

其根据大约是《蜀梼杌》的记载:(后蜀明德)十二年八月,孟昶游浣花。是时蜀中百姓富庶,夹江皆创亭榭游赏之处,都人士女倾城游玩,珠翠绮罗,名花异香,馥郁森列。孟昶乘龙舟,观水嬉,上下十里,人望之如神仙之境。昶曰:"曲江金殿锁千门,殆未及此。"兵部尚书王廷圭赋曰:"十里水中分岛屿,数重花外见楼台。"昶称善久之。——可见既不是"百花潭",也没有明确说是"对联"。

近年来,不少地方新建、重建的旅游景点中的各类建筑,就巧妙地利用了征联活动。这样既收到了来自全国甚至世界各地当代名家的名胜楹联名作,使之得以悬挂、珍藏,流传后世,又因此使这些本不为人知的新建筑一下子名闻海内外。所以,名胜楹联的创作也已成为常用、常见的对联创作形式了。

常江先生《中华名胜对联大典》将名胜分为山岭、关口、石岩、崖碑、洞窟、川流、湖泽、池潭、井泉、城寨、宫苑、殿宇、书院、会馆、戏台、门坊、塔林、桥梁、园庄、楼宇、阁宇、亭榭、台坛、陵墓、祠宇、庙宇、刹寺、道观、宫宇、庵舍、府邸、居墅、轩馆、堂斋、其他等三十五类。这个分类,涵盖了所有的名胜,就是新建的各式建筑、新开发的各类景点,也不外乎这些种类。我认为,所谓"名胜",也就是自然风光、人文纪念地两大类。

综观各地、各类名胜地的名胜楹联,不外乎写人、写地、写事、写景等几方面的内容;表达上,则有叙述,有描写,有议论。

以叙述手法写人写事的,如河南汤阴岳庙有吴芳培的一副对联:

千秋冤狱莫须有
百战忠魂归去来

上联写岳飞所遭遇的"千秋冤狱",正是源于"莫须有"三个字;下联则用"归去来"直切其地——汤阴。

以描写手法写地写景的,如济南大明湖小沧浪亭有刘凤诰的一副对联:

四面荷花三面柳
一城山色半城湖

此联以清丽明快的笔调,高度而逼真地刻画了登临亭子时所见到的景色。上联写俯视所见,准确地抓住了大明湖的特点;下联写远眺所见,概括地写出了济南城的特点。难怪《老残游记》的作者刘鹗称赞这副对联是"尽画了大明湖的绝景"。

就人、事而发表议论和评论的,如福建厦门郑成功纪念馆有郭沫若的一副对联:

开辟荆榛,千秋功业
驱除荷房,一代英雄

第三十四讲 常用对联写作（九）

上联肯定了郑成功到达台湾以后，对内的"开辟荆榛"之功。之前，台湾的经济状况较为原始落后，郑成功治理台湾时期，大力发展农业和对外贸易，到康熙年间收复台湾的时候，台湾的状况已和内地差不多。下联高度评价郑成功对外"驱逐荷房"的历史功绩。郑家军一举击退了荷兰殖民者，结束了荷兰殖民者占据台湾三十八年的历史，成功收复台湾。

名胜楹联的写作，建议考虑以下几个方面的问题：

首先，应弄清楚名胜的来历。大凡名胜之地，总是有着一定的历史故事或传说。或者历史上曾经在此发生过什么大事；或者此地有什么影响深远而广泛的传说；或者此地在历史上曾经是重要的政治、经济、军事要地；或者某位历史名人出生于此地，生活于此地，埋葬于此地等。

我们都知道，河南是中华民族的重要发祥地，历史遗迹丰富，文化厚重，就举河南的例子来说。

人文纪念地。如南阳卧龙岗，是汉末诸葛亮隐居躬耕的地方，后来应刘备三顾茅庐之请，帮助刘备到四川建立蜀汉政权。《三国志》对此有很详细的记述。再如汤阴、临颍小商桥和开封朱仙镇等地，都是和南宋名将岳飞相关的地方，而又各有不同：汤阴是岳飞的老家；小商桥是岳飞和金兵恶战之地；朱仙镇是岳飞连续接到十二块金牌，被迫班师回临安的地方。新郑是白居易的出生地，洛阳是白居易的墓地所在。郏县的"三苏坟"，本来是埋葬北宋文学家苏轼、苏辙兄弟的地方，元代时候，由当地县尹增加了苏父的衣冠冢。还有，鹿邑是春秋时思想家老子的故里，巩义市是唐代诗人杜甫的故里，孟州市是唐代文学家韩愈的故里，伊川是北宋理学家"二程"（程颢、程颐）的故里……

自然风光。如嵩山为"五岳"之一，而位居中央；信阳鸡公山位于河南、湖北的交界处，有"青分楚豫，气压嵩衡"的美誉；济源有历史悠久的王屋山；桐柏县有淮河发源地桐柏山。黄河蜿蜒流过，历来被称为"中华民族的母亲河"；卫河发源于辉县市的百泉……

如果对这些一无所知，要写作名胜楹联，恐怕根本就无法下笔。了解这些名胜来历的途径很多，有条件的话，亲自到现场看一看，增加些感性认识，再听一听介绍，这会对名胜楹联的写作大有裨益。如果是应某地征联的话，应详细阅读"征联启事"，里面一般都会有比较详尽的介绍，这是很简便又很实用的方法。还可以找一些相关的书、报、刊，或上网查阅与此名胜有关的资料，现在来说，这也是很方便的。——这些工作做好了，就等于有了充分的准备，要写作那里的对联，也就胸有成竹了。

其次，要考虑其地域特点。任何历史事件的发生，任何重要人物的活动，都离不开一定的条件。就名胜楹联来说，我以为首要的应该是时间和地点，即要考虑在何时、何地发生了什么事，或某人在何时、何地有何重大活动，这些事或人对后世的影响等。因为名胜楹联的写作，要求贴切，不能写出一副可以用在任何地方、用在任何人身上的对联。雷瑨《楹联新话》卷一说："楹联须切合其地，不能移易他处为佳。"如前面所举的北京国子监韩愈祠法式善的一副对联。

再举一个例子。作为文、武两大庙之一的关帝庙，可以说遍布全国各地，甚至远到海外。我发现关帝庙联中有特色的不多，就是说，可以放在任何地方的关帝庙。但以下两副就有非常强的地域特色。一是清代乾隆题洛阳关林联：

翊汉表神功，龙门并峻
扶纲伸浩气，伊水同流

上、下联第一个分句，很明显是写关羽；而后一个分句的"龙门"和"伊水"，则直指河南洛阳。另一个是清代地理学家徐松题新疆天山关帝庙联：

第三十四讲　常用对联写作（九）

　　赫濯震天山，通万里车书，何处是张营岳垒
　　阴灵森秘殿，饱千秋冰雪，此中有汉石唐碑

此联几乎每一句都和新疆有关，所以，只能用于新疆天山。
　　第三，咏古、怀古是比较常见的，但能于咏古怀古时联系今天的情况，既考虑时代特色，又有所寄寓，当是高出一筹的写法。吴恭亨《对联话》卷三说："凡流连风景语，最忌无寄托，无注射，兀然空作一摄影器。"如清末云南赵藩题成都武侯祠的对联：

　　能攻心则反侧自消，从古知兵非好战
　　不审势即宽严皆误，后来治蜀要深思

其中的"后来治蜀"，就是有所指的。当时，赵藩在四川任盐茶使，不满四川总督岑春煊大行苛政的做法，就用此联来表达自己的谏议。据说赵竟因此被贬为道员。再如今人赵朴初题杭州岳王庙的对联：

　　观瞻气象耀民魂，喜今朝祠宇重开，老柏千寻抬望眼
　　收拾山河酬壮志，看此日神州奋起，新程万里驾长车

"喜今朝祠宇重开"、"看此日神州奋起"，与以往的内容迥然不同。
　　第四，建议恰当地运用典故。前面说过，名胜联是各种对联中内容最为丰厚的。其丰厚的主要原因之一，就是它能在字数有限的一副对联中，包含许多东西。我在郑州大学讲对联课时，即将毕业的大四学生也感到"对联中，尤其是名胜联中的东西实在是太丰富了，要读懂一副名胜联，真的需要各方面的知识"。不经意间，他们提到了一个名胜楹联中

普遍存在的现象,就是多用典故。因为这样便于用较少的字表达较丰富的内容,可以起到以少胜多之效。如江西南昌滕王阁周嵩尧的一副对联:

滕王何在,剩高阁千秋,剧怜画栋竹帘,都化作空潭云影
阎公能传,仗书生一序,寄语东南宾主,莫轻觑过路才人

上联怀古,感叹时移世易,物是人非,尤其切滕王阁的建造者"帝子"李元婴。下联切曾在此举行宴会的"阎公",及在宴会上写下名篇《滕王阁序》的"才人"王勃。以王勃作《滕王阁序》为切入点,借题发挥,写出了新意。

当然,我们不可为用典而用典,要的是"恰当",并非蹩脚,或"掉书袋"。

第五,如果缺乏充分的材料,没有较深厚的思想、文化底蕴和高超的语言驾驭能力,最好不要写长联。这既是我本人的体会,也是前人的教诲。吴恭亨《对联话》卷三说:"题署联之长者,全视气魄骨骼何如,若一味贪多,堆垛故事,味终同嚼蜡。"他甚至说云南昆明孙髯翁"大观楼联"也"殆为酱瓿材料久矣"。"酱瓿",指盛酱的小瓮。此处的意思是著作的价值不为人所认识,只能用来盖酱瓿而已。所以,他说"题署联以五、七言为最佳"。前面说过,初学写对联应从短联着手,即使能写出比较像样的对联了,最好也不要轻易写长联。

其实,短联同样可以涵盖十分丰富的内容,这也正是对联作为文学艺术"轻骑兵"的优势所在。如江苏淮安韩侯祠的一副对联:

生死一知己
存亡两妇人

第三十四讲　常用对联写作（九）

这副简练的短联，一直被认为是"十个字概括了韩信一生"。上联的"一知己"，指汉初政治家萧何。据《汉书·韩信传》记载：秦朝末年，农民大起义中，韩信初在项羽部下从军，未受到重用，又改投刘邦麾下。萧何和他谈了几次话，认为他是个奇才。因为一直未得到重用，韩信一气之下，愤然出走。萧何听说后，顾不上报告刘邦，急忙追赶，这就是著名的"萧何月下追韩信"的故事。萧何好言抚慰，并向刘邦极力保举："诸将易得，而韩信，国士无双。您要争天下，非韩信不可！"韩信因此被拜为大将，屡建奇功，封为淮阴侯。汉朝建立后，韩信受到猜疑。韩信一个门客的兄弟，向吕后举报韩信要谋反。吕后知道后便与萧何商量，引诱韩信到长乐宫中，将他斩首。宋代洪迈《容斋续笔》说："（韩）信之为大将军，实萧何所荐；今其死也，又出其谋。故俚语有'成也萧何，败也萧何'之语。"下联的"两妇人"，指的是"漂母"和吕后。据《汉书·韩信传》记载：韩信投军之前，家庭贫困，食不果腹，差点饿死，幸得一洗衣妇人把他接到家中十多天，才保住了生命。后来，韩信被人密报谋反，被吕后和萧何设计杀害。此联能抓住极有代表性的、关键的人和事，高度概括，要言不烦，历来被认为是名联。

以上所说，都是从正面着笔。其实，从侧面写人、写事也不失为比较好的方法，而且可以使读者感到新颖别致。如陕西韩城司马迁祠有王增祺的一副对联：

　　吾乡司马相如，一样文心，落落宏才同汉庭
　　此地登龙有幸，独开尘眼，茫茫巨浸看河流

此联不是从正面赞其人、颂其事，而是从侧面将司马迁与司马相如相比，又把自己置于对联作品中，且极切地域。其中"马"与"龙"、"心"与"眼"、"汉"与"河"之对，均极工巧。

余德泉先生在《余教授教对联》中提出的两点，很值得参考："胜迹如属小桥流水型，最好要写得优美……如果是山雄水阔型的，最好要写出气势。"

此外，建议在为名胜景点写对联时，要先对这个地方已有的对联作一番研究，以便找出新的角度。如果是人云亦云，泛泛而谈，甚至是陈词滥调，倒不如不写。像李白到黄鹤楼，"眼前有景道不得，崔颢题诗在上头"，干脆搁笔。

2006年11月，我们到永城市参加芒砀山景区楹联评选。在文庙见到了几副旧联和新刻的对联，如"德大千年昭日月；名高万世耀乾坤"，"仁风礼乐传千古；道德文章颂万年"。对联的格律没有问题，内容上也比较切合孔子，但是太一般了，可以用于任何地方的文庙，且语言陈腐，没有一点新意。而永城的文庙不同于其他地方的文庙，是因为孔子当年周游列国，路过这里时，恰巧遇雨，在芒砀山一处山崖避雨，后来便在山崖前建了文庙。我们评选芒砀山景区楹联时，河南宋存杰的作品理所当然被选中：

天抱仁心，芒砀一时来巧雨
世尊至圣，楷模万代仰高风

此联紧紧扣住"巧雨"，再点出"至圣"，就如铁铸般不可移易了。和原来的对联相比，新意就出来了。循着这个思路，我也为永城市文庙写了一副对联：

灵异赋芒山，恰来瑞雨
先儒惠学子，长坐春风

此联突出"瑞雨",切永城文庙,再反映出文庙作为儒学的特点和功能,自以为还是有点新意的。

清末福州林庆铨在《楹联述录》卷四引用其父林昌彝的话说:"凡作楹联,题雅,人雅,句雅,则其地、其人、其句,与之并传。"优秀的楹联作品,不但传之万里,还会传之后世。

第三十五讲　对联的书写和张挂

对联自产生之日起，就和书法结下了不解之缘。我们都知道，春节时千家万户大大小小的春联，各处名胜亭台楼阁或石刻、或木刻、或竹刻的对联，各行各业的店铺对联，书房、厅堂的对联，以及婚联、寿联、挽联等，几乎都是用书法形式表现出来的。

对联的书写

对联的书写，不同于其他形式的书法作品，而是有一定形制的。就是说，对联要符合规范，要讲究格式。

对联的格式

对联的书写格式，一般可分为常式、龙门式和琴式。

常式

常式是指每边联语一行写完，而且上、下都写到头的对联书写形式。这种形式的对联，都是正文居中，通常上款写在上联联语的右边，下款写在下联联语的左边，如清代赵之谦的对联。这种对联书写形式，最为常见。

在这种大格局下，款文与联语的搭配，又有许多灵活的变通处理形式。有的对联只有下款，就写在下联联语的左边，如清代政治家林则徐的对联、近代康有为的对联。

上款如果比较长，可以写在上联联语的两边，下款写在下联联语的左边。如清末状元王寿彭的对联。

如果是更长的款，如同一篇《序》或《跋》，可以从上联联语的两边一直延续到下联联语的右边，甚至下联联语的两边。当然，应该从右边写起，向左转行。如清代书画家郑板桥的对联、近代教育家蔡元培的对联、当代书画家齐白石的对联。

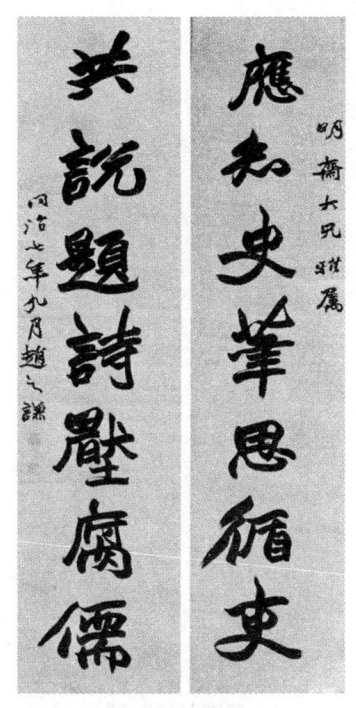

赵之谦的对联

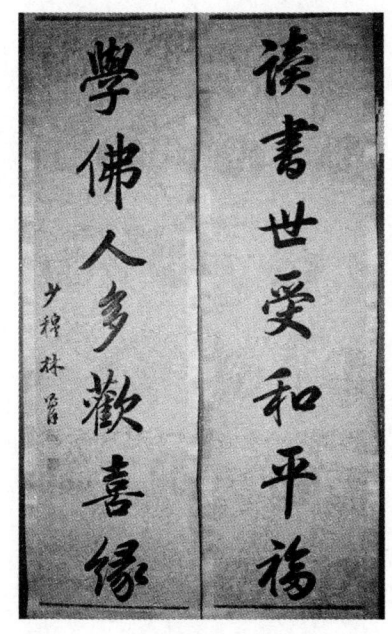

林则徐的对联

康有为的对联

王寿彭的对联

郑板桥的对联

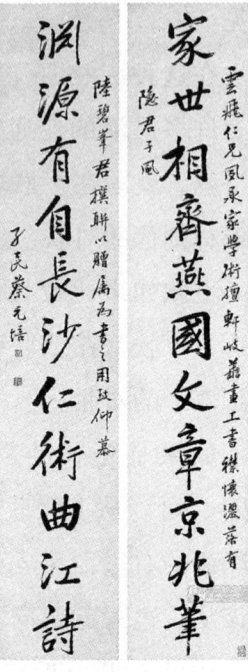
蔡元培的对联

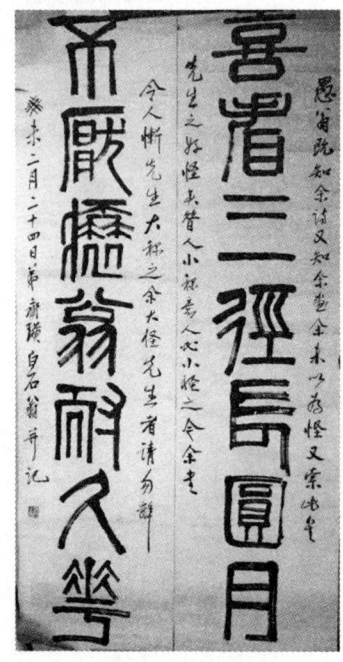
齐白石的对联

林散之的对联

当然，下款也可以分开写在下联联语的两边。如当代书法家林散之的对联。

如果是用草书、篆书、甲骨文等一般人难以辨认的书体书写的对联，往往还要在落款中加进释文。可以在上联联语的左中部和下联联语的右中部对称地写，也可以写在一边，如黄宾虹的对联。

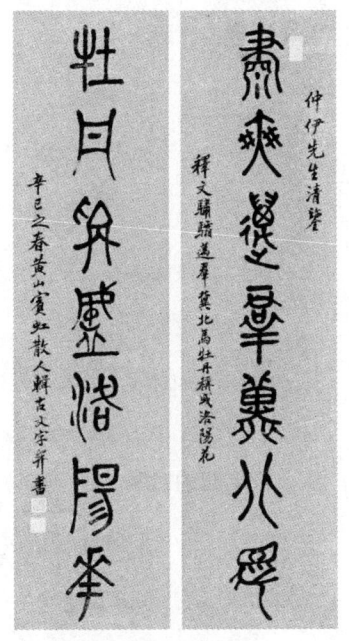

黄宾虹的对联　　　　　　　　成多禄的对联

也有的书法家把上款写在上联联语的左边，下款写在下联联语的右边。不过，这种情况很少见。

龙门式

龙门式，又叫龙门对，指每边联语在两行以至两行以上，须写成"门"字形的对联书写形式。

这种形式的对联，上联从右向左转行写，下联从左向右转行写。不论排几行，每一行的上部都要平头顶格，前面几行的字数要相等，保持严格的对称美。上款落在上联联语余下的空白处，下款落在下联联语余下的空白处。上、下款的首字一般应对齐书写。如清代杨沂孙的对联、近代梁启超的对联，还有昆明大观楼的长联。

杨沂孙的对联

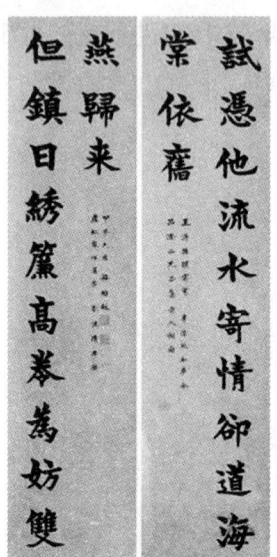

梁启超的对联

琴式

琴式，又叫琴对，指联语集中于上部而将款文置于联语的下面，其形状像一张古琴一样的对联书写形式。上款置于上联联语之下，下款置于下联联语之下。在联语字数少而纸张又比较长时，多采用这种书写方式。如清代书画家郑板桥的对联。

对联的题款

对联的题款，有许多约定俗成的写法。书写时用这些习惯性的写法，可以使作品显得更加典雅。

郑板桥的对联

为了便于读者掌握,这里大致分为上款和下款两部分加以介绍。

上款用语一般包括:

称谓

对长辈,除一般亲属称呼以外,可称"老"、"老前辈"、"老先生"、"先生"、"前辈"、"年伯"、"老年伯"等。对老师,可称"师"、"尊师"、"恩师"、"夫子"等,或在其后再加"函丈"。对他们的夫人,则可称"伯母"、"师母"等。

对饱学之士或者专家,可称"方家"、"大家"、"法家"。有头衔、职称的,可称"局座"、"教授"等。

对一般人,包括有一定身份的人,男的可称"先生"、"阁下",女的可称"女士"。对知识女性可称"女史",也可称"先生"。

对平辈、朋友可称"君"、"兄"、"仁兄"、"贤兄"、"足下"。对同学,可称"同学"、"同窗"、"学兄"、"学长"等。对同乡,可称"乡兄"、"邑兄"、"梓兄"等,或在前再加"贤"字。

对学生,可称"弟"、"贤弟"、"贤棣"、"贤契"、"仁棣"、"君"等。

长辈如有字号,不可直书其名,而应称其字或号。

如果不是给对方本人,则又有一套称呼:

对朋友的父亲,可称"令尊"、"令尊大人"、"尊翁"、"伯"、"世伯"等。

对朋友的母亲,可称"令堂"、"伯母"、"世伯母"等。

对朋友的妻子,可称"尊夫人"、"嫂夫人"、"令攸(贤妻)"、"令阁"、"令阃(内室)"等。

对朋友的儿子,可称"公子"、"令公子"、"令子"、"令嗣(继承人)"、"哲嗣"、"令郎"等。

对朋友的女儿,可称"令爱"、"千金"、"令千金"、"女公子"等。

对朋友的女婿，可称"令坦"、"东床"等。

对朋友的岳父，可称"令岳"、"尊岳"、"令泰山"等。

对朋友的亲戚，可统称"令亲"、"令至亲"等。

标联语

标联语，是标识对联性质、用途的用语。因此，标联语都有其不可逾越的界限，千万不可混用。

题赠联，意在请人指教的，可写"正之"、"政（正）之"、"指正"、"雅正"、"教正"、"赐正"、"请正"、"雅教"等；意在请人观览的，可写"清鉴"、"雅鉴"、"清玩"、"雅赏"等；意在表明应命而作的，可写"属（嘱）"、"属书"、"雅属"等。

婚联，可写"大喜"、"燕喜"、"新婚志喜"、"结俪志喜"、"花烛之喜"等。如果用于女方家，也可写"于归"、"出阁"。如果是再婚，可写"续弦"、"鸾胶再续"、"胶续"等。

生孩子的贺联，如果生男孩，可写"弄璋志喜"、"麟喜"等；如果生女孩，可写"掌珠"等；如果是双生，可写"孪喜"等。

寿联，男女寿均可写"华诞"、"寿诞"、"寿辰"、"晋寿"、"初度"、"×旬华诞"、"×秩荣庆"等。女寿还可称"帨诞"、"帨辰"。

挽联，可写"千古"、"灵右"、"灵座"、"永垂不朽"等。如果是送朋友父丧，可加称呼及对方姓氏，如"世伯父马大人仙逝"。如果是送朋友母丧，则不书友母之名，而书友姓及母亲之姓，友姓下书一"母"字，如"张母杨夫人千古"。

贺新居的对联，奠基时可写"奠基"、"奠居"；落成时可写"落成之喜"、"华居落成"、"大厦落成"；迁居时可写"乔迁"、"乔迁志喜"等。

贺开张的对联，可写"新张之喜"、"开幕之喜"等。

下款用语一般包括：

署名

凡写标联语的对联和自题联，下款都要署名。署名时，一般应直书自己的姓名。如果想隐去自己的姓名时，也可用笔名、别号之类。

署名前的自称，应该和上款对对方的称呼相照应。如给长者的，名字前可加署"愚晚"、"后学"、"世侄"等自谦性词语。给平辈的，名字前可加署"弟"、"愚弟"等。

如果撰写对联者和书写对联者不是同一个人，则应该分别写清"某某撰，某某书"。给长辈的，一般还要在"撰"、"书"前加上个"敬"字。

如果是贺联，一般在署名后加"具贺"、"敬贺"、"恭贺"、"谨贺"、"书贺"等；如果是挽联，一般在署名后加"敬挽"、"谨挽"、"拜挽"、"泣挽"等。

日期

日期一般只写纪年和月份，也可以写二十四节气。

纪年用干支的比较多，也有的用生肖或公元。

农历的月份有很多别称，显得十分雅致。这里举出一些例子：

一月：正月、月正、新正、孟春、首春、上春、寅孟春、始春、早春、元春、新春、初春、端春、肇春、献春、春王、华岁、肇岁、开岁、献岁、芳岁、初岁、初月、初阳、孟阳、新阳、春阳、春王、太簇、岁始、初春月、陬月、王月、端月、孟陬、泰月、谨月、建寅、寅月等。

二月：如月、梅见月、梅月、丽月、卯月、杏月、酣月、令月、跳月、小草生月、仲春、仲阳、中和月、春中、花朝等。

三月：暮春、末春、季春、晚春、杪春、蚕月、花月、桐月、桃月、嘉月、辰月、稻月、樱笋月、桃浪、桃季月、花飞月、小清明等。

一、二、三月中，也有书法家直接写"春月"。

四月：农月、乾月、巳月、畏月、云月、槐月、麦月、朱月、余月、首夏、夏首、孟夏、初夏、维夏、始夏、槐夏、和月、麦候、麦序等。

五月：仲夏、超夏、中夏、始月、星月、皇月、蒲月、兰月、忙月、午月、榴月、橘月、皋月、蕤宾、榴月、端阳月、夏五、天中、芒种、启明、郁蒸等。

六月：且月、荷月、暑月、焦月、伏月、季月、未月、暮夏、杪夏、晚夏、季夏、长夏、极暑、组暑、溽暑、林钟、精阳等。

四、五、六月中，也有书法家直接写"夏月"。

七月：孟秋、首秋、上秋、瓜秋、早秋、新秋、肇秋、兰秋、兰月、申月、巧月、瓜月、凉月、相月、文月、七夕月、初商、孟商、瓜时等。

八月：仲秋、秋半、秋高、清秋、正秋、桂秋、获月、壮月、桂月、叶月、秋风月、酉月、月见月、红染月、南吕、仲商、柘月、雁来月、中律、爽月、大清月等。

九月：菊月、授衣月、青女月、小田月、剥月、贯月、霜月、长月、戌月、朽月、咏月、玄月、觉月、菊开月、红叶月、季秋、暮秋、晚秋、菊秋、秋末、残秋、凉秋、素秋、五阴月、穷秋、杪秋、秋商、暮商、季白、无射、霜序、重阳、菊秋等。

七、八、九月中，也有书法家直接写"秋月"。

十月：亥月、吉月、良月、阳月、坤月、正阳月、小阳春、神无月、时雨月、初霜月、应钟、初冬、孟冬、上冬、开冬、玄冬、玄英、小春、大章、始冰、极阳、阳止等。

十一月：仲冬、中冬、正冬、畅月、霜月、霜见月、子月、辜月、葭月、纸月、复月、天正月、一阳月、广寒月、龙潜月、雪月、寒月、黄钟、阳复、阳祭、冰壮、三至、亚岁、中寒等。

十二月：腊月、除月、丑月、严月、冰月、极月、涂月、地正月、二阳月、嘉平月、三冬月、梅初月、春待月、季冬、暮冬、晚冬、杪冬、穷冬、黄冬、腊冬、残冬、末冬、严冬、师走、大吕、星回节、殷正、清祀、冬素等。

十、十一、十二月中，也有书法家直接写"冬月"。

不论是常式、龙门式还是琴式，落款时，款文的字都应比联语的字写得小些，大约以相当于联语字的三分之一大小为宜。上款首字一般也应比联语的字略低，这样才不会喧宾夺主。下款也不应写至最下端，要留出一定空白为宜。

对联钤印

书写对联，最后要有钤印。钤（qián）印，就是盖章。但是，挽联一般则不钤印。

有人说，一副对联如果不钤印，等于画龙而不点睛，风采会大大减损，送人也显得不正式。其实，严格地说，没有钤印，等于没有彻底完成这作品。所以，书法将印章一盖，也表示作品的最后完成。但是，临时应用的春联、挽联之类除外。

按印章中的笔画在印上的凹凸不同，可分为阴字印和阳字印。阴字印显示白文，阳字印显示朱文。全章都是阴字者，为纯阴字印。全章都是阳字者，为纯阳字印。有的一章之内有阴字又有阳字，为阴阳合字印。

按印章内容的不同，可分为名号印（内容为书写者的姓名和表字之类）和闲章。名号印一般盖在下款姓名之下，通常为方形。名号印单用一方阴章或一方阳章都可以。前文如果用双章，则宜一阴一阳配合使用。

相对而言，名号印内容和形式都比较简单，闲章则不然。闲章又称随形印，多是随石料之形顺势摹成的，所以各种形状都有。其内容包括作者的斋馆、年庚、干支、生肖、别号、籍贯等名称，也有的只是图形，而多数则为清词雅语。闲章一般盖在上联联语右边起首处第一、二字或第二、三字之间，叫作"起首印"；也有的盖在上联联语右边较中的位置，叫作"腰章"；还有的盖在上联联语右下角，叫作"压角印"。

有的表别号的闲章,如果刻得比较正规,也可以作名号印使用。

名号印以不超过款文文字的大小为宜。太小了不协调,太大了喧宾夺主。闲章除了表示收藏、鉴赏等之外,一般都比较小。

其他

对联的用字

不同种类、不同用途的对联,用何种字体,也是有讲究的,使用时应该有所选择。

一般来说,贴挂在门外的对联和挽联,以楷书、隶书为宜,这样显得庄严典重。

室内的对联,则以草书、行书为妙,这样会显得轻松淡雅。客厅、书室用联,除常用草书、行书外,有用篆书的,显得艺术气息浓厚,有一种古色古香的韵味。而落款的字体和联语可用楷书或行书。

用于风景名胜地的对联,多用楷书、隶书或行书,而比较少用草书、篆书、甲骨文等字体。因为普通大众不可能了解那么多不常见字体,应该让大多数人能看得懂。

对联的用纸

书写对联的用纸,也有约定俗成的规矩。如喜庆类对联用红纸;哀挽类对联用白色、黄色或蓝色纸;客厅、书斋的对联,一般用有点装饰的宣纸装裱为宜。

对联的张贴和悬挂

前面说过,对联的撰写,要符合对联的一般格律。对联的书写,仍然是依照汉语传统的书写习惯,就是"上下直书"(任继愈先生语),竖行书写。

张贴、悬挂对联，最重要的就是要区分门、楹的上、下首，继而要分清对联的上、下联。上联张贴、悬挂在上首，下联张贴、悬挂在下首。上、下联不可贴反、挂反。

我们面对门、楹时，右手方向为上首，左手方向为下首。为什么是这样呢？其实，道理很简单，古代汉语就是从上向下竖写，一行完了转行，是从右向左排列的。大约从1956年开始，我国大陆地区陆续在报刊、书籍中实行文字横排，但对联仍然是"上下直书"，完整地保留了原来的书写习惯，所以，自然是从右向左排列，从右向左阅读。

但是，我们在春节所看到的春联，在新婚人家及婚礼现场所看到的婚联，在名胜地所看到的名胜联，以及饭馆、商店等处的对联，往往有上、下联颠倒张贴、悬挂的情况。

那么，怎样区分一副对联的上、下联呢？一般有以下几种方法：

一是按音调来区分。对联的基本格律要求：上联最后一个字一般是仄声字，下联最后一个字一般是平声字，先抑后扬。如春联"春回大地千山笑"，其中"笑"是仄声字，应该是上联；"福满人间万户欢"，"欢"是平声字，应该是下联。但也有的对联上联尾字是平声，下联尾字是仄声，不要认为是仄声的都是上联。这就要求我们在张贴、悬挂时认真读联，真正明白联语的内容。

二是按对联内容的因果关系来区分，一般应该是"因"为上联，"果"为下联。如春联"九州改革开新宇；百业兴隆报好春"，因为只有"改革"这个"因"，才会有"兴隆"这个"果"。

三是按时间先后顺序来区分。时间在前的为上联，时间在后的为下联。如春联"爆竹声声辞旧岁；红梅朵朵庆新春"，明显"辞旧岁"在前，应该是上联；"庆新春"在后，应该是下联。

四是按内容所包含的范围来区分，一般是小者在前，大者在后。因为一般情况下，下联要比上联强一些，可以"托举"住全联。如"人行正道家兴旺；党树新风国富强"，其中的"国"比"家"大，所以"家"在前，应该是上联；"国"在后，应该是下联。

五是从外形上来区分。如果是常式或琴式，可以从落款上去分辨。面对对联，署有作者或书写者姓名（就是下款，通常盖有名号印）的一联应该在左边，如果在右边，就是贴反了。如果是龙门对，更容易根据其形状区分上、下联。"門"字是外长而内短，所以落款上联在左下，下联在右下，张贴、悬挂时要"对着脸"。如果看上去落款上联在右下，下联在左下，就肯定是贴反了。这样排列，联文外短内长，"背着脸"，也根本不像"門"字形了。

其实，我们春节前书写春联，或大批量地印刷春联时，上、下联不用事先裁开，而是放在一起，等用户回家张贴时再自己裁开，就比较容易分清上、下联了。或者在适当的位置，如下角、背面，写上或印上"上联"、"下联"字样，也不易贴颠倒了。这样的事情，费事不多，给人带来方便，也是完全可以做得到的。

至于读对联，因为常式和琴式都是从右至左书写和张贴、悬挂的，这两种形式的对联都是从右向左读。而龙门对，下联则要从左向右读。